HISTOIRES A NE PAS LIRE LA NUIT

ALFRED HITCHCOCK

présente :

Histoires
à ne pas lire la nuit

(STORIES FOR LATE AT NIGHT)

TRADUIT DE L'ANGLAIS
PAR ODETTE FERRY

LE LIVRE DE POCHE

Le responsable de ce recueil exprime sa reconnaissance à Robert Arthur pour l'aide inestimable qu'il a apportée à la préparation de ce volume.

LA MORT EST UN SONGE

(Death is a Dream)

de Robert Arthur

« Vous dormez, maintenant, David.

— Oui, je dors.

— Je veux que vous vous reposiez pendant quelques instants tandis que je parle à votre femme.

— Très bien, docteur, je me repose.

— Votre mari se trouve actuellement dans un léger état d'hypnose, madame Carpenter. Nous pouvons parler sans le déranger.

— Je comprends, docteur Manson.

— Parlez-moi de ces cauchemars qui l'agitent. Vous me dites qu'ils ont commencé la nuit de votre mariage.

— Oui, docteur, il y a une semaine. Après la cérémonie, nous sommes venus directement ici, dans notre nouvelle maison. Nous avons soupé légèrement et nous ne sommes pas allés nous coucher avant minuit. L'aurore se levait à peine lorsque David m'a éveillée en criant dans son sommeil. Il s'agitait et se débattait tout en prononçant des paroles inintelligibles. Je l'ai réveillé. Il était pâle et tremblant : il m'a dit qu'il venait d'avoir un cauchemar.

— Mais a-t-il pu se rappeler quelque chose?

— Non, rien du tout. Il a pris un somnifère

et s'est rendormi. Mais la nuit suivante, tout a recommencé... et la nuit suivante également. C'est comme ça toutes les nuits.

— Il s'agit d'un cauchemar qui revient périodiquement. Mais il ne faut pas vous alarmer. Je connais David depuis sa petite enfance et je pense que nous pourrons le débarrasser de ce cauchemar sans que ce soit trop difficile.

— Oh! docteur, je l'espère bien.

— Il est possible que Richard essaie de réapparaître.

— Richard? Mais qui est Richard?

— Richard est l'autre soi-même de David, son autre personnalité.

— Je ne comprends pas.

— Lorsque David avait douze ans, il a eu un accident d'automobile, qui a provoqué chez lui un grave choc nerveux. D'où une sorte de schizophrénie et un dédoublement de la personnalité. Il y a le vrai David. Et il y a l'autre qui est un être sans scrupule, méchant et complètement dépourvu de complexe. David appelle cet autre soi-même Richard et dit que c'est son frère jumeau, qui cohabite dans son esprit.

— Comme c'est étrange!

— Il y a beaucoup de cas semblables dans l'histoire de la médecine... Lorsque David se sentait fatigué ou ennuyé, c'était Richard qui commandait ses faits et gestes. C'est alors que Richard obligeait David à marcher en dormant et à mettre le feu à ses draps. David, à ces moments-là, ne pouvait faire autrement que d'obéir à Richard. Parfois, David était incapable de se rappeler ce qui était arrivé. D'autres fois, il pensait avoir eu un cauchemar.

— Tout cela est très bouleversant!

— J'ai soigné David à cette époque et je pensais l'avoir complètement débarrassé de Richard. Mais il se peut que... Allons, je vais interroger David sur ce cauchemar qui se reproduit. Les détails qu'il nous donnera nous fourniront probablement les renseignements dont nous avons besoin... David!

— Docteur?

— Je veux que vous me racontiez ce rêve qui vous tourmente. Vous vous en souvenez maintenant, n'est-ce pas?

— Le rêve? Ah! oui, je m'en souviens.

— Ne vous énervez pas. Restez parfaitement calme et racontez-moi votre rêve.

— Bien, je ne m'énerve pas. Je vais rester calme, très calme.

— Parfait. Dites-moi quand vous avez fait ce rêve pour la première fois.

— La première fois... eh bien, c'est la nuit qui a suivi le jour où Ann et moi nous nous sommes mariés... Non, non, je me trompe, c'est la nuit qui a précédé notre mariage...

— Vous en êtes sûr?

— Oui. J'avais passé toute la journée à régler les affaires à mon cabinet juridique pour pouvoir prendre quelques jours de vacances. Dans la soirée, je suis venu voir la maison neuve que nous avions achetée à Riverdale pour m'assurer que tout était prêt. Je voulais qu'Ann fût parfaitement satisfaite. Il était près de onze heures quand je réintégrai ma garçonnière en ville. J'étais terriblement fatigué.

« J'allai me coucher mais j'étais tellement épuisé que je ne pouvais pas m'endormir. J'ai pris un somnifère, je commençais à peine à m'endormir quand je me mis à rêver.

— Comment le rêve commença-t-il, David?

— Je rêvais que le téléphone sonnait... En fait, le téléphone était posé sur ma table de chevet et, dans mon rêve, je m'assis sur mon séant et répondis. A cet instant, tout me parut très réel et j'eus l'impression d'avoir effectivement répondu au téléphone. Puis je me rendis compte que je rêvais.

— Comment vous en êtes-vous rendu compte, David?

— Parce que c'était Louise qui me parlait et même dans mon sommeil, je savais que Louise était morte.

— Quand Louise est-elle morte, David?

— Il y a un an. Elle traversait les montagnes de Virginie en voiture pour se rendre chez ses parents. Son auto dérapa, quitta la route et elle mourut brûlée.

— Donc, quand vous avez entendu sa voix, vous avez compris que vous rêviez?

— Naturellement. Elle disait : « David, c'est « Louise... David, qu'est-ce que tu as, pourquoi « ne réponds-tu pas? » Pendant un instant, je fus incapable de prononcer une parole. Puis, dans mon rêve, je répondis : « Ce ne peut pas être « Louise. Louise est morte. »

« — Je le sais, David. » La voix de Louise était aussi moqueuse que lorsqu'elle était vivante. « Bien sûr, que je suis morte.

« — Je rêve, lui dis-je, dans une minute, je « vais me réveiller.

« — Oui, mon chéri, répondit Louise. Je veux « que tu sois réveillé quand je viendrai chez

« toi. Je quitte le cimetière et je serai chez toi
« très vite. »

« A ce moment, elle a dû raccrocher. C'est
ce que je pense. Soudain, tout a changé avec
la rapidité qu'on trouve seulement dans les rêves :
j'étais assis tout habillé dans un fauteuil, en
train de fumer une cigarette et j'attendais. J'attendais que Louise quitte le cimetière et arrive
dans mon appartement. Je savais que c'était impossible et pourtant, comme on accepte l'impossible dans les rêves, je l'attendais.

« J'avais déjà fumé deux cigarettes quand la
sonnette de l'appartement retentit. Machinalement,
je traversai la pièce et allai ouvrir la porte. Mais
ce n'était pas Louise qui était sur le seuil : c'était
Richard.

— Votre frère jumeau Richard?

— Oui, mon frère jumeau, mais plus grand,
plus fort et plus beau que moi. Il était debout
en train de me regarder. Il me souriait et ses yeux
reflétaient toujours la même insouciance.

« — Alors, David, tu ne m'invites pas à entrer
« après quinze années de séparation?

« — Non, Richard, criai-je, tu n'as pas le droit
« de revenir!

« — Mais je suis quand même revenu », et en
me poussant, il pénétra dans la pièce. « Il y a
« bien longtemps que j'avais l'intention de venir
« te voir et ce soir me paraît l'occasion idéale.

« — Pourquoi es-tu venu? demandai-je. Tu
« es mort : le docteur Manson et moi t'avons
« tué.

« — Louise aussi est morte, dit Richard, pour-
« tant elle revient aussi ce soir. Pourquoi n'en
« ferais-je pas autant?

« — Que veux-tu?

« — Je veux seulement te venir en aide, David.
« Tu as besoin de quelqu'un qui te tienne com-
« pagnie ce soir. Tu es bien trop nerveux pour
« affronter tout seul une épouse défunte.

« — Va-t'en, Richard, le suppliai-je.

« — Il y a quelqu'un à la porte, répondit-il,
« c'est sans doute Louise. Je te laisse en tête-à-
« tête avec elle. Mais souviens-toi que je suis là
« si tu as besoin de moi. »

« Il se dirigea négligemment vers l'autre pièce.
La sonnette retentit de nouveau, pressée d'une
main impatiente. J'ouvris la porte. Louise était
devant moi. Elle était tout habillée de blanc,
comme lorsque je l'avais enterrée. Le voile dont
on l'avait coiffée pour cacher son visage grièvem-
ment brûlé, tourbillonna autour de sa tête quand
elle passa devant moi et pénétra dans la chambre
pour aller s'asseoir lentement sur une chaise.

« Pendant un long moment, Louise ne dit
rien. Enfin, elle fit :

« — Eh bien, David, tu es devenu muet. Ferme
« donc cette porte. Cela fait un courant d'air
« et je ne suis pas habituée aux courants d'air.
« J'ai été enfermée dans un cercueil pendant plus
« d'un an, vois-tu. »

« Je fermai la porte et les mots jaillirent de
ma bouche comme un torrent :

« — Que viens-tu faire ici? Pourquoi? Tu es
« morte! »

« Elle éclata de rire : « Voyons, David, tu
« crois vraiment que je suis morte, hein? Je ne
« suis pas morte du tout. Je me suis simplement
« un peu moquée de toi.

« — Tu t'es moquée de moi? » répétai-je. Et

elle continuait à rire comme si elle allait avoir
une crise de nerfs.

« — Oui, David, hoqueta-t-elle. Tu as une telle
« façon de réagir devant les événements imprévus
« que je n'ai pas pu résister au plaisir de jouer
« les fantômes pour voir ce que tu allais faire!

« — Tu mens, hurlai-je. Tu es morte. J'ai
« assisté à ton enterrement. »

« Elle rejeta son voile et me montra son visage. Ses joues étaient roses, ses yeux brillants
et ses lèvres qui dessinaient un sourire félin découvraient des dents très blanches.

« — Le corps qui a été enterré appartenait à
« une jeune fille que j'avais prise dans ma voi-
« ture pour lui faire faire un bout de chemin.
« Quand, après l'accident, j'ai vu qu'elle était
« morte, j'ai eu tout d'un coup l'idée de mettre
« mes bagues à ses doigts et de glisser mon sac
« à main sous elle. Puis j'ai mis le feu à la
« voiture.

« — Mais pourquoi? grommelai-je en me lais-
« sant tomber sur une autre chaise. Pourquoi as-tu
« fait ça?

« — Parce que ça m'amusait. J'étais plus fati-
« guée de toi que toi de moi et j'avais envie
« de vivre l'existence d'une autre personne. En
« outre, je savais que le jour où j'en aurais assez,
« je pourrais toujours reprendre mon ancienne
« place. Et maintenant que je n'ai plus d'argent,
« me voici.

« — Mais je dois me marier demain. Avec
« Ann.

« — Je le sais. Je lis les journaux. J'ai pensé
« que tu préférerais sans doute que je ne traîne
« pas dans les parages. D'accord, David chéri.

« Je vais partir et recommencer à jouer les
« mortes. Tu peux te marier avec la fille de ton
« meilleur client. Mais naturellement j'ai besoin
« d'argent.

« — Non, je ne te donnerai pas un sou. Tu es
« morte.

« — Je vois d'ici les manchettes dans les jour-
« naux de demain, dit Louise : la femme d'un
« jeune et célèbre avocat sort de sa tombe...
« L'épouse soi-disant morte interrompt le ma-
« riage.

« — Non, criai-je, je ne te laisserai pas faire
« ça!

« — Ecoute, je n'ai besoin que de dix mille
« dollars. Je demanderai le divorce en catimini
« et ton second mariage sera légalement validé
« un peu plus tard. Tu vois, tout s'arrangera
« très simplement. »

« Je ne pouvais pas répondre. Tout tourbillonnait dans ma tête. Je me sentais faible, in-
certain, l'esprit confus. Au fond de moi, je me
rendais compte qu'il s'agissait d'un cauchemar
et seul ce sentiment m'empêcha de m'évanouir.
Louise se leva.

« — Réfléchis. Je vais aller me mettre un peu
« de poudre sur le nez. Je te donne cinq minutes...
« pour me signer un chèque... »

« Elle sortit de la pièce. Ne sachant à quel
saint me vouer, je me couvris le visage de mes
deux mains, souhaitant de toutes mes forces me
réveiller. Lorsque je regardai de nouveau autour
de moi, je vis mon frère Richard debout à mon
côté.

« — Il faut bien dire que tu t'es mal débrouillé,
« David. Tu t'es laissé effrayer lorsqu'elle a plai-

« santé sur sa mort. Maintenant, elle sait que tu
« as perdu la partie.

« — Mais elle est morte, criai-je, tout ça n'est
« qu'un rêve!

« — Qui peut se vanter de distinguer un rêve
« de la réalité? Je te conseille de ne pas courir
« le risque. Si tu lui donnes de l'argent, elle
« viendra bientôt t'en réclamer davantage.

« — Mais je ne peux rien faire, dis-je au dé-
« sespoir.

« — Bien sûr que si. Louise est morte déjà
« une fois. Il faut qu'elle meure une seconde
« fois.

« — Non. Je ne t'écouterai pas!

« — Dans ce cas, je comprends qu'il faut que
« je m'occupe de tout, comme je le faisais quand
« nous étions enfants. Regarde-moi, David!

« — Non. »

« J'essayai de détourner mes yeux, mais son
regard me poursuivait, brillant, hypnotiseur.

« — Regarde-moi bien dans les yeux, David.

« — Non. Je ne veux pas! Je ne veux pas! »

« Mais je ne pouvais éviter son regard. J'éprouvais les mêmes sentiments que ceux que j'avais
éprouvés jadis quand nous étions enfants. Les
pupilles de Richard s'agrandissaient démesurément jusqu'à ce qu'elles devinssent semblables à
des lacs où j'allais me noyer.

« — Allons, David, je vais prendre le com-
« mandement de ton corps comme jadis. Et il
« faudra que tu retournes là où j'ai été pen-
« dant si longtemps... tout au fond de notre
« esprit. »

« Je luttai encore pendant un instant. Mais
ses yeux immenses étaient tout près de moi et

se rapprochaient chaque minute davantage... Puis, soudain, Richard disparut. Je compris qu'il avait gagné. Et j'étais sans défense. Je voyais et j'entendais mais il m'était impossible d'intervenir ou de l'empêcher de faire ce qu'il voulait.

« Louise revint dans la chambre. Ses yeux étaient brillants et pleins d'assurance.

« — Alors, David, as-tu pris une décision?

« — Oui, Louise. »

« La voix de Richard était plus profonde, plus forte, plus persuasive que la mienne. Louise parut très surprise du changement.

« — Fais-moi le chèque au porteur pour que « je puisse l'encaisser, dit-elle au bout de quelques « instants. Pour le divorce, il sera prononcé à « Las Vegas. Personne n'établira une relation quel- « conque entre toi et moi. Carpenter est un nom « fort courant.

« — Il n'y aura ni chèque ni divorce, lui « annonça Richard.

« — Dans ce cas, il y aura un scandale. Voilà « qui ne t'aidera pas dans ta carrière.

« — Il n'y aura pas de scandale non plus. Et « pour ta gouverne, sache que je ne suis pas « David, mais Richard.

« — Richard? » Le visage de Louise reflétait l'incertitude. « Mais de quoi diable parles-tu?

« — Je suis le frère jumeau de David. Celui « qui commet les actions que David n'ose pas « accomplir lui-même.

« — Tu es complètement idiot. A présent, je « m'en vais. Je te donne jusqu'à demain matin « neuf heures pour changer d'idée, et me remettre « le chèque.

« — Il n'y aura pas de chèque. Tu n'as nul-

« lement l'intention de tenir tes engagements et
« je le sais. »

« Richard fit un pas en avant. Pour la première fois, Louise parut effrayée. Elle se détourna
comme si elle avait l'intention de s'enfuir. Il
attrapa son bras et l'obligea à faire volte-face, puis
des deux mains lui entoura la gorge.

« Moi, je ne pouvais rien faire d'autre que de
regarder ses doigts serrer son cou de plus en
plus fort, et je voyais le visage de Louise changer
de couleur et ses yeux s'exorbiter. Elle lutta
pendant une trentaine de secondes, essayant de
lui donner des coups de pied et de l'égratigner.
Puis la lutte cessa. Elle avait perdu connaissance.
Ses joues devinrent livides, la salive coula de
chaque côté de ses lèvres, les globes de ses yeux
jaillirent de sa tête. Très calmement, Richard
continuait à serrer la gorge de Louise jusqu'à ce
qu'elle fût morte sans contestation possible. Alors
il la laissa tomber comme un sac de linge sale
sur mon parquet.

« — Allons, David, dit-il, tu peux parler main-
« tenant.

« — Tu l'as tuée! »

« Richard s'essuya les lèvres avec mon mouchoir.

« — Voilà un point intéressant à débattre.
« L'ai-je tuée ou ne l'ai-je pas tuée? Etait-elle
« vivante ou était-elle morte quand elle est arrivée
« ici?

« — Je mélange tout à cause de toi! fis-je en
« gémissant. Naturellement qu'elle était morte. Je
« suis en train de rêver, mais...

« — Mais même dans un rêve, on ne peut
« pas laisser un cadavre étendu sur le tapis de

« ta chambre, n'est-ce pas? Il me semble qu'il
« faut que nous la ramenions là d'où elle vient.
« C'est-à-dire au cimetière de Fairfield.

« — Mais c'est impossible.

« — Pour toi, ce serait impossible. Pas pour
« moi. Je vais mettre Louise dans l'ascenseur,
« la faire descendre au rez-de-chaussée, la porter
« dans un taxi et me rendre au cimetière. Et toi,
« tu vas te taire jusqu'à ce que je te permette
« de parler. »

« Sans s'énerver, il se mit en devoir de mener
à bien son projet insensé. D'abord, il mit mon
chapeau et mes gants. Puis il sortit le voile de
Louise de son sac et l'épingla à son chapeau.
Il brossa son manteau et lui arrangea les cheveux
qui s'étaient décoiffés pendant la lutte. Enfin, il
ramassa le cadavre et le porta dans ses bras jusqu'à
l'ascenseur comme un enfant endormi.

« Il appuya sur le bouton d'appel et demeura
immobile en sifflotant tout en serrant le corps
de Louise dans ses bras. L'ascenseur apparut
au bout de quelques instants et Jimmy, le liftier
de nuit, ouvrit la porte.

« — Un petit ennui, Jimmy », dit Richard en
mettant le pied dans l'ascenseur. Il avait dû
pénétrer en biais pour pouvoir faire entrer Louise
par la porte et, en faisant ce geste, le sac de la
morte tomba. Jimmy se pencha pour le ramasser.

« Sur le ton qu'on emploie quand on se parle
entre hommes, Richard déclara :

« — Cette jeune dame avait certainement com-
« mencé à boire avant de venir ici. Je lui ai
« offert un seul cocktail et elle est tombée dans
« les pommes. Pouvez-vous faire venir un taxi à la
« porte de service?

« — Certainement, monsieur Carpenter. »

« Il était évident que Jimmy comprenait parfaitement la situation.

« Je m'attendais à la découverte du crime et à notre arrestation. Or, il n'arriva rien de semblable. Jimmy amena un taxi, Richard y monta avec Louise et nous démarrâmes très normalement comme s'il était naturel de promener une femme morte en voiture à travers les rues de New York, à minuit! Mais si malin que fût Richard, un projet aussi insensé ne pouvait pas se réaliser sans anicroche. Cette anicroche se produisit quand le chauffeur demanda l'adresse :

« — Au cimetière de Fairfield, répondit Ri-
« chard.

« — Au cimetière de Fairfield? répéta le chauf-
« feur. A cette heure de la nuit? Vous plaisantez,
« monsieur.

« — Pas le moins du monde, répliqua Richard
« qui n'aimait pas qu'on ne le prît pas au sé-
« rieux. Cette dame est morte et je vais l'en-
« terrer. »

« Le chauffeur se retourna complètement. C'était un petit homme brutal, dont le visage était rouge de colère :

« — Ecoutez, m'sieur, je n'aime ni les imbéciles
« du beau monde ni ce genre de blagues. Dites-
« moi où vous allez ou alors descendez de ma
« voiture. »

« Richard hésita un peu et puis haussa les épaules.

« — Excusez-moi, fit-il, ce n'était pas très drôle,
« hein? Conduisez-moi à Riverdale, 937 West 235°
« Rue.

« — Bon, voilà qui est mieux. »

« Un peu plus tard, nous nous faufilions à travers les rues de New York encombrées par la sortie des théâtres. Richard tenait toujours le cadavre de Louise comme un enfant. Il se renversa en arrière et se mit à siffler une valse sentimentale.

« Tout ce qui se passa ensuite ne pouvait arriver que dans un rêve. Nous traversâmes Times Square et les lumières embrasèrent le visage de Louise à travers son voile. Quelquefois nous étions arrêtés par les feux rouges et nous étions entourés par les piétons qui regardaient à l'intérieur du taxi et rigolaient. Les agents de la circulation nous jetaient un rapide coup d'œil sans s'intéresser à nous. A travers la plus grande ville du monde et les quartiers les plus animés, Richard transportait un cadavre et personne ne fut effleuré par le moindre soupçon.

« Nous venions de nous engager sur la route Henry Hudson et nous accélérions en direction de Riverdale. Là, nous nous arrêtâmes à l'adresse que Richard avait donnée : celle de la maison que j'avais achetée pour Ann et moi. Richard sortit Louise du taxi avec mille précautions, s'arrangea pour tirer de sa poche un billet de dix dollars, paya le chauffeur et le renvoya. La nuit était sombre, la rue était tranquille. Personne ne vit Richard faisant rebondir le corps de Louise sur les marches de pierre du perron. Il trouva la clef et porta la morte à l'intérieur.

« Il n'alluma pas la lumière. Il jeta Louise sur un canapé de la salle de séjour, puis s'assit en face d'elle et alluma une cigarette.

« — Allons, David, tu peux parler à présent, « dit-il.

« — Richard, fis-je angoissé, es-tu fou? Avoir
« apporté Louise ici ne vaut pas mieux que de
« l'avoir laissée dans mon appartement. Qu'est-ce
« que nous allons faire maintenant?

« — Je suis en train d'y réfléchir », répliqua
Richard d'une voix irritée. Il détestait que des
obstacles empêchent la réalisation de ses projets.
« C'est vraiment dommage que cet idiot de chauf-
« feur ait refusé de nous conduire au cime-
« tière. »

« Et alors Louise se dressa sur son séant.

« Elle se redressa en vacillant comme quelqu'un
qui est malade. Sa main se porta à sa gorge et
quand elle se mit à parler, sa voix était rauque
et elle avait de la peine à prononcer des phrases.

« — David, dit-elle, tu... tu as réellement essayé
« de me tuer. »

« Richard se retourna pour la regarder. Dans
l'obscurité, elle paraissait fantomatique et lointaine.

« — J'ai l'impression de ne pas avoir accompli
« entièrement ma tâche, remarqua-t-il d'un air
« ennuyé.

« — Tu as essayé de me tuer, répéta-t-elle comme
« si elle ne pouvait pas y croire. Tu iras en
« prison à cause de cette mauvaise action, je te
« le promets.

« — Tu te trompes, répondit-il en se levant
« et en se dirigeant vers elle, menaçant. Je vais
« être simplement contraint à recommencer. C'est
« tout. »

« Louise s'éloigna de lui, apeurée.

« — Oh! non, pour l'amour de Dieu, ne me
« tue pas, hurla-t-elle. Je suis navrée d'être re-
« venue, David. Je n'aurais pas dû. Je vais m'en

« aller. Oui, je vais repartir. Je ne t'ennuierai
« jamais plus, David.

« — Je suis Richard, je ne suis pas David,
« rappela-t-il, d'une voix maussade. Tu es très
« dure à tuer, Louise, hein? Tu es déjà morte
« deux fois et pourtant tu es encore en vie?
« Peut-être la troisième fois sera-t-elle la bonne.

« — Richard, arrête-toi, lui criai-je. Laisse-la
« partir. Elle dit la vérité. Elle va s'en aller et
« ne jamais...

« — Tu ne connais pas grand-chose aux femmes
« comme Louise, railla Richard. De toute façon,
« il s'agit maintenant d'une affaire entre elle
« et moi. Tu deviens gênant, David. Endors-toi...
« endors-toi. »

« Je sentis que je perdais connaissance. L'obscurité m'envahit. Dans mon rêve, tout se passa
comme lorsque j'étais enfant : Richard me bannit
de son existence et agit comme bon lui sembla.
Je ne sus plus rien jusqu'au moment où je me
retrouvai en pyjama, couché dans mon lit. Richard, debout dans le milieu de la pièce, me
souriait.

« — Alors, David, te voici de nouveau en pleine
« forme, dit-il, et moi, je m'en vais. Mais je
« reviendrai. Tu peux en être certain.

« — Et Louise, m'exclamai-je, qu'as-tu fait de
« Louise? »

« Richard bâilla.

« — Oublie Louise, dit-il. Elle ne te gênera
« plus. Je l'ai convaincue d'adopter ton point
« de vue dans cette affaire, David.

« — Comment? Que lui as-tu fait? »

« Richard se contenta de sourire :

« — Bonne nuit, David, fit-il. Oh! demain ma-

« tin, je ne veux pas que tu te tourmentes. Alors,
« souviens-toi, c'était simplement un rêve. Un rêve
« très intéressant. »

« Une fois ces mots prononcés, il s'en alla. Un
instant plus tard, j'ouvris les yeux et m'aperçus
qu'il était neuf heures du matin et que mon
réveil sonnait. Tel a été mon rêve, docteur.

— Merci, David, je comprends à présent. Je
vais vous expliquer ce rêve et ensuite il ne reviendra
plus jamais.

— Oui, docteur.

— Avant que votre première femme Louise
meure, vous souhaitiez sa mort, n'est-ce pas?

— Oui.

— Bon. Quand elle est morte, vous avez éprouvé
un sentiment de culpabilité comme si vous
l'aviez assassinée. La veille de votre mariage, ce
sentiment de culpabilité s'est manifesté sous la
forme d'un cauchemar dans lequel Louise était
vivante. Sans doute la sonnerie de votre réveil
vous a-t-elle fait penser au téléphone et c'est ainsi
que le rêve a débuté... Louise, Richard, tout.
Vous comprenez?

— Oui, docteur, je comprends.

— A présent, vous allez vous reposer un peu;
quand je vous dirai de vous réveiller, vous vous
réveillerez. Vous aurez complètement oublié ce
rêve. Il ne vous tourmentera plus jamais. Maintenant,
reposez-vous, David.

— Oui, docteur.

— Oh! docteur Manson...

— Que voulez-vous, madame Carpenter?

— Etes-vous sûr qu'il ne fera plus jamais ce
rêve?

— Absolument sûr. Sa culpabilité inconsciente

est revenue à la surface, si je peux m'exprimer ainsi, et ainsi il en est débarrassé.

— Je suis si heureuse. Pauvre David! Il était vraiment sur le bord de la dépression nerveuse. Oh! excusez-moi, on sonne à la porte.

— Naturellement.

— C'était l'homme qui nous livrait nos couvertures. C'est un cadeau de mariage de la sœur de David. Je les avais envoyées chez le brodeur pour qu'elles soient marquées à nos initiales. Elles sont belles, n'est-ce pas?

— Oh! oui.

— Je vais aller les ranger. David a un très beau coffre en cèdre, placé sous la fenêtre. Le couvercle est parfaitement hermétique et à l'abri des mites, a dit l'ébéniste. Je l'espère bien car ce serait terrible si d'aussi belles couvertures étaient mitées...

— David, vous pouvez vous réveiller maintenant... Bien. Comment vous sentez-vous?

— Très bien, docteur. Seulement, je ne suis pas David, je suis Richard. Je suis surpris que vous ayez pu croire que David vous racontait un rêve. Vous devriez savoir que c'est la seule manière pour David de se cacher la vérité à lui-même. Cette première fois, le téléphone a vraiment sonné et... Ann! ne t'approche pas de ce coffre en cèdre. Je te préviens... Ne l'ouvre pas!... Tant pis, je t'ai prévenue mais il a fallu pourtant que tu l'ouvres. Il n'y a plus aucune raison pour que tu restes debout devant ce meuble, à hurler. »

TOUTE LA VILLE DORT

(The whole Town is sleeping)

de Ray Bradbury

C'ÉTAIT une chaude nuit d'été dans le cœur de la province de l'Illinois. La petite ville était éloignée de tout, gardée par une rivière, une forêt et un ravin. Les trottoirs étaient encore brûlants du soleil de la journée. Les boutiques fermaient et les rues s'obscurcissaient. Il y avait deux lunes : celle que formait le cadran lumineux de l'horloge au-dessus du tribunal, noir et solennel, et l'autre, la vraie, couleur de vanille, qui montait lentement dans le ciel bleu foncé.

Dans le drugstore, les ventilateurs bourdonnaient et dans l'ombre des marquises rococo, des gens invisibles étaient assis. Des enfants jouaient sur les chaussées pavées de briques que le crépuscule teintait de pourpre. Les portes gémissaient sur leurs gonds avant de se refermer avec un claquement sec. L'herbe et les arbres criaient de chaleur.

Solitaire sur son perron, Lavinia Nebbs était assise. Elle était restée, à trente-sept ans, très droite et très mince. De temps en temps, elle portait à ses lèvres le verre de citronnade qu'elle tenait entre ses doigts blancs. Elle attendait.

« Me voici, Lavinia. »

Lavinia se retourna. Il y avait Francine au

bas du perron, debout, au milieu des massifs de zinnias et d'hibiscus qui parfumaient la nuit. Tout habillée de blanc, elle avait l'air d'une jeune fille malgré ses trente-cinq ans.

Mlle Lavinia Nebbs se leva, ferma à clef la porte de sa maison et abandonna sur la barre d'appui le verre de citronnade vide.

« C'est une belle nuit pour aller au cinéma.

— Où allez-vous donc, mesdames? » cria la grand-mère Hansom assise sur son perron de l'autre côté de la rue.

Elles répondirent, par-delà la mer de ténèbres qui les séparait :

« On va au cinéma Elite, voir Harold Lloyd dans *Vive le danger!*

— Eh bien, par une nuit pareille, vous ne m'aurez pas! soupira grand-mère Hansom... Surtout avec ce Rôdeur qui étrangle les femmes. Moi, je m'enferme avec mon fusil... »

La porte de la vieille femme claqua et on entendit la clef tourner dans la serrure.

Les deux femmes partirent. Lavinia sentait le souffle brûlant de la nuit d'été qui montait du trottoir comme d'un four surchauffé.

Sous les pas, l'asphalte se craquelait comme la croûte d'un pain trop cuit. La chaleur montait le long des jambes, s'insinuait sous les jupes.

« Lavinia, tu ne crois pas tout ce qu'on raconte sur le Rôdeur, n'est-ce pas?

— Tu sais bien que les femmes adorent faire marcher leurs langues!

— N'empêche que Hattie McDollis a été tuée il y a un mois; Roberta Ferry, le mois d'avant. Et maintenant, c'est Eliza Ramsell qui a disparu...

— Je parierais que Hattie McDollis s'est en-
fuie avec un commis voyageur.

— Oui, mais les autres... celles qui ont été
étranglées... il y en a eu quatre. On dit qu'on
les a retrouvées, le visage bleu et la langue pendante. »

Elles étaient arrivées au bord du ravin qui
coupait la ville en deux. Derrière elles, il y avait
les maisons éclairées et la musique lointaine de
la radio. Devant elles, il y avait un fossé profond,
humide, noyé de ténèbres.

« Peut-être qu'il vaudrait mieux qu'on n'aille
pas au cinéma, dit Francine. Le Rôdeur est capable de nous suivre et de nous tuer. Je n'aime
pas ce ravin. Regarde comme il est sombre, sens
l'odeur qui s'en dégage et *écoute*. »

Du fond du ravin où stagnaient de mystérieux
et fétides brouillards s'élevait un vrombissement
de mouches et de moustiques.

« En tout cas, ce ne sera pas moi la victime,
reprit Francine. Car ce n'est pas moi qui traverserai ce terrible ravin tard dans la nuit. Ce
sera toi, Lavinia. Tu descendras les marches qui
conduisent à ce pont branlant, puis tu le suivras
pour atteindre l'autre côté... Et peut-être que le
Rôdeur est caché derrière un arbre et te guette.
Je ne serais jamais allée à l'église cet après-midi
si j'avais dû passer toute seule au-dessus de ce
ravin, même en plein jour.

— Bêtises, fit Lavinia Nebbs.

— Ce sera toi qui seras toute seule sur le
sentier, en train d'écouter le bruit de tes pas.
Ce ne sera pas moi. Et puis, il y aura les ombres...
Lavinia, comment peux-tu supporter la solitude
et vivre toute seule dans cette maison?

— Les vieilles filles aiment vivre seules », dit Lavinia.

Elle désigna un petit sentier ombragé et brûlant.
« Prenons le raccourci, déclara-t-elle.

— J'ai peur.

— Il est encore de bonne heure. Le Rôdeur sort plus tard. »

Lavinia, froide comme un glaçon, prit le bras de sa compagne, et la fit descendre le long du sentier sinueux, empli du bruit des cigales, des grenouilles et des moustiques.

« Courons, haleta Francine.

— Non. »

Si Lavinia n'avait pas tourné la tête à cet instant précis, elle n'aurait rien vu. Mais justement elle tourna la tête et elle vit. Alors Francine regarda à son tour et vit également. Elles demeurèrent immobiles dans le sentier, sans en croire leurs yeux.

Dans la nuit profonde, au milieu d'un bouquet d'arbustes, à demi cachée, mais couchée de telle façon qu'on eût pu croire qu'elle voulait profiter de la douce clarté des étoiles, il y avait Eliza Ramsell.

Francine hurla.

La femme gisait sur le sol comme si elle avait flotté sur l'eau : la lune avait posé des taches argentées sur son visage, ses yeux étaient pareils à du marbre blanc, sa langue était coincée entre ses lèvres.

Lavinia sentit le ravin tourner autour d'elle comme un manège de chevaux de bois. Francine haletait et étouffait et il s'écoula un long moment avant que Lavinia s'entendît prononcer ces paroles :

« Il faut aller prévenir la police. »

« Tiens-moi, Lavinia, je t'en prie, soutiens-moi. J'ai froid. Oh! je n'ai jamais eu aussi froid depuis l'hiver dernier. »

Lavinia soutenait Francine et les policiers étaient dispersés dans le ravin. Les flashes s'allumaient, les voix se mêlaient. A présent, il était près de huit heures et demie du soir.

« J'ai besoin d'un sweater, comme en décembre », dit Francine, qui avait fermé les yeux et posé son visage contre l'épaule de Lavinia.

Le policier dit :

« Vous pouvez partir maintenant, mesdames. Je vous demanderai de passer demain au commissariat pour un supplément d'enquête. »

Lavinia et Francine s'éloignèrent du policier et du corps couché sur l'herbe du ravin, qu'on avait pudiquement recouvert d'un drap.

Lavinia sentait son cœur battre. Elle avait froid, elle aussi, comme on a froid au mois de février. Elle avait l'impression que de petits flocons de neige collaient à sa peau et que sous la lune ses longs doigts minces avaient une blancheur de cire. Elle se rappela que c'était elle qui avait répondu à toutes les questions tandis que Francine sanglotait.

La voix d'un policier retentit :

« Vous voulez qu'on vous accompagne, mesdames?

— Non, ce n'est pas la peine », répondit Lavinia.

Et elles continuèrent à marcher. « Je ne puis rien me rappeler en ce moment, pensa-t-elle, je ne peux même pas me rappeler à quoi elle ressemblait, étendue sur le sol. Je ne crois même pas que c'est arrivé. Déjà, je suis en train d'oublier. Je me force à oublier. »

« Je n'ai jamais vu quelqu'un de mort », dit Francine.

Lavinia jeta un coup d'œil sur son bracelet-montre qui lui parut très loin.

« Il n'est que huit heures et demie. Nous allons passer prendre Helen et nous irons au cinéma.

— Au cinéma!

— Bien sûr, c'est ce qu'il nous faut.

— Lavinia, *tu n'y penses pas!*

— Nous devons oublier. Ça ne vaut rien de se souvenir.

— Mais Eliza est là-bas et...

— Nous avons besoin de rire. Nous allons aller au cinéma comme si de rien n'était.

— Mais Eliza a été ton amie, *la mienne...*

— Nous ne pouvons rien faire pour elle. C'est pour nous qu'il faut faire quelque chose. J'insiste. Je n'ai pas l'intention de rentrer à la maison et de me lamenter. Je *ne veux* pas y penser. Je veux bien m'occuper de tout mais pas de ça. »

Elles se mirent à escalader un sentier pierreux dans l'obscurité. Elles entendirent des voix et s'arrêtèrent.

Au-dessous d'elles, près des eaux qui tourbillonnaient, une voix murmurait :

« Je suis le Rôdeur. Je suis le Rôdeur. Je tue les gens.

— Et moi, je suis Eliza Ramsell. Regardez-moi, je suis morte. Voyez ma langue qui pend en dehors de ma bouche... »

Francine cria :

« Sales gosses, abominables gosses! Rentrez chez vous, sortez du ravin, vous m'entendez? Rentrez chez vous, rentrez chez vous, rentrez chez vous! »

Les enfants abandonnèrent leur jeu et s'enfuirent. Leurs rires s'évanouirent dans la nuit tandis qu'ils regagnaient les collines et la chaleur de l'été.

Francine se remit à sangloter et continua à marcher.

« Je pensais que vous n'arriveriez jamais, mesdames! s'exclama Helen Greer en tapant du pied sur les marches de la véranda. Vous n'avez qu'une heure de retard, vous vous rendez compte?

— Nous... », commença Francine.

Lavinia lui pinça le bras.

« On a tous eu un choc. Quelqu'un a trouvé Eliza Ramsell morte dans un ravin. »

Helen hoqueta :

« Qui l'a découverte?

— Nous n'en savons rien. »

Les trois femmes demeuraient immobiles, se regardant l'une l'autre par cette belle nuit d'été.

« J'ai bien l'intention de m'enfermer dans ma maison », dit enfin Helen.

Mais en fin de compte, elle se décida à aller chercher un sweater et, pendant son absence, Francine murmura d'une voix crispée :

« Pourquoi ne lui as-tu pas *dit?*

— A quoi bon la bouleverser? Il sera bien temps demain », répliqua Lavinia.

Les trois femmes s'engagèrent dans la rue bordée d'arbres sombres, dans cette ville où les portes claquaient, où chacun s'enfermait à double tour, verrouillant les fenêtres, tirant les volets, éteignant les lumières. Elles sentirent des regards se fixer sur elles, derrière les rideaux tirés.

« Comme c'est étrange, pensait Lavinia Nebbs. Cette nuit les enfants devraient courir en liberté et se gaver de glaces. Au contraire, on les enferme dans les maisons, toutes portes et fenêtres closes. Les balles et les battes de baseball jonchent les pelouses où personne n'a marché. Une marelle dessinée à la craie reste inutile sur le trottoir encore brûlant de chaleur. »

« Nous sommes folles d'être dehors une nuit pareille, dit Helen.

— Le Rôdeur ne tuera pas trois femmes à la fois, répondit Lavinia. Le fait d'être trois nous sauvera. De plus, c'est trop tôt. Les meurtres ne se produisent que tous les mois. »

Une ombre passa devant elles. Une silhouette indistincte apparut. Comme si quelqu'un les avait frappées, les trois femmes hurlèrent.

« Je vous ai bien eues! » Surgissant dans un rayon de lune, un homme sortit de derrière un arbre; il se mit à rire.

« C'est moi le Rôdeur.

— Tom Dillon!

— Tom!

— Tom, dit Lavinia, si jamais vous recommencez une aussi mauvaise plaisanterie, je vous souhaite d'être criblé de balles par erreur. »

Francine se mit à pleurer.

Tom Dillon s'arrêta de sourire :

« Je suis vraiment navré.

— Savez-vous ce qui est arrivé à Eliza Ramsell? intervint Lavinia. Elle est morte, et vous vous amusez à faire peur aux femmes. Vous devriez

avoir honte. Ne nous adressez plus jamais la
parole.

— Oh!... »

Il voulut les suivre.

« Restez où vous êtes, monsieur le Rôdeur, et
amusez-vous à vous faire peur, dit Lavinia. Allez
donc voir le visage de la morte et vous me direz
si vous trouvez ça drôle! »

Elle entraîna les deux autres le long de la
rue éclairée par la lueur des étoiles. Francine tenait toujours un mouchoir contre ses joues.

« Francine, supplia Helen, ce n'était qu'une
plaisanterie. Pourquoi pleure-t-elle si fort?

— Je crois qu'il vaut mieux te le dire, Helen.
C'est nous qui avons découvert Eliza. Et ce n'était
pas beau à voir. Nous faisons l'impossible pour
oublier. C'est pourquoi nous allons au cinéma.
Nous ne voulons plus en parler. Trop, c'est trop.
Prépare l'argent du billet, nous sommes presque
arrivées. »

Dans le drugstore, de grands ventilateurs aux
pales de bois brassaient l'air lourd, chargé de senteurs d'arnica, de limonade et de soda qui se
répandaient dans la rue.

« Donnez-moi dix *cents* de pastilles de menthe »,
dit Lavinia à l'employé.

Le visage de celui-ci était pâle et tiré, comme les
visages de tous ceux qu'elles avaient rencontrés
dans les rues à demi vides.

« Nous les mangerons au cinéma, expliqua-
t-elle au vendeur qui emplissait un sac de
papier.

— Vous êtes en beauté ce soir, dit-il. Vous étiez
si fraîche à midi, mademoiselle Lavinia, lorsque

vous êtes venue acheter des chocolats, et si jolie
que quelqu'un s'est enquis de vous.

— Ah! vraiment?

— Vous devenez célèbre. Un homme qui était
assis au comptoir vous a regardée sortir et m'a
dit : « Dites donc, *qui est-ce?* » Tout en parlant,
il rajoutait quelques pastilles de menthe dans le
sac. « C'était un homme vêtu d'un costume
sombre, avec un visage mince et pâle. « Mais,
« voyons, c'est Lavinia Nebbs, la plus jolie céliba-
« taire de la ville, que j'ai répondu. — Elle est
« belle, qu'il m'a répondu. Où habite-t-elle? »

A ce moment le vendeur s'arrêta et détourna
son regard.

« Vous ne lui avez pas donné l'adresse? gémit
Francine. Hein, vous ne la lui avez pas donnée,
j'espère? Hein?

— Ben, j'ai eu tort, j'y ai pas pensé. J'ai dit :
« Elle habite quelque part dans Park Street, vous
« savez bien, près du ravin. » J'ai pas fait attention
à ce moment. Mais maintenant, on a trouvé le
cadavre là, ce soir. Je l'ai appris il y a une minute,
alors je me suis dit : « Qu'est-ce que tu as fait? »

Il tendit le sac qui débordait.

« Idiot, hurla Francine et ses yeux s'emplirent
de larmes.

— Je suis désolé. P't'être bien que ça n'a pas
d'importance.

— Que vous dites », répondit Francine.

Lavinia demeurait immobile sous le regard fixe
des trois autres. Elle eût été incapable de dire
ce qu'elle ressentait. En fait, elle ne ressentait rien,
sauf peut-être un léger picotement nerveux dans
la gorge. Elle remit son argent machinalement.

« Je vous les offre, ces pastilles de menthe. »

Le vendeur baissa la tête et se mit à tripoter des papiers.

« Eh bien, je sais ce que nous allons faire et *tout de suite,* dit Helen en sortant du magasin. Nous allons rentrer directement à la maison. Je ne veux en aucun cas être mêlée à une chasse à l'homme dont tu serais l'enjeu, Lavinia. Car c'est sur toi que l'homme s'est renseigné. C'est toi la *prochaine victime.* Veux-tu qu'on te retrouve morte dans le ravin?

— Bah! c'était un bonhomme comme les autres, dit lentement Lavinia.

— Tom Dillon aussi est un homme comme les autres. Et c'est peut-être lui le Rôdeur.

— Je crois que nous sommes toutes à bout de force, dit sagement Lavinia. Moi, je veux aller au cinéma. Si je dois être la prochaine victime, tant pis! Une femme a si peu de motifs de se passionner dans sa vie, surtout une vieille fille comme moi, qui a trente-sept ans! Alors, si ça ne vous fait rien, laissez-moi m'amuser. Et j'ai beaucoup de bon sens. Il semble raisonnable de croire qu'il ne sortira pas ce soir si tôt après le meurtre d'Eliza. Dans un mois, je ne dis pas. Lorsque la police aura relâché sa surveillance et qu'il aura envie de commettre un autre meurtre. Il faut *avoir envie* de tuer les gens, vous savez. Tout au moins en ce qui concerne ce genre d'assassin. Pour l'instant, il se repose. Et de toute façon, je n'ai pas la moindre intention de rester seule à la maison, à cuire dans mon jus.

— Mais tu ne te rappelles donc pas le visage d'Eliza, gisant dans le ravin!

— Je ne l'ai regardé qu'une fois. Je ne m'en suis pas *repue,* quoi que vous pensiez. Je suis parfaitement capable de voir quelque chose et de décider ensuite que je ne l'ai jamais vue. Voilà qui vous permet de vous rendre compte à quel point je suis forte. Et, de toute façon, cette discussion est ridicule parce que je ne suis pas jolie.

— Mais, si, Lavinia, tu es jolie. Tu es la plus jolie célibataire de la ville à présent qu'Eliza... » Francine s'arrêta brusquement avant de reprendre : « Si seulement tu t'étais montrée plus aimable, tu serais mariée depuis très longtemps.

— Cesse de pleurnicher, Francine. Nous voici arrivées au cinéma. Helen et toi n'avez qu'à rentrer à la maison. Moi, j'irai toute seule au cinéma et je rentrerai toute seule à la maison.

— Lavinia, tu es folle. Nous n'allons pas t'abandonner ici... »

Elles discutèrent pendant quelques minutes. Helen fit mine de s'en aller puis revint en voyant Lavinia sortir son argent pour payer sa place. Helen et Francine la suivirent dans la salle.

La première partie du spectacle était terminée. Dans le cinéma faiblement éclairé, où flottait une odeur de pâte à reluire, le directeur apparut sur la scène devant les rideaux de velours rouge élimés et annonça :

« La police a demandé que nous fermions tôt ce soir. Donc tout le monde pourra être rentré à une heure convenable. Nous ne passerons pas les courts sujets et nous allons projeter le grand film immédiatement. Le spectacle sera terminé à onze heures. Nous conseillons à chacun de regagner directement sa maison et de ne pas flâner en cours de route. Nous ne disposons pas d'une force de police très importante et les quelques agents que nous avons seront dispersés dans les rues.

— C'est à nous que ce discours s'adresse, Lavinia. C'est à *nous*. »

Lavinia sentit qu'on étreignait ses coudes de chaque côté.

Au milieu de l'obscurité les mots « VIVE LE DANGER » s'allumèrent à travers l'écran.

« Lavinia, murmura Helen.

— Quoi donc?

— Lorsque nous sommes entrées dans la salle, un homme vêtu d'un costume sombre a traversé la rue en même temps que nous. Il est ici, lui aussi. Il est assis derrière nous.

— Oh! voyons, Helen!

— Il est exactement derrière nous à présent. »

Lavinia regarda l'écran.

Helen se retourna lentement pour jeter un coup d'œil furtif derrière elle.

« Je vais appeler le directeur, hurla-t-elle en se levant d'un bond. Arrêtez la projection. Lumière!

— Helen, assieds-toi », dit Lavinia, qui avait fermé les yeux.

Lorsqu'elles reposèrent sur la table leur verre vide, chacune d'entre elles avait une moustache de chocolat sur la lèvre supérieure. Elles y passèrent la langue en riant, pour en effacer la trace.

« Vous vous rendez compte à quel point cette scène a été *stupide?* dit Lavinia. Tout ce scandale pour rien. C'était drôlement gênant! »

L'horloge du drugstore marquait 11 heures 25. Elles étaient sorties du cinéma, elles riaient et s'amusaient. Même Helen se moquait de sa conduite.

Lavinia dit :

« Quand tu as couru dans la travée en criant « Lumière », j'ai cru que j'allais mourir.

— Pauvre type!

— C'était le frère du directeur.

— Je me suis excusée, dit Helen.

— Tu as vu quelles peuvent être les conséquences d'une panique? »

Les grands ventilateurs tourbillonnaient, brassant l'air chaud de la nuit, éparpillant les senteurs de vanille, de framboise, de menthe et de désinfectant qui stagnaient dans le drugstore.

« Nous n'aurions pas dû nous arrêter pour prendre une consommation. La police a dit...

— Au diable la police, fit Lavinia en riant. Je n'ai peur de rien. Le Rôdeur se trouve à des millions de kilomètres d'ici. Il ne sera pas de retour avant des semaines. La police l'arrêtera, tu verras. Le film était drôlement amusant, hein! »

Les rues étaient propres et désertes. Pas la moindre voiture, ni le moindre camion, ni le moindre être humain en vue. Les lumières brillantes éclairaient encore des devantures de petites boutiques où se tenaient les mannequins en cire. Leurs yeux vides suivirent les trois femmes qui marchaient dans les rues.

« Tu crois qu'ils feraient quelque chose si nous criions?

— Qui?

— Les mannequins... ceux des vitrines.

— Oh! Francine.

— Eh bien!... »

Il y avait des milliers de gens dans les vitrines, des gens raides et silencieux et il n'y avait que trois personnes qui marchaient dans la ville, trois personnes dont le bruit des pas éclatait comme des coups de fusil quand les talons heurtaient les pavés du trottoir.

Une enseigne rouge au néon clignotait et vrombissait comme un insecte qui va mourir. Les trois femmes la dépassèrent.

Chaude et blanche, la longue avenue s'étendait devant elles. De hauts arbres à peine touchés par le vent montaient la garde de chaque côté des femmes qui marchaient.

« D'abord, nous allons te raccompagner chez toi, Francine.

— Non, c'est moi qui vous raccompagnerai.

— Ne sois pas ridicule. C'est toi qui habites le plus près. Si vous me raccompagniez à la maison, il faudrait que vous retraversiez le ravin toutes seules. Et si une feuille vous touchait en tombant, vous mourriez sur-le-champ. »

Francine dit :

« Je peux passer la nuit chez toi. C'est toi qui es *la plus jolie!*

— Non. »

A les voir, on eût dit trois formes habillées qui flottaient au-dessus d'une mer blanchie de lune. Pour Lavinia, qui voyait les arbres sombres défiler à droite et à gauche, qui écoutait la voix de ses amies, il semblait que la nuit se hâtait. Elles avançaient lentement et, en même temps, elles paraissaient courir. Tous les objets prenaient la couleur d'une neige brûlante.

« Chantons », dit Lavinia.

Elles se mirent à chanter doucement, paisiblement, en se tenant par le bras et sans regarder derrière elles. Sous leurs pieds, le trottoir bougeait, bougeait en se refroidissant.

« Ecoutez », dit Lavinia.

Elles écoutèrent la nuit estivale, les grillons, le carillon éloigné de l'horloge du tribunal qui sonnait les trois quarts de onze heures.

« Ecoutez. »

La porte d'une véranda craqua dans l'obscurité. M. Terle se tenait silencieux et solitaire sur son perron, fumant son dernier cigare alors qu'elles passaient. Elles aperçurent la lueur rose qui surgissait tantôt à droite, tantôt à gauche.

Les lumières s'éteignaient les unes après les autres. A présent, elles étaient toutes éteintes : celles des petites maisons, et celles des grandes, celles des bougies, celles des lampes à huile, celles des vérandas. Et tout semblait être fermé par des murs de bronze, de fer et d'acier. « Tout, pensa Lavinia, est emballé, mis en caisse, rangé. » Elle imaginait les gens couchés dans leur lit éclairé par les rayons de lune; tous les souffles se mêlaient dans la nuit de l'été; chacun devait se sentir en sécurité. « Et nous, pensa-t-elle, nous voilà en train d'écouter le bruit de nos pas solitaires qui résonnent sur les trottoirs encore chauds du soleil de l'après-midi. Et au-dessus de nous les lampadaires de la rue agitent des millions d'ombres fantastiques qui se reflètent sur la chaussée. »

« Te voici chez toi, Francine, bonne nuit.

— Lavinia, Helen, restez avec moi cette nuit. Il est tard. Il est près de minuit. Mme Murdock a une chambre pour vous. Je vous ferai une tasse de chocolat chaud et on va bien s'amuser. »

Francine les retenait toutes les deux.

« Non, merci », dit Lavinia.

Et Francine se remit à pleurer.

« Oh! non, Francine, ne recommence pas, dit Lavinia.

— Je ne veux pas vous voir mortes, sanglota Francine, les joues inondées de larmes. Vous êtes si belles et si gentilles. Je veux que vous viviez, je vous en supplie, je vous en supplie.

— Francine, je ne savais pas que tu avais été frappée à ce point. Mais je te promets de t'appeler dès que je serai à la maison.

— Sûrement?

— Oui, et je te dirai que je suis saine et sauve. Demain, nous irons pique-niquer dans le parc, d'accord? On mangera des sandwiches au jambon que je ferai moi-même. Ça te plaît? Allons, tu verras, je vivrai éternellement.

— Tu me téléphoneras?

— Je te l'ai promis, non?

— Bonne nuit, bonne nuit. »

Francine, en un instant, disparut derrière sa porte qu'elle verrouilla à double tour.

« Maintenant, dit Lavinia à Helen, je vais te ramener chez toi. »

L'horloge du tribunal sonna les douze coups de minuit. Le bruit se répercuta au travers d'une ville déserte, plus déserte qu'elle n'avait jamais été. Il traversa des rues vides, des terrains vides, des pelouses vides.

« Dix, onze, *douze,* compta Lavinia, au bras de laquelle Helen était accrochée.

— Tu n'éprouves pas quelque chose de bizarre?

— Qu'est-ce que tu veux dire?

— Je veux dire que nous sommes dans la rue, à marcher sous les arbres, tandis que tout le monde est couché, bien à l'abri, dans les maisons.

Je parie que nous sommes les seules à déambuler en pleine nuit. »

Le bruit du ravin profond, obscur et chaud, se rapprochait.

En quelques secondes, elles se retrouvèrent devant la maison d'Helen. Elles se regardèrent longuement. Le vent éparpillait autour d'elles l'odeur de l'herbe coupée et des lilas humides. La lune était haute dans un ciel où les nuages commençaient à s'amasser.

« Sans doute est-ce inutile de te prier de rester avec moi, Lavinia?

— Je vais continuer mon chemin.

— Quelquefois...

— Quelquefois quoi?

— Quelquefois, je pense que les gens veulent mourir. Tu t'es certainement conduite d'une façon étrange toute la soirée.

— Je n'ai pas peur, c'est tout, dit Lavinia. Et, en outre, je suis curieuse, probablement. Je raisonne aussi. Logiquement, il n'est pas possible que le Rôdeur se trouve dans les parages. Il y a la police et tout.

— *Notre* police, notre insignifiante petite police composée de nonagénaires? Les agents sont chez eux, dans leur lit, la tête cachée sous les couvertures.

— Alors, disons que je m'amuse, précairement mais sûrement. Si je courais le moindre risque, tu peux être certaine que je resterais avec toi.

— Peut-être que dans ton subconscient, tu ne tiens pas à vivre plus longtemps.

— Toi et Francine, vous me faites rire!

— Je me sens coupable. Je vais boire du café

chaud jusqu'à ce que tu aies atteint le fond du
ravin et traversé le pont dans l'obscurité.

— Bois donc une tasse à ma santé. Bonne nuit. »

Lavinia Nebbs marchait dans la nuit, à travers
le silence nocturne de l'été. Elle voyait les maisons
aux fenêtres sombres, et, dans le lointain, elle
entendait un chien aboyer. « Dans cinq minutes,
pensa-t-elle, je serai en sécurité à la maison. Dans
cinq minutes, je téléphonerai à cette stupide petite Francine. »

Elle entendit une voix d'homme qui chantait
au loin sous les arbres.

Elle se mit à marcher un peu plus vite.

Un homme s'avançait vers elle, vaguement
éclairé par les rayons de la lune. Il marchait tranquillement et avec désinvolture.

« Si c'est nécessaire, pensa Livinia, je peux
toujours courir et frapper à l'une de ces portes. »

L'homme chantait : « Brille, brille, lune des
moissons », et il portait un gros gourdin dans la
main.

« Ça, pour une surprise, c'est une surprise,
s'exclama-t-il. Mademoiselle Nebbs, qu'est-ce que
vous faites dehors à cette heure tardive?

— L'inspecteur Kennedy! »

Car c'était lui, bien sûr. L'inspecteur Kennedy
qui faisait sa ronde.

« Il vaudrait mieux que je vous raccompagne
chez vous.

— Inutile, je me débrouillerai toute seule.

— Mais vous habitez de l'autre côté du
ravin. »

« Oui, pensa-t-elle, mais pour rien au monde
je ne traverserai le ravin en compagnie d'un

homme. Comment puis-je savoir lequel est le Rôdeur? »

« Non, merci, dit-elle.

— Je reste ici, fit-il. Si vous avez besoin d'aide,
criez de toutes vos forces. J'arriverai à toutes
jambes! »

Elle continua sa route, laissant Kennedy debout
sous un lampadaire, seul, et sifflotant.

« M'y voici », pensa-t-elle.

Le ravin.

Elle était debout sur la première des cent treize
marches qui descendaient vers le talus couvert de
mûres sauvages; on accédait alors au pont branlant long de cent mètres qui menait aux collines
sombres, avant de parvenir à Park Street. Une
seule lanterne pour éclairer le chemin. « Dans
trois minutes, pensa-t-elle, j'enfoncerai ma clef
dans la serrure de ma porte. » Rien ne peut
arriver dans l'espace de cent quatre-vingts secondes.

Elle commença à descendre les marches sombres
et vertes qui la conduisaient dans la nuit obscure
du ravin.

« Une, deux, trois, quatre, cinq, six, sept, huit,
neuf marches », murmura-t-elle.

Elle avait l'impression de courir et pourtant elle
ne courait pas.

« Quinze, seize, dix-sept, dix-huit, dix-neuf »,
compta-t-elle à haute voix.

« J'ai fait le cinquième du chemin », se dit-elle.

Le ravin était profond, profond et noir et
sombre. Et le monde avait disparu. Le monde où
dormaient des gens en sécurité. Les portes ver-
rouillées, la ville, le drugstore, le cinéma, les
lumières, tout avait disparu. Seul existait le ravin.

Seul vivait le ravin, qui l'étreignait, noir et immense.

« Rien n'est arrivé, non? Il n'y a personne, non? Vingt-quatre, vingt-cinq marches. Souviens-toi de cette vieille histoire de fantômes que l'on se racontait quand on était enfants? »

Elle écouta le bruit que faisaient ses pas sur les marches.

« Cette histoire de l'homme tout noir qui entrait dans la maison et venait dans la chambre où on était couché. Maintenant, il est sur la première marche de l'escalier qui conduit à la chambre. Maintenant, il est sur la seconde. Maintenant, il est sur la troisième, la quatrième, la cinquième. Comme on riait et comme on hurlait en entendant cette histoire. Et voilà l'horrible bonhomme sur la douzième marche, ouvrant la porte de la chambre, s'approchant du lit. » « Ça y est, je t'ai! »

Elle hurla. Jamais, de toute sa vie, elle n'avait entendu un cri pareil. Elle n'avait jamais hurlé aussi fort. Elle s'arrêta, glacée d'effroi, s'accrochant à la rampe en bois. Son cœur éclatait à l'intérieur de sa poitrine. Le bruit de ses battements terrifiés emplissait le monde entier.

« Là-bas, là-bas, criait-elle pour elle-même, en bas de l'escalier. Un homme, sous la lumière. Non, maintenant, il est parti. Il attendait là-bas. »

Elle écouta.

Le silence. Le pont était vide.

« Il n'y a rien, pensa-t-elle, en pressant son cœur. Il n'y a rien. Stupide. Cette histoire que je me suis racontée. Ridicule. Que vais-je faire? »

Les battements de son cœur diminuèrent.

« Dois-je appeler l'inspecteur, a-t-il entendu

mon cri? Ou bien n'ai-je pas réellement crié à haute voix? »

Elle écouta. Rien. Rien.

« Je vais retourner chez Helen et coucher chez elle. » Mais tout en se disant cela, elle continuait à descendre. « Non, pensa-t-elle, je suis plus près de chez moi maintenant. Trente-huit, trente-neuf marches. Attention. Ne tombe pas. Oh! je suis folle. Quarante marches. Quarante et une. Je suis presque à moitié chemin à présent. » De nouveau, elle se sentit glacée d'effroi.

« Attends », se dit-elle en s'arrêtant.

Puis elle avança d'un pas. Il y eut un écho. Elle fit un autre pas. Un autre écho... une fraction de minute plus tard.

« Quelqu'un me suit, murmura-t-elle au ravin, aux grillons noirs, aux grenouilles vert foncé et à la vapeur sombre. Il y a quelqu'un qui descend l'escalier derrière moi. Je n'ose pas me retourner. »

Un autre pas. Un autre écho.

« Chaque fois que j'avance, il avance aussi. » Un pas et un écho.

Faiblement, elle s'adressa au ravin :

« Inspecteur Kennedy, est-ce vous? »

Brusquement, les grillons se turent. Les grillons écoutaient. La nuit aussi écoutait. Pendant un moment, toutes les pelouses parfumées par la nuit d'été, tous les arbres caressés par la brise nocturne devinrent silencieux. Les feuilles, les buissons, les étoiles, les herbes cessèrent de bouger pour écouter le cœur de Lavinia Nebbs. Et peut-être à des milliers de kilomètres de là, dans une gare solitaire abandonnée des trains, un voyageur nocturne et solitaire, qui lisait un journal à la lueur d'une

ampoule nue, avait-il levé la tête, pour écouter :
« Qu'est-ce que c'est? s'était-il demandé. Une
marmotte, sans doute, qui s'attaque à une
branche. » Mais, en vérité, c'était Lavinia Nebbs.
Le cœur de Lavinia Nebbs.

Plus vite. Encore plus vite. Elle descendait
l'escalier.

Elle courait.

Elle entendit de la musique. C'était une musique
folle qui l'envahissait et l'inondait. Et soudain,
tandis qu'elle courait, elle se rendit compte qu'elle
avait reconstitué dans son esprit, en la dramatisant,
la partition musicale d'un film vu autrefois. La
musique tourbillonnait, l'enserrait, l'entraînait vers
le fond du ravin.

« Encore quelques pas, pria-t-elle. Cent dix,
onze, douze et treize marches! Le fond. Maintenant, cours. Traverse le pont! »

Elle s'adressait à ses jambes, à ses bras, à son
corps, à sa frayeur. En ce terrible instant, elle
suppliait tout ce qui faisait partie d'elle-même.
Elle courut en traversant le pont aux planches
mal jointes, qui surplombait les eaux stagnantes.
Derrière elle, il y avait toujours les pas inconnus
et la musique qui la poursuivaient.

« Il me suit. Ne te retourne pas. Ne regarde
pas. Si tu le vois, tu ne pourras plus avancer.
Tu seras effrayée. Tu seras glacée de terreur.
Cours... Cours... Cours! »

Elle courut à travers le pont.

« Oh! mon Dieu, mon Dieu, faites que je gra-
visse la colline. Le sentier, le chemin des collines.
Oh! mon Dieu, comme il fait sombre et comme
tout est loin. Si je criais à présent, ça ne servirait

à rien. De toute façon, je suis incapable de crier. Voici le haut du sentier, voici la rue. Dieu merci, j'ai mes talons plats. Je peux courir, courir. Oh! Dieu, faites que je sois saine et sauve. Si je rentre à la maison saine et sauve, je ne sortirai plus jamais seule. J'ai été folle. Oui, je le reconnais, j'ai été folle. Je ne savais pas ce que c'était que la frayeur. Je me refusais à y réfléchir, mais si j'arrive à la maison, je ne sortirai plus jamais sans Helen ou Francine. La rue à présent. »

Elle traversa la rue et monta sur le trottoir.

« Oh! mon Dieu, le perron. Ma maison! »

Elle aperçut le verre de limonade vide qu'elle avait laissé sur la balustrade des heures auparavant, à l'époque où tout était tranquille et calme et merveilleux. Elle eût souhaité de tout cœur retrouver cette époque, être de nouveau assise sur la véranda en train de boire, dans une nuit à peine commencée.

« Oh! faites que je puisse entrer, verrouiller la porte et être enfin en sécurité! »

Elle entendit ses pas maladroits résonner sur le perron, sentit ses mains tâtonner pour trouver la serrure. Elle entendit son cœur. Elle entendit les cris de sa voix. intérieure.

La clef pénétra dans la serrure.

« Ouvre la porte, vite, vite! »

La porte s'ouvrit.

« Maintenant, entre. Claque la porte. »

Elle claqua la porte.

« A présent, verrouille à double tour, cria-t-elle d'un ton pitoyable. A double et à triple tour. »

La porte fut fermée et verrouillée à double et à triple tour.

La musique s'arrêta.

Elle écouta son cœur. Les battements ne s'entendaient plus.

Enfin, elle était chez elle. Elle était chez elle et elle était saine et sauve. Elle s'adossa contre la porte. Saine et sauve. Écoute. Pas le moindre bruit. Saine et sauve, Dieu merci, saine et sauve chez elle. « Je ne sortirai plus jamais la nuit. » Saine et sauve, chez elle. Comme c'est bon d'être chez soi. Bien calfeutrée à l'intérieur, la porte verrouillée. « Minute, pensa-t-elle, il faut regarder par la fenêtre. »

Elle regarda. Elle regarda par la fenêtre pendant plus d'une demi-minute.

« Voyons, il n'y a personne! Absolument personne. Personne ne me suivait. Personne ne courait après moi. »

Elle retint sa respiration et se moqua d'elle-même.

« Ça tombe sous le sens. Si un homme m'avait suivie, il m'aurait attrapée. Je ne suis pas une bonne coureuse. Il n'y a personne ni sur le perron, ni dans la cour. Comme j'ai été bête. Je ne fuyais personne que moi-même! Ce ravin était parfaitement sûr. En tout cas, on se sent joliment bien chez soi. Il n'y a rien de tel que sa maison. C'est le *seul* endroit où il fasse bon être. »

Elle tendit la main vers le commutateur électrique et s'arrêta.

« Quoi? demanda-t-elle. Quoi? Qu'est-ce que c'est? »

Derrière elle, dans la salle de séjour obscure, quelqu'un s'éclaircissait la gorge...

UN HOMME A FEMMES

(*Lady's Man*)

de Ruth Chatterton

Ça s'est passé en Angleterre, juste avant la deuxième guerre mondiale, pendant une tendre nuit de juin.

J'avais quitté Londres l'après-midi en voiture pour passer le week-end chez Noël Coward, à Goldenhurst, dans la ravissante maison de campagne qu'il possède dans le Kent. J'avais loué une auto et passé une heure et demie, pleine d'inquiétude, assise derrière un chauffeur que je n'avais jamais vu auparavant et qui se faufilait imprudemment dans le flot de voitures qui se dirigeaient toutes vers la campagne. Lorsque, enfin, nous abordâmes le virage devant la maison et que je vis la mince silhouette de Noël, debout sur le seuil, je me sentis rassurée. A quelques pas de lui, le serviteur m'attendait pour prendre les bagages.

Avec ce sourire à la fois doux et sardonique qui lui est habituel, Noël s'avança vers moi et me serra dans ses bras :

« Tout le monde est en train de prendre le thé dans le salon, me dit-il tandis que nous entrions, bras dessus, bras dessous, dans la maison. Vous n'avez pas l'intention d'aller tout de suite dans votre chambre, non? »

Il faisait trop chaud pour porter un manteau,

je n'ai jamais de chapeau et j'avais gardé mes
gants pour ne pas me salir les mains. Donc nous
allâmes directement rejoindre les autres. Après
un coup d'œil rapide, je me rendis compte que
je connaissais à peu près tous les invités. Je leur
souris, leur adressai un « hello » à la ronde et
traversai la pièce pour aller saluer la mère de
Noël qui était en train de servir le thé. Mme Coward est une petite femme, de tempérament
joyeux, pour laquelle j'ai toujours éprouvé de
la tendresse.

En me penchant vers elle pour la gratifier d'un
baiser sonore, j'aperçus le domestique qui, avec
mes bagages, franchissait une petite porte allant
du salon vers une autre aile de la maison. Je me
demandai vaguement pourquoi il emportait ma
valise dans la cuisine, puis je n'y pensai plus.

Les amis de Noël composaient un groupe charmant et hétérogène car Noël a l'instinct grégaire
fort développé, il est généreux et aime s'amuser.
La conversation alerte et gaie continua jusqu'à
ce que les rayons de soleil qui entraient par la
fenêtre orientée vers l'ouest devinssent de plus
en plus obliques. Les whiskies remplacèrent le
thé, la pièce s'obscurcissait peu à peu. Lorsque
je me rendis compte que le long crépuscule anglais commençait, je me levai.

Les yeux d'aigle de Noël me suivirent quand je
me dirigeai vers l'escalier :

« Où allez-vous donc? demanda-t-il.

— Je monte me changer pour le dîner. Il est
huit heures passées.

— On ne se change pas.

— Ah! bon, dis-je, alors je vais aller me laver
un peu.

— Non, ma petite fille, vous ne vous laverez pas non plus. Nous avons décidé de rester sales pendant tout le week-end. » Il rit malicieusement. « Bien entendu, si la nature fait valoir ses droits, utilisez la pièce dans l'entrée. Vous savez où c'est. »

Je savais où c'était et j'y allai.

Le dîner fut très gai, la nourriture très anglaise. On nous servit du rôti de bœuf, des pommes de terre bouillies, des choux de Bruxelles, et une charlotte russe comme dessert. Puis vinrent comme entremets des œufs brouillés froids, sur un toast garni d'un filet d'anchois. Je jetai un regard méprisant sur cette petite horreur que je laissai sans y toucher dans mon assiette. Ensuite, nous prîmes le café dans le salon et la conversation continua. Le reste de la soirée? De la conversation et encore de la conversation. Et, heureusement, de la musique. Partout où se trouve Noël Coward, il y a toujours de la musique.

A partir de minuit, les plaisanteries furent moins fines, les traits d'esprit moins vifs, les rires moins joyeux. D'un coin de la pièce, j'entendis monter un bâillement étouffé. Les uns après les autres, les hôtes quittèrent les divans où ils étaient allongés et Noël et moi demeurâmes seuls. Enfin, moi aussi, je m'étirai et me levai à mon tour.

« Je crois que je vais aller me coucher, Noël. dis-je. N'est-ce pas agréable d'avoir sommeil quand on est à la campagne?

— Moi, je n'ai pas sommeil, fit-il. Vous ne voulez pas que nous continuions à parler?

— Non, j'en ai assez pour ce soir si vous n'y voyez pas d'inconvénient, dis-je en essayant de ne pas bâiller. Mon lit et mes livres m'appellent.

J'ai *L'indicatif présent* (c'était son autobiographie) et je meurs d'envie de le lire. »

Je me dirigeai vers l'escalier.

« Vous ne montez pas, Noël?

— Moi si, répondit-il d'une voix tranchante, mais pas vous. »

Je fis demi-tour et le regardai :

« Qu'est-ce que vous racontez? »

Noël eut ce petit sourire triste qui lui est particulier : un coin de sa bouche s'abaissa et ses lèvres tremblèrent.

« Chérie, je suis tout à fait navré, fit-il enfin assez gaiement, mais je crains de m'être laissé un peu déborder ce week-end. Le premier étage est plein à craquer. Vous savez comment ça se passe... pas assez de chambres d'amis pour le nombre d'invités et...

— Et vos week-ends sont de plus en plus encombrés... »

Il posa son bras sur mon épaule et me conduisit vers la petite porte par laquelle j'avais vu cet après-midi disparaître le domestique qui portait ma valise.

« Vous n'avez jamais dormi en bas, n'est-ce pas? demanda-t-il.

— Non. Je ne savais même pas qu'il y avait une chambre au rez-de-chaussée. Eh bien, allons-y. Où est-ce? interrogeai-je tandis qu'il ouvrait la porte de la salle à manger. Non, non, ne me dites rien. Je suis Cendrillon et je vais dormir dans la cuisine au milieu des cendres.

— Le fourneau marche à l'électricité », déclara solennellement Noël.

Je ris.

« Vous avez peur?

— De quoi? » fis-je dédaigneusement. Mais
c'était une question curieuse qui m'intrigua un
peu.

« De dormir ici toute seule.

— Seigneur, non!

— Vous savez, ce n'est pas une chambre désagréable. Elle est près du salon de ma mère.

— Ça ne me servirait pas à grand-chose si j'avais
peur, dis-je. Elle s'y tient dans la journée mais
elle n'y dort pas?

— Et même si elle y dormait, ça ne change-
rait rien. Elle ne vous entendrait pas crier au
secours, répondit Noël. Elle est sourde comme un
pot. »

Dans le couloir, Noël ouvrit une porte sur la
droite.

« Nous y voici, chérie. »

Je m'appuyai contre le montant de la porte et
regardai autour de moi. La pièce était carrée, les
murs étaient blancs et des poutres sombres soutenaient un plafond assez bas. En face de la porte,
il y avait des fenêtres aux carreaux taillés en dia-
mant qui occupaient presque tout le panneau.
En dessous, était placée une coiffeuse en jupon
d'organdi blanc. Un miroir à trois faces y était
posé et de chaque côté se dressait un chandelier
muni d'un abat-jour. Perpendiculairement à la
porte, se trouvait un lit à colonnes en bois de
rose délicatement sculpté, flanqué à droite et à
gauche de tables de chevet, sur chacune desquelles
était posée une assez grande lampe ornée d'un
abat-jour rose. Il y avait deux ou trois chaises
confortables recouvertes de chintz; les voilages des
fenêtres étaient amidonnés et blancs; le tapis, vert
pâle, était épais et doux; aux murs étaient sus-

pendues de vieilles gravures anglaises, fort joliment encadrées.

« Eh bien, Noël, c'est une pièce absolument ravissante, m'exclamai-je. Pourquoi ne m'y avez-vous jamais fait coucher auparavant?

— C'est plus confortable au premier étage, répondit-il. Vous pensez que vous y serez bien? »

De nouveau, j'eus l'impression qu'il était inhabituellement sérieux.

« Bien sûr que j'y serai bien!

— Alors, je crois que je vais filer. Bonne nuit, chérie. Faites de beaux rêves. »

Et il me serra tendrement dans ses bras. Sur le seuil, il se retourna :

« J'espère, ma jolie, que vous n'aurez besoin de rien cette nuit. Parce que, si vous sonnez, personne n'entendra la cloche.

— Ne vous inquiétez pas, chéri... je n'aurai besoin de rien.

— A propos, la salle de bain est de l'autre côté du couloir, dit-il. Le commutateur se trouve sur le mur, à votre gauche.

— Oh! mon Dieu, j'allais justement me servir de l'autre.

— Mieux vaut ne pas essayer, mon petit canard. Vous pourriez vous perdre dans l'obscurité. »

Il était sur le point de refermer la porte lorsqu'il passa de nouveau la tête :

« Vous êtes absolument sûre d'être bien?

— Oh! ça va...

— Quelle fille courageuse vous faites! » dit-il en me souriant et il referma la porte derrière lui.

Lorsque j'eus terminé ma toilette de nuit, j'éteignis la lumière dans la petite salle de bain et retournai dans ma chambre. Une fois que j'eus fermé la porte, je réfléchis un instant, me demandant si je devais la verrouiller. Elle avait l'air d'une très vieille porte, blanche comme les murs, avec une serrure de sûreté en métal noir. Quand on appuie sur le loquet, le pêne se soulève et glisse dans une fente métallique. Il y avait une clef sur la porte mais finalement je me dis qu'il était stupide de verrouiller une porte quand on se trouve en pleine campagne anglaise. Cependant, je secouai légèrement le battant pour être sûre que la porte était bien fermée.

J'ouvris un peu plus les fenêtres et contemplai la nuit pendant un moment. C'était une nuit sans lune où brillaient quelques étoiles entre les nuages. Par la fenêtre pénétrait l'odeur humide et douce de la campagne. Pas le moindre souffle de vent, pas le moindre bruissement de feuilles. Rien ne troublait le silence sinon les vagues coassements des grenouilles d'un étang éloigné.

J'éteignis le plafonnier et ne gardai allumées que les lampes de chevet, puis je grimpai dans le lit. Tout en me glissant entre les draps de toile frais, j'appréciai le plaisir d'être seule dans cette pièce tranquille. J'en jouissais d'autant plus après les incessantes conversations de la journée. Je soupirai d'aise, m'adossai contre mes oreillers et pris le livre de Noël. La petite pendule à côté de mon lit marquait minuit quarante et je me promis de ne parcourir que quelques pages.

Or, je fus bientôt complètement absorbée par l'histoire de ce petit garçon sérieux, triste et drôle, qui devait devenir cet homme brillant qui couchait au premier étage. Au bout d'un moment, mes yeux se mirent à papilloter et je regardai de nouveau la pendule. Quoi? Il était trois heures moins dix! Non, ce n'était pas possible... J'étais complètement éveillée. Pourquoi donc n'avais-je pas sommeil? Trois heures auparavant, je tombais de fatigue. J'aurais dû abandonner le livre sur-le-champ mais j'étais en plein milieu d'un chapitre. Je décidai de le finir et ensuite d'essayer de dormir.

A cet instant, il m'appela.

Je me redressai immédiatement et fixai mon regard sur la porte. J'eus d'abord un sentiment de culpabilité, parce que j'avais prétendu avoir sommeil alors qu'il aurait voulu que je continue à bavarder avec lui. A présent, j'avais les yeux grands ouverts et j'étais voluptueusement plongée dans ma lecture. Sans doute avait-il vu ma lumière et avait-il décidé de descendre pour me faire la conversation. Qu'avait donc Noël? Ne se sentait-il pas bien?

Cela prend du temps d'écrire ces réflexions mais, en vérité, elles me traversèrent l'esprit avec la rapidité de l'éclair. Je répondis immédiatement :

« Oui? » J'élevais la voix pour qu'il puisse m'entendre de l'autre côté de la porte. « Qui est là? Entrez. »

Avant que j'eusse prononcé le dernier mot, le pêne se souleva silencieusement et sortit de la fente. Doucement, la porte s'ouvrit toute grande et ne se referma pas.

Quelqu'un entra... mais ce n'était pas Noël. Il entra rapidement... et je ne pus le voir! Tout ce que je voyais, c'était un grand vide noir entre le battant et l'huis. Et, de plus, je sentais la présence de quelqu'un... ou de quelque chose.

Combien de temps demeurai-je ainsi, comme suspendue au bout d'un fil, je ne sais. Seuls mes yeux

pouvaient bouger. Ils fouillèrent l'ombre furtivement mais je ne voyais toujours rien.

Voyons, j'étais la fille que Noël avait qualifiée
de courageuse, n'est-ce pas? Eh bien, j'avais l'impression que mon corps entier s'était changé en
granit, avec la différence que mon cœur battait
à se rompre.

Mais tout a une fin, même la terreur la moins
frelatée. Surtout si on ne peut rien faire contre.
Aussi, finalement, je me détendis un peu, m'appuyai contre les oreillers et tentai de penser.

Ce n'était pas une femme. De cela, j'étais absolument sûre. La voix était celle d'un homme : une
voix basse, étouffée comme s'il craignait de déranger les hôtes de la maison.

« Ruth... Ruth... », avait appelé la voix, avec
cette inflexion chantante des enfants qui jouent
entre eux. Mais, peut-être, après tout, n'était-ce
pas mon nom. Peut-être l'avais-je seulement imaginé. Peut-être avait-il appelé... *qui?*

Je tirai nerveusement mes draps. Qu'allais-je
donc supposer? Que ce n'était pas un homme vivant qui m'avait appelée, qui avait soulevé le
loquet et ouvert la porte? Que ce n'était pas un
être humain qui était entré dans la chambre?
Quelle bêtise! Etais-je en train de devenir psychopathe? Non, bien sûr que non. J'avais simplement
cru que quelqu'un m'avait appelée. C'était incontestablement le vent qui avait...

Mais il n'y avait ni vent, ni brise! Il n'y en avait
jamais eu.

Je fermai mes yeux mais ils ne voulurent pas
rester fermés. Bien que j'évitasse de regarder, ils
demeuraient fixés sur l'espace vide et noir qui se
trouvait au-delà de la porte ouverte. Ce fut alors

que le bruit commença, ou du moins que je m'en rendis compte. Tap-tap-tap, comme si des ongles tapaient sur le verre des tableaux suspendus au mur, l'un après l'autre. Puis les lattes du parquet se mirent à craquer. Il semblait que quelqu'un marchât autour de mon lit. Je l'entendais parfaitement.

Je continuais à me dire que c'était de la pure imagination, qu'il devait y avoir une explication naturelle à tout cela, qu'il fallait absolument que je m'endorme. J'essayais d'arrêter les palpitations de mon cœur mais en vain. Si seulement j'avais pu me retourner sur le côté, j'aurais pu m'endormir, mais j'en étais incapable, j'avais trop peur. Allons, j'allais tenter de nouveau de fermer mes paupières et cette fois je ne les soulèverais plus... advienne que pourra... jusqu'à ce que...

Quand je rouvris mes yeux, le soleil était haut dans le ciel et il transperçait ma fenêtre d'une flèche d'or. Il y avait de grandes taches de lumière sur le tapis gris mais mes lampes de chevet étaient toujours allumées.

Pendant quelques secondes, je m'efforçai de me rappeler ce que je faisais dans cette pièce étrange puis, lentement, très lentement, tout me revint en mémoire. Je demeurai immobile, cherchant une fois de plus une explication logique à ce qui s'était passé la nuit. Après tout, j'avais dû être plus fatiguée que je ne le pensais... le voyage énervant en voiture, la longueur de la journée et de la nuit; ou quelque chose dans le livre que je lisais avait dû émouvoir mon imagination sans que je m'en rendisse compte; la peur avait dû s'emparer de mon esprit et faire de moi une poule mouillée! Voilà. C'était tout. J'allais chasser

cette histoire de ma tête et l'oublier immédiatement.

Je passai ma robe de chambre et me dirigeai
vers la salle de bain. En ouvrant la porte, je remarquai que l'épaisseur du tapis empêchait d'ouvrir
la porte toute grande. Il était impossible de pous-
ser le battant à fond...

Lorsque je franchis la porte vitrée du salon
pour me rendre sur la pelouse, je trouvai tous les
invités allongés sur des transatlantiques, en train
de bavarder.

« Vous êtes en retard! »

C'était la voix de Noël dont le visage arborait
un amical sourire. Il était à demi couché dans
le fauteuil le plus confortable, à l'ombre du
mur de la maison et Joyce Carey était assise à
côté de lui.

« Vous savez l'heure qu'il est? Il est midi. Vous
avez sûrement très bien dormi, non?

— Oui... divinement. »

Pourquoi, diable, avais-je utilisé ce mot?

Noël se leva et m'approcha un fauteuil en
face du sien.

« Asseyez-vous, chérie. Je vais aller vous chercher du café. »

Joyce Carey est une femme grande et mince,
aux cheveux noirs et aux grands yeux sombres,
pleins de franchise et d'intelligence. C'est une
brillante actrice et une personne charmante. Je
crois que c'est l'une des meilleures amies de
Noël. Je la connais depuis assez longtemps et
j'éprouve beaucoup d'amitié pour elle.

« Vous avez passé une bonne nuit? demanda-t-elle négligemment, pour entrer en conversation.

— Mais oui. Ne m'avez-vous pas entendue le dire à Noël?

— C'est vrai. Comme je suis idiote! » Elle me lança un coup d'œil rapide et amical. « J'avais pensé que peut-être lorsqu'on couche dans une chambre inconnue..., reprit-elle. Vous n'aviez jamais dormi en bas auparavant, n'est-ce pas?

— Non. » Je la regardai mais ses yeux erraient au loin sur la belle campagne anglaise. « Et vous, Joyce? »

Ses yeux se posèrent de nouveau sur moi :

« Moi, quoi?

— Avez-vous dormi dans cette chambre?

— Une fois. »

Ses yeux se remirent à errer sur le paysage et pendant un moment nous gardâmes l'une et l'autre le silence.

« C'est une jolie chambre, dis-je.

— N'est-ce pas? »

Cette fois, ses yeux s'étaient posés sur Noël qui marchait prudemment dans l'herbe en essayant de ne pas renverser le café qu'il portait.

« Voici, mon chou. Ça va vous réchauffer l'estomac en attendant le déjeuner. »

Puis, il se laissa retomber sur son fauteuil et referma ses paupières à cause du soleil.

Joyce feuilletait paresseusement un exemplaire de *Tatler* et se mit à siffloter doucement une des chansons de l'opérette de Noël, *Bittersweet* : « Je vous reverrai chaque fois que... » Elle avait bien besoin de fredonner *cet air-là*, pensais-je de mauvaise humeur. Puis, comme si elle avait pu lire dans mes pensées, elle releva la tête et me sourit. Le fredonnement s'arrêta.

Pendant quelques instants, personne ne parla.

Puis, avant même de m'en rendre compte, je pro-
nonçai les paroles que j'avais résolu de ne jamais dire :

« Noël, savez-vous que votre maison est hantée? »

Une fois dite, j'espérai que ma phrase avait
paru désinvolte. Dieu sait que j'attendais qu'il me
répondît : « Honte à vous, faible femme. Vous
êtes vraiment stupide! » ou quelque chose d'approchant. Une réponse pleine de mépris. Or,
il n'en fut rien.

Etait-ce mon imagination trop féconde ou le
soleil que j'avais dans les yeux? Toujours est-il
que je jurerais que le sang se retira de ses joues.
Il dit tranquillement :

« Qu'avez-vous vu?

— Votre maison est-elle hantée? » C'était plus
une plainte qu'une question.

Il ne répliqua point. Il se contenta de jeter
un drôle de regard à Joyce.

J'étais si bouleversée... ou, si vous préférez, tellement surprise que je fus incapable de dire
autre chose que :

« Oh! mon Dieu... »

Et je répétai :

« Oh! mon Dieu!

— Dites-moi ce que vous avez vu, chérie? »

Je secouai misérablement la tête :

« Vous le saviez et vous ne m'avez rien dit »,
fis-je d'une toute petite voix.

Noël répéta sans se soucier de ma réponse :

« Qu'avez-vous vu?

— Oh! pourquoi donc continuez-vous à me
poser cette question? » dis-je avec irritation.
Mon cœur ne battait pas : j'avais l'impression

qu'il tournait dans ma poitrine comme une toupie.

« Parce que je veux savoir. Alors?

— Pourquoi ne couchez-vous pas vous-même dans cette chambre pour le savoir?

— J'y ai couché, fit-il tranquillement en haussant les épaules. Je n'ai rien vu.

— Rien? *Ha!*

— Rien », confirma-t-il avec fermeté.

Puis il se pencha vers moi pour me scruter :

« A présent, dites-moi exactement ce que vous avez vu.

— Je n'ai rien vu...

— Que voulez-vous dire?

— C'est vrai, je n'ai rien vu mais j'ai entendu beaucoup de choses! »

Il échangea le même regard que tout à l'heure avec Joyce.

« Eh bien, continuez, fit-il prudemment, qu'avez-vous entendu? »

Je leur contai tout en détail : la nuit affreuse que j'avais passée, et j'insistai sur le fait que j'étais complètement réveillée et que les lumières étaient allumées.

« Et je suis restée toute la nuit à fixer l'horrible obscurité du couloir.

— Vous avez laissé la porte ouverte toute la nuit? demanda Noël.

— Naturellement, répliquai-je avec indignation. Vous n'imaginez pas que j'allais me lever pour la fermer, non? J'étais tellement... » Je m'arrêtai et appuyai mes deux poings sur ma bouche... « Oh! Dieu, murmurai-je.

— Y a-t-il autre chose?

— Lorsque je suis allée dans la salle de bain ce

matin, la porte était hermétiquement fermée! Ce...
ce... je ne sais qui... avait dû la refermer!

— Extraordinaire, dit Noël en fronçant les
sourcils. Non, ce n'est pas extraordinaire, ajouta-
t-il rapidement. Turnbull a dû la refermer ce matin. »

Et voyant mon regard sceptique, il continua :
« Turnbull est tout ce qu'il y a de prude, vous
comprenez. »

Il y eut de nouveau un instant de silence. Finalement je dis :

« Noël, qu'est-ce que c'est?

— Qu'est-ce que c'est quoi?

— La Chose, Noël. La Chose qui m'a appelée,
qui a ouvert ma porte et qui est entrée ensuite
dans ma chambre?

— Ah! Dieu veuille que je le sache!

— Mais, Noël, vous venez de dire que la
maison est hantée.

— C'est vrai. Mais pourquoi et par qui, je
l'ignore. Tout ce que je peux vous dire, fit-il
très sérieusement, c'est que toute l'aile, c'est-à-dire
la cuisine, l'office, la salle à manger, le salon
de ma mère et la chambre où vous êtes, font
partie de la première construction qui date du
XVIe siècle et que c'est hanté.

— Et le reste?

— Le reste de la maison a été ajouté par moi
à l'ancienne demeure. Eh bien, savez-vous qu'on
ne l'a jamais vu ailleurs que dans cette aile?

— *IL?*

— Oh! oui! c'est un homme... nous savons cela,
dit-il. Deux personnes l'ont vu là et une troisième
a vu sa manifestation matérielle dans la chambre.
Ces trois personnes étaient des femmes. » Il rit

lugubrement. « Apparemment, il ne rend visite qu'aux représentantes du sexe faible.

— Ainsi, dis-je avec indignation, vous m'avez installée, moi, une femme, dans cette satanée pièce afin de m'offrir en holocauste à cet homme d'un autre monde! »

Noël, pour me calmer, serra affectueusement ma main.

« Il y a quelque temps qu'on ne l'avait pas vu, chérie. Et, en plus, comme il n'y avait pas de chambre au premier, je me suis rappelé que vous étiez toujours...

— ...une fille très brave, l'interrompis-je grossièrement. Oui, vous me l'avez dit la nuit dernière. Vous me l'avez dit juste avant que mon visiteur désincarné me paralyse de peur! Bon, continuez si ça vous plaît, et croyez que voyager en avion ou monter des chevaux turbulents sont des preuves de courage. Je le sais mieux que vous. Néanmoins, je vous prie de croire que les fantômes appartiennent à une tout autre catégorie. »

Eh bien, maintenant, je savais. Je n'avais plus besoin de chercher des explications logiques ni croire que j'étais lâche. La maison était hantée et voilà. Et maintenant que je connaissais le pire, un calme délicieux m'envahit et je fus capable d'adresser un petit sourire à Noël.

« Bon, fis-je, à présent que je sais que ma chambre est hantée, parlez-moi de mes camarades-victimes.

— Entendu, dit-il. Pour autant que je m'en souvienne, Gladdie Henson a été la première à faire la connaissance de ce gentleman. Vous connaissez Glad, non? »

J'acquiesçai. Gladdie était la femme d'un célèbre comédien anglais, Leslie Henson. Une femme gentille, drôle, qui a la tête bien posée sur les épaules, que tout le monde aime, moi y comprise.

« Cette nuit-là, Gladdie a dit qu'elle n'avait pas pu dormir parce que la porte de sa chambre s'ouvrait et se fermait sans arrêt. Elle pensait que c'était à cause du vent...

— Naturellement, dis-je, mais je parierais cent contre un qu'il n'y avait pas de vent?

— C'est possible, continua Noël, mais elle le crut. Finalement, elle se décida à se lever et à verrouiller la porte. A peine s'était-elle recouchée que ce fut la même comédie pour les fenêtres. La pauvre Gladdie monta dans son lit, en redescendit, fit la navette maintes et maintes fois entre la fenêtre et le lit. A la fin, elle était tellement enragée qu'elle ne pouvait même plus protester! D'abord, le satané battant s'ouvrait tout grand, et Gladdie se levait pour le refermer. Elle le verrouilla même. Après avoir recommencé ce manège fou six fois de suite, et alors qu'elle allait remettre ça une septième fois, la fenêtre se referma doucement. Elle se trouvait à peine à deux pieds de distance! Ce fut quand elle vit le loquet reprendre sa place qu'elle se mit à crier et à ameuter toute la maison. Cependant, lorsque ceux d'entre nous qui l'avaient entendue crier arrivèrent auprès d'elle, l'être mystérieux — quel qu'il fût — avait disparu, abandonnant derrière lui une femme tremblante qui gémissait.

— Pauvre Glad! fis-je, je me rends compte de ce qu'elle éprouvait.

— A cette époque, nous avons tous cru que

c'était un cambrioleur qui s'était enfui en l'entendant crier. Mais ce n'était pas l'avis de Glad.

— Que pensait-elle?

— Elle ne nous l'a pas dit (Noël souriait d'un air bizarre) mais elle n'a plus jamais voulu coucher dans cette chambre.

— Je la comprends, dis-je avec une certaine suffisance, espérant qu'il comprendrait ce que je voulais dire. Mais ne vous en tenez pas là. Parlez-moi de la suivante.

— C'était Alicia Warwick. Vous la connaissez? »

(J'ai employé un nom fictif parce que, quoique je sache qui elle est, je ne l'ai jamais rencontrée personnellement, et par conséquent, elle n'a pas pu me confirmer l'histoire.)

Je répondis donc que je ne la connaissais pas et il poursuivit :

« Ça s'est passé un an environ après l'expérience de Gladdie. J'avais stupidement oublié l'épisode. Après tout, cette chambre est la plus jolie de la maison et donc j'y installai Alicia. Le lendemain matin, quand elle me raconta ce qui s'était passé pendant la nuit, elle me dit qu'elle avait été réveillée très doucement — et non pas parce qu'un bruit étrange l'avait tirée de son sommeil. Elle s'était redressée sur son séant, les yeux grands ouverts. A ce moment elle avait vu un homme enjamber le rebord de la fenêtre. Elle était terrifiée. Son premier mouvement avait été de crier, mais elle avait pu se retenir. Elle était restée immobile dans son lit, essayant de ne pas faire un geste, mais elle ne quittait pas l'intrus des yeux. Il se dirigea directement vers la coiffeuse et demeura debout à contempler le meuble. En un éclair, elle se souvint qu'elle y avait posé tous ses bijoux en se déshabillant. Les joyaux d'Alicia sont sans prix et, une seconde fois, elle fut prise de panique. Il n'y avait pas de lune cette nuit-là et elle ne pouvait voir qu'une silhouette en contre-jour quand il était près de la fenêtre. Pour autant qu'elle pût en juger, il ne toucha pas aux bijoux. Mais elle était convaincue que s'il découvrait qu'elle ne dormait pas, il la tuerait. Eh bien, il ne la tua pas et elle fut incapable de dire combien de temps il était resté dans la chambre. Il faisait trop sombre pour qu'elle pût le voir et elle n'entendait rien (il marchait comme un chat, dit-elle). Elle prétendit qu'elle ne se rendormit pas, mais moi, je pense que si... à un moment donné. »

J'étais de l'avis de Noël car, moi, je m'étais rendormie. Mais je ne dis rien.

« Le lendemain matin, quand elle trouva sa porte toujours fermée et la clef à l'intérieur, elle fut très effrayée. Naturellement, il n'y avait aucune trace de l'homme et elle s'affola encore davantage en tachant de trouver comment il avait pu sortir de la pièce... »

Noël eut de nouveau ce drôle de petit sourire.

« Cette chère Alicia n'a jamais rien découvert. Voyez-vous, elle est encore convaincue qu'il s'agissait d'un cambrioleur.

— Et vous ?

— Moi pas », dit-il tranquillement.

Il s'était de nouveau allongé sur son transatlantique et avait posé sa tête contre le dossier.

« Vous m'avez dit qu'il y avait encore une
autre femme, Noël, n'est-ce pas? Je veux entendre
toute l'affreuse histoire.

— Oh oui! il y a eu une autre femme. »

Peut-être avais-je des doutes car il me sembla
voir une expression de ruse dans ses yeux.

« Eh bien, continuez, je vous en prie. Parlez-
moi de la troisième. »

Noël hésita un instant. Finalement, il dit :

« D'accord, mais si ça ne vous fait rien, je
crois que je ne vous dirai pas son nom. »

Mes sourcils se soulevèrent en accent circon-
flexe.

« Voyons, vous comprenez, mon petit canard,
peut-être ne veut-elle pas qu'on le sache. »

Après un court instant d'arrêt, il reprit :

« Son expérience ressemble beaucoup à celle
d'Alicia. A la différence que, quand elle s'éveilla
d'un sommeil apparemment sans rêve, la « Chose »
— comme vous l'appelez — était déjà assise devant la coiffeuse. Ses mains parcouraient la table
comme si ses doigts étaient à la recherche de
quelque objet. »

Les yeux de Noël étincelèrent :

« Non, il ne s'agissait pas des bijoux de la
dame. La pauvre n'en a pas. Au bout d'un moment, la Chose se leva, fit le tour de la coiffeuse
et se tint immobile entre le meuble et les fenêtres.
La Chose levait les bras comme si elle voulait tirer
les rideaux. Mais elle ne les tira pas, car il n'y
avait pas de rideaux à tirer. Puis la Chose passa
derrière la coiffeuse et marcha droit sur le lit...
et sur elle. Ce fut du moins ce qu'elle pensa :
Malade de peur, elle ferma les yeux, serrant tellement les paupières que ses yeux commencèrent

à lui faire mal. Elle se mit à prier. La Chose allait rapidement s'apercevoir qu'elle était éveillée. La dame me dit qu'elle fut incapable de mesurer le temps pendant lequel elle resta étendue, les yeux fermés, mais quand elle eut le courage de les rouvrir, c'était l'aube et, à travers la pâleur encore enténébrée du ciel, elle vit le soleil qui s'élevait peu à peu derrière les arbres. Puis, exactement comme Alicia, elle trouva la clef à l'intérieur et la porte verrouillée. Lui... je veux dire la « Chose », avait disparu sans laisser de trace.

— Humm..., murmurai-je tout en réfléchissant. Je me demande si... » Puis je m'arrêtai.

« Quoi? demanda Noël.

— Rien... » Je réfléchis encore quelques instants. « Je pense, Noël, l'une de ces femmes vous a-t-elle dit... euh... à quoi ressemblait la Chose?

— Oh! oui. Toutes les deux m'en ont fait la même description, répondit-il. L'être mystérieux ne paraissait pas porter le genre de veste que nous autres portons aujourd'hui. N'oubliez pas qu'elles virent seulement une silhouette, mais quel que fût le vêtement, il recouvrait le torse de la Chose à la manière... euh... d'un chandail tricoté... ou d'une cotte de mailles. » Il sourit comme s'il voulait s'excuser. « Toutes les deux m'ont affirmé que la Chose était coiffée d'un chapeau ou d'une casquette assez extraordinaire, très haut avec une pointe ou une visière. Ça pouvait être un homme. Ça ne nous aide pas beaucoup dans nos recherches, hein?

— Est-ce que ça cliquetait? demandai-je en m'efforçant de ne pas paraître trop sarcastique.

— Non, pas de cliquetis. Elles ont vu... vous, vous avez entendu. »

J'avalai ma salive.

« Peut-être ces femmes ont-elles tout inventé », dis-je avec malignité. Sans doute, au fond de moi n'avais-je pas envie de croire à cette histoire.

« Impossible, répondit Noël. Elles ne se connaissaient pas. Chacune m'a raconté son histoire séparément.

— Je comprends », fis-je pensivement. En vérité, je ne comprenais rien.

« Maintenant vous connaissez toute l'histoire... une histoire sans conclusion passionnante parce que, vous voyez, il n'y en a pas. Nous sommes encore dans le noir.

— Pas moi... Dieu merci! » Et je regardai bien en face le soleil aveuglant.

« Cette nuit, déclara Noël, vous coucherez au premier étage, dans ma chambre en désordre. C'est moi qui vais tenter ma chance avec le visiteur-fantôme.

— Euh... eh bien, nous verrons. Si j'ai assez de courage, j'essaierai peut-être encore une fois. De toute façon, je vous remercie de votre offre. »

Puis Noël se leva, s'approcha de moi, prit mes deux mains dans les siennes :

« Rendez-moi un service, voulez-vous, petit canard?

— Je veux bien essayer, vous le savez, quoique vous ne le méritiez pas.

— Je le sais bien et j'en suis navré, dit-il, mais soyez un amour : si vous rencontrez ma mère, ne soufflez pas mot de toute cette histoire de fantômes, hein? »

Je le regardai, stupéfaite.

« Elle n'est pas au courant? »

Il secoua la tête.

« Non, et je préfère qu'il en soit ainsi. La vieille dame tient bien le coup, Dieu la bénisse, mais c'est une petite créature fragile. »

Il rit avec douceur :

« Voulez-vous que je vous le dise? Je crois que la Chose a été un bon gentilhomme il y a quelques siècles parce que sans aucun doute, il... oh! excusez-moi, la Chose semble avoir pris comme nous en considération l'âge et la fragilité de ma mère. Comme vous me l'avez fait remarquer hier soir, ma mère ne dort pas dans son salon, elle se contente de s'y tenir.

— Alors? fis-je un peu étonnée.

— Chérie, c'est seulement la nuit que l'apparition vient présenter ses hommages aux vivants. »

Il me lâcha la main. « Voulez-vous boire quelque chose? Moi, je vais prendre un verre.

— Merci, Noël. Je crois que je vais faire comme vous. Donnez-moi un Martini... j'ai besoin de quelque chose qui me donne de l'insouciance.

— Joyce? »

Joyce se contenta de sourire et de secouer la tête.

Comme Noël allait chercher les cocktails, je repassai toute l'histoire dans ma tête. Je me rappelai automatiquement ma première impression en entendant mon nom dans le couloir. Ce fut alors que les doutes commencèrent à s'insinuer dans mon esprit. Bien sûr, c'était Noël! Mais comment aurait-il pu ouvrir la porte et retourner furtivement au premier étage sans que je le voie? Ça semble à peu près impossible.

Peut-être tout ça n'était-il que de la pure invention! Oui. C'était bien ça. Noël m'avait écoutée très attentivement raconter toute l'histoire. Il avait probablement pensé que ce serait très drôle d'encourager la « folle du logis ». Aussi avait-il brodé ce conte à dormir debout. Pourquoi pas? Noël était un acteur consommé et un bon écrivain. Il avait utilisé des femmes comme protagonistes parce que j'étais une femme, et il les avait toutes fait coucher dans cette chambre. Et il s'était bien arrangé pour citer des femmes absentes afin qu'il ne me soit pas possible de les interroger. En plus, il avait recommandé de n'en rien dire à sa mère. Naturellement, si j'avais eu le malheur de raconter à celle-ci ce qui m'était arrivé, elle aurait tout gâché en découvrant le pot aux roses. Oui, c'était ça : une bonne blague montée de toutes pièces par ce satané farceur! Voyons, les fantômes, ça n'existe pas! Tous les gens intelligents le savent... S'il voulait jouer au chat et à la souris avec moi, d'accord, mais je saurais lui tenir tête...

« Voici, chérie, dit Noël en me tendant le Martini.

— Merci. »

J'en avalai une gorgée :

« Mmm... c'est bon. Ecoutez un peu. »

Je l'observai très attentivement avant de continuer :

« ... Je ne suis pas tellement sûre que la Chose soit un être surnaturel après tout. Vous voulez savoir ce que je crois? Je crois que c'est un voleur psychopathe qui habite dans le village et qui, de temps à autre, éprouve le besoin de pénétrer par effraction dans la maison. A moins que ce soit...

— Pour l'amour du Ciel, taisez-vous », dit Joyce.

C'étaient les premières paroles qu'elle prononçait depuis que Noël et moi avions commencé notre terrifiante conversation.

« Hello, Joyce, dis-je, vous êtes sortie pour prendre l'air?

— Non, chérie, je suis sortie pour vous conseiller de ne plus épiloguer sur ce qui est arrivé cette dernière nuit ou d'y chercher des explications plausibles, fit-elle d'une voix affable. Excusez-moi, mais vous ne savez pas de quoi vous parlez.

— Ecoutez-la donc, fis-je à Noël, en essayant d'être drôle.

— Ecoutez-moi plutôt, reprit-elle sérieusement. Vous souvenez-vous de ce que Noël vous a dit au sujet de l'apparition? Il a précisé qu'elle s'était glissée derrière la coiffeuse pour tirer les rideaux et qu'*elle* était restée debout entre la coiffeuse et les fenêtres.

— Oui, je m'en souviens. Et alors?

— Alors, voici, aucun être humain, ma petite fille, ne peut se tenir debout entre les fenêtres et la coiffeuse parce que cette coiffeuse est poussée tout contre les fenêtres. Naturellement, dans l'obscurité on ne remarquait pas ce détail, mais quand l'aube s'est levée, on était obligé de se rendre à l'évidence : le visiteur était un être surnaturel!

— Joyce, ma chérie, voyons, il n'est pas possible que vous croyiez à ces bêtises. Noël a essayé de nous avoir, vous et moi! »

Elle secoua la tête :

« Ne soyez pas aussi suffisante et surtout n'essayez pas de trouver une explication naturelle à des choses surnaturelles. C'est idiot!

— Mais, Joyce, je ne crois pas à... »

Elle m'arrêta :

« Ecoutez, écoutez, chantonna-t-elle sardonique-ment, *il y a* un fantôme à Goldenhurst qui vient et qui revient dans cette pièce. Il cherche quelque chose et j'ignore quoi. Jusqu'à présent, il n'a fait de mal à personne mais... »

Elle haussa les épaules :

« ... qui sait? »

Mon cœur sauta douloureusement dans ma poi-trine :

« Vous, vous paraissez savoir, Joyce, mais... »

Elle ne me laissa pas terminer.

« ... Que le fantôme existe réellement? Et pour-quoi ne le saurais-je pas? »

Elle m'adressa un étrange petit sourire :

« C'est moi qui étais la troisième femme. »

L'ÂNE ROUGE

(*Evening Primrose*)

de John Collier

21 MARS. — Ma décision est prise. Aujourd'hui, je vais tourner le dos à ce monde bourgeois et conformiste que haïssent les poètes. Je vais partir, quitter ma maison, m'enfuir...

Je viens de mettre mon projet à exécution. Je suis libre. Libre comme l'insecte qui danse au milieu des rayons du soleil. Libre comme la mouche casanière qui s'envole un beau jour sur les transatlantiques de luxe et s'installe en première classe. Libre comme les vers que j'écris. Désormais je me nourrirai gratuitement, je copierai mes poésies sur du papier que je n'achèterai pas, je porterai des pantoufles fourrées de laine douce que je n'aurai pas payées et qui glisseront doucement sur le sol.

Ce matin, je n'avais pas un sou en poche. Maintenant je suis ici et j'ai l'impression de marcher sur du velours. Vous grillez certainement d'envie de connaître un tel havre; vous voudriez organiser des voyages ici, piller cet endroit, y envoyer votre famille par alliance et peut-être y venir vous-même. Après tout, ce journal ne tombera pas entre vos mains avant ma mort! J'en suis quasiment certain.

Je suis dans le grand magasin Bracey, aussi heureux qu'une souris au milieu d'un immense fromage et le monde ne me connaîtra plus.

Avec joie, avec bonheur, je vais vivre à présent, caché derrière une énorme pile de tapis, dans un coin bien abrité que je me propose de border avec des édredons, des chandails en angora et des tas d'oreillers. Je serai très confortablement installé.

Je me suis introduit dans le sanctuaire en fin d'après-midi et bientôt j'ai entendu les pas des derniers clients qui s'éloignaient. A partir de maintenant, mon seul souci sera d'éluder le gardien de nuit. Les poètes savent éluder les problèmes.

J'ai déjà accompli ma première exploration. Je me suis risqué sur la pointe des pieds dans le rayon de la papeterie et, timidement, je suis reparti à toutes jambes en emportant les matières qui constituent les premiers besoins du poète. Maintenant, je vais les ranger et partir à la recherche d'autres articles indispensables : de la nourriture, du vin, des coussins pour mon divan et une pimpante veste d'intérieur. Cet endroit me stimule. Je vais pouvoir écrire ici.

Le jour suivant — à l'aube. Je parierais que personne au monde n'a jamais été aussi stupéfait que moi cette nuit. C'est incroyable. Pourtant, j'y crois. Comme la vie est intéressante lorsque les choses arrivent de cette façon!

Je sortis en rampant, ainsi que je l'avais décidé, et trouvai tout le magasin baigné à la fois dans l'ombre et la lumière. La partie centrale était à demi illuminée tandis que les galeries circu-

laires qui la dominaient demeuraient dans l'obscurité. Les escaliers en colimaçon et les passerelles
avaient pris une allure surnaturelle. Les soieries
et les velours jetaient une lueur fantomatique. Des
centaines de mannequins à peine vêtus minaudaient et vous tendaient les bras. Des bagues, des
broches et des bracelets jetaient des éclats glacés
dans la pénombre. Mais on n'y trouvait pas âme
qui vive.

Si, il y avait le gardien de nuit. Je l'avais oublié.
En traversant un espace découvert à l'entresol et
en étreignant le balcon où étaient suspendus des
châles magnifiques, il me sembla entendre un bruit
régulier qui aurait pu être le battement de mon propre cœur. Soudain, je me rendis compte que ce bruit
venait de l'extérieur. C'était un bruit de pas tout
proche. Vif comme l'éclair, je saisis une mantille
flamboyante, m'en enveloppai et demeurai debout
avec un bras tendu comme une Carmen pétrifiée
en un geste de dédain.

Ce subterfuge réussit. Il passa devant moi en agitant
une chaîne et en sifflotant une chanson. « Va
retrouver le monde des humains », murmurai-je
en osant rire silencieusement.

Mais le rire se figea sur mes lèvres. Le cœur
me manqua. Une nouvelle frayeur venait de s'emparer de moi.

J'avais peur de faire un pas. J'avais peur de
regarder autour de moi. Je sentais que j'étais
observé par quelque chose dont le regard me transperçait. La crainte que j'éprouvais était tout à fait
différente de celle que m'avait causée le gardien de
nuit. Mon instinct me poussait à me retourner.
Mais mon corps s'y refusait et je demeurais immobile, figé, regardant droit devant moi.

Mes yeux essayaient de me révéler quelque chose que mon esprit ne voulait pas croire. Finalement je me rendis compte de ce qui se passait réellement : mon regard était plongé dans un autre regard humain, aux pupilles larges, et lumineuses. J'ai vu déjà de tels yeux chez les créatures nocturnes qui surgissent sous le clair de lune artificiel des zoos.

L'être à qui appartenait ce regard était à quatre mètres de moi. Le gardien était passé entre nous et plus près de lui que de moi. Pourtant, il ne l'avait pas vu. Quant à moi, bien que je l'eusse regardé depuis plusieurs minutes, je ne l'avais pas vu non plus.

Il était à demi couché contre une estrade basse où, sur un sol jonché de feuilles rousses, des pimpantes jeunes filles en cire présentaient des costumes de sport à carreaux et écossais entre des vagues de tissu mousseux. Il s'appuyait contre la jupe de l'une de ces Dianes, dont les plis lui cachaient une oreille, une épaule et un peu de son côté droit. Lui-même était vêtu d'un costume en tweed de Shetland de la dernière coupe, d'une chemise rayée vert, rose et gris, et chaussé de souliers en daim. Il était aussi pâle qu'une créature qu'on aurait trouvée dans une cave. Ses longs bras se terminaient par des mains qui pendaient comme des nageoires transparentes ou des morceaux de chiffon.

Il parla. Sa voix n'était pas une voix, c'était un sifflement modulé par la langue.

« Pas mal pour un débutant. »

Je compris qu'il me complimentait en se moquant un peu de mon camouflage d'amateur. Je bégayai :

« Excusez-moi, je ne savais pas que quelqu'un d'autre vécût ici. »

Je remarquai, tout en parlant, que j'imitais sa manière sibylline de prononcer les mots.

« Oh! oui, dit-il. Nous vivons ici. C'est délicieux.

— Nous?

— Oui, nous tous. Regardez! »

Nous étions près de la balustrade de la première galerie. D'un large geste de la main, il montra tout le centre du magasin. Je regardai. Je ne vis rien. Je n'entendis rien non plus, excepté le pas régulier du gardien de nuit qui s'éloignait en direction du sous-sol.

« Vous ne voyez pas? »

Vous connaissez cette sensation qu'on a quand on jette un coup d'œil dans la pénombre d'un vivarium? On voit des cailloux; quelques feuilles et rien d'autre. Puis, soudain, une pierre respire : c'est un crapaud, quelque chose d'autre bouge, c'est un caméléon; un nœud se desserre : c'est un vipereau. Les feuilles se mettent à vivre...

Il en était de même dans le magasin. Je regardais : c'était vide. Je regardais encore : une vieille dame surgissait de derrière une énorme et monstrueuse pendule. Il y avait trois ingénues sur le retour, incroyablement maigres, qui minaudaient à l'entrée du rayon de la parfumerie. Leurs cheveux étaient pâles et fins comme les fils de la Vierge. Tout aussi fragile et incolore était un homme, qui ressemblait à un colonel sudiste, et qui, tout en m'observant, caressait des moustaches pareilles à des antennes de crevette! Une femme, vêtue de chintz, qui donnait probablement dans la littérature, sortit de derrière les rideaux et les draperies.

Ils se pressaient tous autour de moi, sifflotant, voltigeant, comme des voiles de mousseline gonflées par le vent. Leurs yeux étaient larges et brillants. Je m'aperçus que leurs iris n'avaient pas de couleur.

« Il a l'air tout à fait inexpérimenté!

— C'est un détective. Allons chercher les Hommes Noirs!

— Je ne suis pas un détective. Je suis un poète. J'ai renoncé au monde.

— C'est un poète. Il est venu chez nous. C'est M. Roscoe qui l'a découvert.

— Il nous admire.

— Il faut qu'il fasse la connaissance de Mme Vanderpant. »

On m'amena pour faire la connaissance de Mme Vanderpant. Je compris qu'elle était la Grande Dame du magasin. Elle était presque tout à fait transparente.

« Ainsi, monsieur Snell, vous êtes poète? Vous trouverez l'inspiration ici. Je suis pour ainsi dire la plus vieille habitante de ce magasin. Il y a eu trois fusions et une transformation complète. Pourtant, ils n'ont pas pu se débarrasser de moi.

— Chère madame Vanderpant, racontez comment vous êtes sortie pendant la journée et comment on vous a presque achetée en croyant que vous étiez la « Mère » de Whistler!

— Cela se passait avant la guerre. J'étais plus robuste à cette époque. Mais, à la caisse, on s'est tout d'un coup aperçu que le tableau n'était pas encadré. Et quand on est revenu me chercher...

— Elle était partie! »

Leurs rires ressemblaient aux stridulations d'un concert de fantômes de sauterelles.

« Où est Ella? Où est mon bouillon?

— Elle va vous l'apporter, madame Vanderpant.
Attendez quelques instants.

— Ella est une drôle de petite créature! C'est
notre enfant trouvée, monsieur Snell. Elle n'est
pas comme nous.

— C'est vrai, madame Vanderpant? Mon Dieu,
mon Dieu!

— J'ai vécu seule ici pendant des années, monsieur Snell. Je suis venue me réfugier ici vers les
années 1880. J'étais très jeune alors et d'après ce
que les gens disaient, j'étais très belle. Malheureus-
ement, mon pauvre papa perdit tout son argent. Le
nom de Bracey avait un grand prestige à New
York, dans ce temps-là, surtout pour une jeune
fille, monsieur Snell. Cela me paraissait terrible
de ne plus pouvoir venir ici pour acheter. Aussi
décidai-je de m'y installer pour de bon. Je fus
fort ennuyée quand d'autres commencèrent à
venir, à leur tour, après le krach de 1907. Mais,
c'était le cher juge, le colonel, Mme Bilbee... »

Je saluai. On me présentait aux autres.

« Mme Bilbee écrit des pièces. Et elle appar-
tient à une très vieille famille de Philadelphie.
Vous nous trouverez tous gentils ·ici, monsieur
Snell.

— Je me sens très honoré, madame Vanderpant.

— Et naturellement, tous nos chers jeunes gens
sont arrivés en 1929. Leurs pauvres papas s'étaient
jetés du haut des gratte-ciel. »

Je me confondis en sifflements et en courbettes.
Les présentations durèrent fort longtemps. Qui
aurait pu penser que tant de gens se fussent ins-
tallés au magasin Bracey?

« Et voici enfin Ella avec mon bouillon. »

C'est alors que je remarquai que les jeunes filles n'étaient pas aussi jeunes, en dépit de leurs sourires, de leurs minauderies et de leurs robes d'ingénues. Ella n'avait pas encore vingt ans. Bien qu'elle fût vêtue seulement d'un morceau de tissu ramassé sur un comptoir du magasin, elle avait l'allure d'une fleur vivante au milieu des tombes d'un cimetière, ou d'une sirène au milieu des algues.

« Viens donc, jeune idiote.

— Mme Vanderpant attend. »

Son teint n'avait pas la blancheur crayeuse des autres : il avait l'éclat de la perle.

Ella! La seule perle de cette cave perdue et fantastique! Petite sirène, entourée, pressée, étouffée par des tentacules meurtriers! Je ne puis pas en écrire davantage aujourd'hui.

28 mars. — Eh bien, je m'habitue rapidement à ce monde nouveau et clair-obscur où je vis, aux gens étranges qui m'entourent. J'apprends peu à peu les lois compliquées du silence et la manière de se camoufler qui règle nos promenades apparemment fortuites et les réunions de ce clan nocturne. Comme ils détestent tous le veilleur de nuit dont l'existence menace les lois de ces festivaliers de l'oisiveté!

« Quelle créature vulgaire et odieuse! Il répand autour de lui la puanteur du soleil! »

A la vérité, c'est un jeune homme qui ne manque pas de personnalité. Il est très jeune pour être veilleur de nuit, à tel point que je pense qu'il a dû être blessé pendant la guerre. Mais, eux, ils voudraient le couper en morceaux!

Avec moi, ils sont très aimables. Ils sont heureux

qu'un poète soit venu s'installer chez eux. Moi,
je ne les aime pas tellement. Mon sang se glace
quand je vois les vieilles dames escalader avec
aisance les balustrades et passer ainsi d'un étage
à l'autre. A moins que ce ne soit parce qu'ils se
montrent tous aussi désagréables avec Ella?

Hier, nous avons fait une partie de bridge. Ce
soir, on va présenter la petite pièce de Mme Bilbee : *L'Amour au Pays des Ombres*. Me croirez-
vous? Une autre colonie — celle du magasin Wanamaker — va venir en foule pour assister à la
représentation. Apparemment, des gens habitent
dans tous les grands magasins. Cette visite est
considérée comme un grand honneur car toutes
ces créatures sont extrêmement snobs. Elles parlent
avec horreur d'une bande de déclassés sociaux qui
ont quitté un établissement très élégant de la
Madison Avenue pour aller s'installer dans une
épicerie où ils dévorent·les spécialités. Et elles
racontent avec infiniment d'émotion l'histoire d'un
homme, réfugié chez Altman, qui s'était pris d'une
telle passion pour une veste en tissu écossais qu'il
a surgi de son abri pour l'arracher des mains de
celui qui l'avait achetée. Il semble que la colonie
de chez Altman, craignant une enquête, a été obligée de quitter cet endroit élégant pour se rendre
dans un Prisunic. Allons, il faut que je m'apprête
pour aller voir la pièce.

14 avril. — J'ai trouvé une occasion de parler
à Ella. Je n'avais pas encore osé le faire. Ici, on
a toujours l'impression d'être espionné par des
yeux vides. Mais la nuit dernière, pendant la pièce,
j'ai été pris de hoquet. On m'a intimé l'ordre de
me retirer et d'aller me cacher dans le sous-sol, au

milieu des boîtes à ordures, là où le veilleur de nuit ne va jamais.

Là, dans l'obscurité hantée par les rats, j'ai entendu un sanglot étouffé.

« Qu'y a-t-il? Qui est-ce? C'est Ella? Qu'est-ce qui vous fait de la peine, mon petit? Pourquoi pleurez-vous?

— Ils n'ont pas voulu que j'aille voir la pièce.

— C'est tout? Laissez-moi vous consoler.

— Je suis si malheureuse. »

Elle me raconta sa tragique petite histoire. Qu'est-ce que vous pensez? Lorsqu'elle était petite, toute petite, elle avait six ans, elle se perdit et s'endormit derrière un comptoir, tandis que sa mère essayait un chapeau. Lorsqu'elle se réveilla, le magasin était plongé dans l'obscurité.

« Et je pleurais et ils sont tous venus autour de moi pour m'emmener. « Elle racontera tout « si on la laisse partir », disaient-ils. L'un ajouta : « Faites venir les Hommes Noirs. — Qu'elle reste « ici, dit enfin Mme Vanderpant, ce sera une « petite servante rêvée pour moi. »

— Qui sont ces Hommes Noirs, Ella? Ils en ont parlé lorsque je suis arrivé.

— Vous ne savez pas? Oh! c'est horrible! Horrible!

— Expliquez-moi, Ella. Je veux partager vos peines. »

Elle tremblait.

« Vous connaissez les morticoles, ceux qui se rendent dans les maisons quand les gens sont morts?

— Oui, Ella.

— Eh bien, chez les entrepreneurs de pompes funèbres, comme chez Gimbel, ou comme chez

Bloomingdale, et comme ici, il y a des gens qui vivent.

— Mais de quoi peuvent-ils vivre chez un entrepreneur de pompes funèbres?

— Je n'en sais rien. Là, on envoie des gens morts pour les faire embaumer. Oh! ce sont des créatures abominables. Même ceux d'ici ont très peur d'eux. Mais si quelqu'un meurt ou si un pauvre malheureux cambrioleur s'introduit ici, alors...

— Alors? Continuez.

— Alors, on fait venir les Hommes Noirs.

— Bonté divine.

— Oui, dans ce cas, on fait appel aux Hommes Noirs... On dirait des créatures des ténèbres. Je les ai vus une fois et c'était terrible.

— Qu'ont-ils fait?

— Ils sont entrés et ils ont pris l'homme mort ou le pauvre cambrioleur. Ils ont avec eux de la cire, et toutes sortes d'objets. Et quand ils s'en vont, il ne reste plus qu'un mannequin de cire sur la table. Alors, nos gens le recouvrent d'une robe ou d'un maillot de bain et ils le mêlent aux autres figures de cire. Et on ignore toujours ce qui s'est passé.

— Mais ne sont-ils pas plus lourds que les autres, ces mannequins de cire? On pourrait se rendre compte qu'ils sont plus lourds?

— Eh bien, non, ils ne le sont pas. Je crois qu'il y a des tas de gens qui ont disparu de cette façon.

— Oh! mon Dieu, et c'est ce qu'ils voulaient vous faire à vous, quand vous étiez petite?

— Oui, et c'est Mme Vanderpant qui m'a sauvée en disant que je serais sa servante.

— Je n'aime pas ces gens, Ella.

— Moi non plus. J'aimerais tellement voir un oiseau!

— Pourquoi n'allez-vous pas voir la volière?

— Ce ne serait pas la même chose. Je veux voir les oiseaux posés sur une branche couverte de feuilles.

— Ella, il faut que nous nous rencontrions souvent. Venons nous réfugier ici pour bavarder. Je vous parlerai des oiseaux, des branches et des feuilles. »

1ᵉʳ. mai. — Depuis quelques nuits, tout le magasin est dans la fièvre : on se parle à l'oreille de la grande réunion qui doit avoir lieu chez Bloommingdale. Or, c'est cette nuit la grande nuit.

« C'est toujours d'accord? Nous partirons sur le coup de deux heures du matin. »

Roscoe a été désigné, ou s'est désigné lui-même pour être mon guide ou mon garde du corps.

« Roscoe, je suis encore un blanc-bec. J'ai peur des rues.

— Bêtise! Il n'y a rien à craindre. Nous quitterons subrepticement le magasin vers deux ou trois heures, nous attendrons sur le trottoir que passe un taxi dans lequel nous monterons. N'êtes-vous jamais sorti la nuit dans le temps jadis? Dans ce cas, vous nous avez sûrement rencontrés.

— Mon Dieu, je le crois bien et je me suis souvent demandé d'où vous veniez. Et vous sortiez de chez Bracey! Mais, Roscoe, j'ai le front qui brûle. J'ai de la peine à respirer. J'ai peur d'attraper un rhume.

— Alors, il vaut mieux que vous restiez. Toute

notre réception serait déshonorée au cas où un malheureux éternuement se produirait. »

J'avais compté sur leur étiquette formelle et rigide, fondée en grande partie sur la peur d'être découvert et j'avais eu raison. Bientôt, ils eurent tous disparu, dérivant à la manière des feuilles poussées par le vent. Immédiatement, je revêtis un pantalon de flanelle, une chemise de sport élégante, chaussai des souliers de toile — tous articles de dernière nouveauté. Je trouvai un petit endroit tranquille; loin des regards indiscrets du veilleur de nuit. Là, dans la main tendue d'un mannequin, je plaçai une belle fougère que j'avais prise chez le fleuriste. On eût dit un jeune arbuste printanier. Le tapis avait la couleur du sable que l'on trouve au bord d'un lac. Une nappe blanche comme la neige; deux gâteaux ornés d'une cerise. Il ne me restait plus qu'à imaginer le lac et à trouver Ella.

« Mon Dieu, Charles, qu'est-ce que cela veut dire?

— Je suis un poète, Ella, et quand un poète rencontre une jeune fille comme vous, il pense tout de suite à une journée à la campagne. Voyez-vous cet arbre? Appelons-le *notre* arbre. Voici le lac — le plus joli lac qui se puisse imaginer. Voici l'herbe et voilà des fleurs. Il y a aussi des oiseaux, Ella. Vous m'aviez dit que vous aimez les oiseaux.

— Oh! Charles, vous êtes trop gentil. J'ai l'impression que je les entends chanter.

— Et voici notre déjeuner. Mais avant de manger, allez derrière le rocher pour voir ce qu'il y a. »

Je l'entendis crier de joie lorsqu'elle vit la robe d'été que j'y avais déposée pour elle. Lorsqu'elle revint, le printemps lui sourit et le lac brilla plus clair qu'auparavant.

« Ella, déjeunons. Amusons-nous. Nageons. J'essaie de vous imaginer vêtue d'un de ces nouveaux costumes de bain.

— Charles, asseyons-nous plutôt et parlons. »

Nous nous assîmes donc et nous bavardâmes. Le temps passa comme un rêve. Nous aurions pu demeurer là des heures et des heures, oublieux de tout, s'il n'y avait pas eu l'araignée.

« Charles, que faites-vous?

— Rien, ma chérie. Il y a simplement une vilaine petite araignée qui court · sur vos genoux. C'est purement imaginaire, bien sûr, mais cette espèce est justement la pire. Il me fallait tenter de l'attraper.

— Non, Charles, n'en faites rien. Il est tard, terriblement tard. Ils vont rentrer d'une minute à l'autre. Il vaut mieux que je rentre à la maison. »

Je l'accompagnai chez elle, au rayon des articles ménagers dans le sous-sol et lui souhaitai une bonne journée. Elle me tendit sa joue. Cela me troubla.

10 mai. « Ella, je vous aime. »

Je le lui ai dit comme ça, tout simplement. Nous nous sommes retrouvés de nombreuses fois. J'ai rêvé d'elle à longueur de journée. Je n'ai même pas tenu mon journal. Quant à la poésie, il n'en a pas été question.

« Ella, je vous aime. Allons au rayon des trousseaux de mariage. Ne prenez pas cet air épouvanté, chérie. Si vous voulez, nous allons partir d'ici tout de suite. Nous irons vivre dans ce petit restaurant de Central Park. Il y a des milliers d'oiseaux là-bas.

— Je vous en prie, je vous en prie... ne parlez pas ainsi.

— Mais je vous aime de tout mon cœur.

— Il ne faut pas.

— Au contraire, je crois qu'il le faut. Je ne peux pas m'en empêcher. Ella, vous n'en aimez pas un autre? »

Elle pleura un peu;

« Si, Charles.

— Vous en aimez un autre, Ella? Un d'entre eux? Je croyais qu'ils vous effrayaient tous. C'est sans doute Roscoe. C'est le seul qui ait encore l'air d'un être humain. Nous parlons d'art, de littérature, de la vie en général et d'autres sujets semblables. Et c'est lui qui a volé votre cœur?

— Non, Charles, non. Il est comme les autres, en vérité et je les déteste tous. Ils me donnent la chair de poule.

— Qui est-ce alors?

— C'est lui.

— Lui, qui?

— Le veilleur de nuit.

— Impossible.

— Ce n'est pas impossible : il a l'odeur du soleil.

— Oh! Ella, vous avez brisé mon cœur.

— Je voudrais que vous restiez tout de même mon ami.

— Je le resterai. Je serai votre frère. Comment êtes-vous tombée amoureuse de lui?

— Oh! Charles, c'était tellement merveilleux. Je pensais aux oiseaux et j'ai été imprudente. Surtout, ne leur dites rien, Charles. Ils me châtieraient.

— Non, je ne dirai rien. Continuez.

— J'ai été imprudente et il débouchait de derrière un comptoir. Et il n'y avait pas de place pour moi. Je portais cette robe bleue. Il n'y avait autour de moi que des mannequins de cire en sous-vêtements

— Je vous en supplie, continuez.

— Je n'ai pas pu m'en empêcher. J'ai laissé glisser ma robe et je suis restée immobile.

— Je comprends.

— Et il s'est arrêté près de moi, Charles. Et il m'a regardée et il a caressé ma joue.

— Il n'a rien remarqué?

— Non, ma joue était froide. Mais, Charles, il a dit, il a dit : « Eh bien, j'aimerais bien, mon « chou, que les filles de la Huitième Avenue « vous ressemblent. » Charles, n'était-ce pas un adorable compliment?

— Personnellement, j'aurais dit « Park Avenue » plutôt que « Huitième Avenue ».

— Oh! Charles, ne devenez pas comme les affreuses gens d'ici. Quelquefois, je pense que vous commencez à leur ressembler. La rue n'a aucune importance, Charles. C'était de toute façon un adorable compliment.

— Oui, mais mon cœur est brisé. Et qu'est-ce que vous pouvez espérer? Cet homme appartient à un autre monde.

— C'est vrai, Charles, il appartient au monde de la Huitième Avenue. C'est là que je veux aller. Charles, êtes-vous vraiment mon ami?

— Je suis votre frère, mais mon cœur est brisé.

— Ecoutez-moi : je vais rester encore debout ici; de sorte qu'il me verra de nouveau.

— Et ensuite?

— Peut-être m'adressera-t-il de nouveau la parole.

— Ma très chère Ella, vous vous torturez. Tout va empirer à cause de vous.

— Non, Charles, parce que, cette fois, je lui répondrai. Et il m'emmènera.

— Ella, je ne puis pas le supporter.

— Chut! Quelqu'un vient. Je vais voir les oiseaux... les vrais oiseaux, Charles, et les fleurs qui poussent. Ils arrivent. Il faut vous en aller. »

13 mai. — Pendant ces trois derniers jours, j'ai souffert le martyre. Ce soir, je me suis effondré. Roscoe était venu me rejoindre. Il me surveillait depuis un certain temps. Il posa la main sur mon épaule. Il me dit :

« Vous n'avez pas l'air en train, mon vieux; pourquoi n'allez-vous pas faire un peu de ski chez Wanamaker? »

Sa gentillesse m'obligea à lui répondre avec franchise :

« C'est plus grave que ça, Roscoe. Je suis perdu. Je ne peux pas manger, je ne peux pas dormir. Je ne peux pas écrire, mon ami, je ne peux même pas écrire.

— Que se passe-t-il? Vous êtes affamé de lumière du jour?

— Roscoe... c'est l'amour.

— Pas d'une employée, Charles, ou d'une cliente? C'est absolument interdit.

— Non, ce n'est pas ça, Roscoe. Mais tout aussi désespéré.

— Mon cher ami, je ne peux supporter de vous voir dans cet état. Je veux vous aider. Laissez-moi partager vos ennuis. »

Alors, je racontai toute l'histoire. Elle éclata. J'avais confiance en lui. Je pense que j'avais confiance en lui. Je crois vraiment n'avoir jamais eu l'intention de trahir Ella, de gâcher son évasion, de la garder ici jusqu'à ce que son cœur se tourne vers moi. Et si cette intention était la mienne, je peux jurer que c'était inconsciemment.

Pourtant, je lui dis tout. Tout! Il se montra compatissant mais je sentis une légère réserve dans sa compassion.

« Vous respecterez le secret de ma confession, Roscoe? Cela restera un secret entre nous.

— Je serai aussi secret qu'une tombe, mon vieux. »

· Et il a dû se rendre directement auprès de Mme Vanderpant. Ce soir-là, l'atmosphère a changé. Les gens sautillaient de-ci de-là, souriant nerveusement, affreusement, avec une sorte d'exaltation sadique et terrible. Lorsque je leur parle, ils répondent évasivement, s'agitent et disparaissent. Un bal en tenue de ville a été annulé. Je ne peux pas trouver Ella. Je vais sortir en me cachant. Je vais aller la rechercher.

Plus tard. — Ciel! C'est arrivé. En désespoir de cause, je m'étais rendu dans le bureau du directeur, dont la fenêtre vitrée domine tout le magasin. J'ai guetté jusqu'à minuit. Puis, j'aperçus un de leurs petits groupes, marchant en théorie comme des fourmis portant leur victime. Ils portaient Ella. Ils l'emportèrent au rayon des instruments chirurgicaux. Ils emportèrent d'autres choses.

Et, en revenant, je fus dépassé par une horde voltigeante et murmurante. Ils jetaient des regards par-dessus leurs épaules, à la fois effrayés et extasiés, en se dirigeant vers leur cachette. Moi, aussi, je me cachais. Comment puis-je décrire ces créatures sombres et inhumaines qui me frôlaient, silencieuses comme des ombres?

Que puis-je faire? Une seule chose. Je vais aller trouver le veilleur de nuit. Je lui raconterai. Lui et moi, nous la retrouverons. Et si nous sommes vaincus... Eh bien, je laisserai ce journal sur un comptoir. Demain, si nous vivons, je pourrai le récupérer.

Sinon, regardez dans les vitrines. Cherchez trois nouveaux mannequins : deux hommes, dont l'un à l'air sensible, et une jeune fille. Elle a des yeux bleus comme des pervenches, et sa lèvre supérieure est un peu retroussée.

Cherchez-nous.

Faites-les sortir en les enfumant! Faites-les disparaître! Vengez-nous!

LE COCON

(The Cocoon)

de John Goodwin

Tandis qu'à l'étage au-dessous, son père avait une pièce dont les murs étaient tout garnis des trophées de ses prouesses cynégétiques : têtes de bouquetins, chamois, élans, keitloas, pécaris, onces, Denny, à l'étage supérieur, avait épinglé sur les murs de sa chambre les corps fragiles de machaons, nymphales, danaïdes et vanesses.

Son père avait dirigé des expéditions, souffert de privations, s'était frayé un chemin à travers des jungles, avait escaladé des rochers pour conquérir ses spécimens, mais Denny, lui, avait allégrement cueilli les siens dans les champs et les jardins avoisinant sa maison. La carrière de collectionneur du père de Denny était probablement terminée; la sienne venait à peine de commencer.

Denny avait onze ans, son père quarante-six; la maison qu'ils habitaient avait un siècle ou plus, encore que personne n'eût pu lui assigner une date précise. M. Pearybog, le receveur des postes du village, maintenant réduit à peu de chose, racontait qu'il se rappelait l'époque où la fenêtre circulaire du palier, au deuxième étage, n'existait pas, et Mme Bliss disait qu'elle savait qu'au temps jadis, la cuisine actuelle était un estaminet. Elle le tenait de son père. Le cœur de la maison, pour employer les termes du père de Denny, était très ancien, mais l'ensemble avait subi des changements, des agrandissements, les murs avaient été recrépis. Le père de Denny avait ajouté la pièce où étaient accrochés ses trophées; la chambre de l'enfant avait, à l'origine, dû être un grenier, car là où apparaissaient les chevrons du plafond, haut et très incliné, on voyait des clous à tête carrée, et çà et là, les poutres étaient encore assemblées à l'aide de chevilles.

La pièce qui servait de chambre à coucher et de salle de jeux à Denny n'avait au premier coup d'œil rien d'ancien. Un tapis bleu recouvrait le parquet, les rideaux étaient jaunes, et le dessus de lit bleu et blanc. La tapisserie, que la mère de l'enfant avait, avant de partir, choisie à son intention, représentait des saules jaunes sur fond bleu pâle, et pour qui n'était pas un familier de la maison, les papillons épinglés sur les murs se confondaient avec les dessins du papier. Il y avait longtemps que le père de Denny n'avait pas pénétré dans cette pièce. Il savait bien que ce qu'il appelait la collection de Lépidoptères de son fils était épinglée sur les murs, mais il ignorait les ravages qu'elle avait faits sur le joli papier et ne pouvait donc adresser des réprimandes à son fils. Sous chaque spécimen, une tache couleur mastic s'étalait sur le papier bleu. C'était l'huile qui avait suinté des cadavres des insectes lorsqu'ils se desséchaient.

Dans un angle de la pièce se trouvait un coffre couvert de chintz qui renfermait les débris des amours passées de Denny : des trains bosselés et des fragments de voies, un vieux transformateur, des batteries couvertes de cristaux de sels de zinc, des camions, des moulins à vent où il était difficile

de distinguer autre chose que des cubes et des
baguettes de bois assemblés au petit bonheur, des
livres froissés et déchirés qui portaient en travers
des pages et des gravures, gribouillée aux crayons
de couleur, la signature de Denny, un gyroscope,
une balle de caoutchouc et, quelque part dans les
profondeurs, gisaient un ours, un singe et une
poupée — de sexe masculin — dont la joue portait
une cicatrice, là où Denny l'avait frappée d'un
pied chaussé d'un patin. Dans un autre angle s'étalaient fièrement les instruments de son activité
présente. Le filet à papillons appuyé contre le
mur, et, tout près du parquet, sur une caisse
renversée, se trouvaient la bouteille à cyanure, la
petite pince et des épingles et ces dernières brillaient dans leur étui de papier noir d'un éclat
aussi menaçant que de minuscules instruments
chirurgicaux.

Après s'être consacré près d'une année à collectionner des papillons, Denny avait découvert qu'il
pouvait agrémenter ses occupations d'un intérêt
quelque peu équivoque en faisant entrer dans sa
collection non seulement les papillons, mais encore
ces mêmes insectes au premier stade de leur développement. En bourrant des bouteilles à lait, des
boîtes à chaussures, et tous autres récipients avec
des chenilles et des chrysalides, il participait, avec
les survivantes, à une sorte d'alchimie. Accroupi,
tout à sa besogne, il plongeait ses regards à l'intérieur des récipients, étudiant les transformations
laborieuses de la chenille qui se débarrassait de
son enveloppe, l'exsudation qui sert à fixer le
linceul de la chrysalide aux brindilles, ou à la face
inférieure des feuilles, et, à la fin, cet aboutisse-
ment que rien ne laissait prévoir : l'insecte par-

fait. C'était comme si l'on ouvrait une boîte à
surprise, car Denny n'avait pas encore appris à
prévoir quelle couleur, quelle taille, quelle forme
de chenille donnerait une piéride, une vanesse
ou un machaon.

Comme la fin de l'été était proche, Denny interdit à la jeune bonne d'ouvrir grandes les fenêtres
pour aérer sa chambre. Le brusque changement de
température, disait-il, nuirait aux chenilles et aux
chrysalides. Même lorsque la bonne eut averti son
père qu'il y avait dans la chambre de Denny une
odeur malsaine due à tous ces insectes et autres
machins, celui-ci ne fit que répéter cette remarque
à Denny, sans insister. Denny émit un petit grognement, pour montrer qu'il avait bien entendu,
et ce fut tout. Son père, qui écrivait un livre sur
les jungles, les rochers et les fauves, se souciait
en fait fort peu de ce qui se passait à l'étage au-
dessus.

C'est ainsi qu'une odeur âcre de substances vé-
gétales en décomposition qui se métamorphosaient
en chair d'insectes, se répandit dans la mansarde
lumineuse de Denny, et les taches d'huile qui
s'étalaient sur les murs, au-dessous des spécimens,
s'agrandirent très, très légèrement, décolorant de
plus en plus la tapisserie.

Dans un livre : *Les papillons que vous devriez
mieux connaître* qu'une tante lui avait envoyé
pour Noël, Denny découvrit que l'on pouvait faire
un « château » convenant à une chenille, en plaçant un verre de lampe, fermé à l'extrémité supérieure, sur un pot à fleurs plein de terre. Il acheta
de ses propres deniers un verre de lampe à la
boutique du village et prépara cet habitat. Ce
dispositif était si élégant, et malgré tout si ma-

gique, qu'il décida de le réserver pour y loger un spécimen particulièrement rare. Il lui fallut attendre un après-midi de la fin d'octobre pour en trouver un qui fût digne du « château ».

Il explorait un taillis entre deux champs. Le sol était si caillouteux qu'il n'avait jamais été cultivé, et il s'étendait comme une épée séparant les champs fertiles qui le bordaient des deux côtés. Denny n'y avait jamais pénétré jusqu'ici et seule la confiance grandissante qu'il avait en son pouvoir sur la nature lui donna à ce moment l'audace de le faire. Un mois plus tôt, il se serait dérobé et aurait évité toute incursion dans ce terrain; il aurait même pris la précaution de contourner les deux champs qui l'enfermaient. Mais maintenant, il éprouvait un peu les sentiments qui, dans son esprit, devaient être ceux de Dieu, lorsque, rampant dans cet univers de verre et de carton, la vie qu'il observait prenait forme, changeait et cessait. Cette métamorphose, protégée de tout contact désagréable, ou de toute action impossible à prévoir, Denny l'observait de la chenille à la chrysalide jusqu'à l'être parfait qui vient d'éclore et ses vibrations miraculeuses. Il était en son pouvoir de rompre la chaîne magique de leur évolution à n'importe quel stade qu'il lui plairait. A une petite échelle, il était vraiment un peu semblable à Dieu. Ce fut cette idée qui lui donna le courage de grimper par-dessus les pierres du vieux mur et de pénétrer dans le demi-arpent de bois épais.

Le soleil d'automne, déjà bas, lorgnait le paysage fragile, comme quelque improbable feu follet suspendu à l'ouest. Les rares oiseaux qui n'avaient pas quitté le pays faisaient entendre les sonorités rauques de la gent commune; les espèces les plus mélodieuses et les plus prospères avaient déjà pris leur vol vers le sud. Bien que les feuilles des arbres eussent déjà arboré les jaunes inconsidérés de la sénilité et les ocres du déclin, les broussailles, comme les smilax et les coccolobes, étaient vertes pour la plupart. Armé de sa pince et de son omnipotence, Denny explorait toutes les brindilles et les feuilles encore vivantes.

Les ronces déchiraient ses chaussettes et lui égratignaient les genoux, mais, à part les vulgaires bombyx des merisiers, les efforts de Denny n'étaient pas récompensés. C'est au crépuscule que, poursuivant ses recherches parmi les feuilles scellées d'un sassafras, il découvrit un spécimen qui le combla au-delà de ses espérances les plus ambitieuses. A première vue, en partie à cause du crépuscule, cela ressemblait davantage à un dragon ratatiné qu'à une chenille. Un filament le rattachait à la brindille, ce qui, ajouté au fait que, lorsque Denny le toucha avec précaution, il sentit le corps bouffi se rétracter comme le font les chenilles, le convainquit que ce n'était pas un phénomène de la nature, ou, alors, c'était un phénomène de chenille, et il n'y avait donc rien à craindre. A l'aide de sa pince, il le détacha soigneusement de la brindille, plaça le monstre dans la boîte à allumettes qu'il portait toujours sur lui, et, courant à perdre haleine, sans se soucier des smilax et des ronces, Denny fila vers la maison.

Lorsqu'il arriva, c'était l'heure du dîner; son père était déjà à table. De sa main droite il portait à sa bouche des cuillerées de soupe, tandis que de la main gauche il tournait les pages d'un livre. Denny avait grimpé l'escalier en faisant claquer ses chaussures avant que son père s'aperçût de sa présence.

« Tu es en retard, mon garçon, dit-il entre deux phrases imprimées et deux cuillerées de soupe.

— Je sais, papa, répondit Denny sans s'arrêter, mais j'ai attrapé quelque chose. »

Une autre phrase et une autre cuillerée.

« Combien de fois t'ai-je dit d'être explicite? *Quelque chose!* ça peut être n'importe quoi, depuis un ballon captif jusqu'aux oreillons. »

Du palier du second étage, Denny lança :

« Justement, c'est *quelque chose,* je ne sais pas ce que c'est. »

Son père bougonna, et lorsqu'il eut enfin terminé un paragraphe, cueilli dans sa soupe le dernier morceau de viande, et prononcé ces paroles à l'adresse de son fils : « Quoi que ce soit, ça attendra que tu aies dîné », Denny avait déjà les yeux rivés sur la chose, à travers le verre de lampe.

Même dans l'éclairage intense de la lumière électrique, cela tenait du reptile. Pour une chenille, c'était de grande dimension, de dix à douze centimètres de longueur, estimait Denny; la couleur était d'un violet trouble, et d'un noir jaunâtre à la partie inférieure. A chaque extrémité se trouvaient trois protubérances en forme de cornes, de teinte vermillon; elles étaient nettement courbées vers l'intérieur, et portaient de petits poils raides. De la bouche saillaient de petites pinces rappelant celles des crustacés; la peau était ridée comme celle d'une tortue, et les segments abdominaux étaient bien marqués. Les pattes n'étaient pas encore pourvues des sortes de suçoirs que portent habituellement les chenilles; elles étaient écailleuses et en forme de petites pinces.

Le spécimen était vraiment digne de son « château ». Il ne figurait dans aucun des livres illustrés que possédait Denny; il le garderait en cachette, et finalement, lorsque après la métamorphose, il présenterait au monde l'insecte ailé, la réputation que son père s'était acquise en capturant des bêtes extraordinaires pâlirait auprès de la sienne. La seule chose qu'il put deviner, et cela d'après ses dimensions, c'est qu'il avait affaire à une larve de papillon de nuit, plutôt qu'à un papillon diurne.

Il était encore en contemplation lorsque la bonne apporta un plateau.

« Voilà, dit-elle, puisque monsieur est si occupé qu'il ne trouve pas le temps de dîner, comme tous les petits garçons. S'il ne tenait qu'à moi, vous resteriez sur votre faim. » Elle posa le plateau sur la table. « Pouah! fit-elle. Ce que ça peut sentir mauvais dans cette chambre! Qu'est-ce que vous avez là, maintenant? »

Elle se disposait à regarder par-dessus l'épaule de Denny.

« Sortez de là, hurla-t-il, prêt à se jeter sur elle. Sortez!

— Il n'est pas dit que je sortirai si vous me parlez comme ça. »

Il se leva et, dans sa rage, poussa dehors la grande masse de la bonne, claqua la porte derrière elle, et la ferma à clef.

De l'autre côté, elle commença à crier quelque chose. Ce que cela pouvait être, Denny ne le sut jamais et n'en avait cure, car il hurlait de toutes ses forces : « Et ne revenez pas! » Sur quoi la fille dégringola l'escalier pour aller trouver le père de Denny.

Comme on pouvait s'y attendre, celui-ci s'apitoya sur son sort, reconnut avec elle qu'il était indispensable d'imposer une certaine discipline à son fils, puis, revenant à sa pipe et à son manuscrit, il chassa l'affaire de son esprit.

Le lendemain, Denny dit à la bonne que désormais il lui interdisait de pénétrer dans sa chambre, ni pour faire le lit, ni pour nettoyer.

« On verra bien, dit-elle, encore que ce serait un plaisir que j'aurais jamais espéré en ce bas monde si je devais ne plus jamais entrer dans cette chambre puante. »

Elle en appela encore une fois au père de Denny, et cette fois, bien à contrecœur, il fit venir l'enfant.

« Ethel me raconte que tu ne veux pas la laisser entrer dans ta chambre, dit-il, le regardant par-dessus ses lunettes.

— J'aimerais mieux pas, répondit Denny, on ne peut plus conciliant. Tu comprends, papa, elle n'entend rien aux chenilles, aux cocons et à toutes ces choses, et elle met de la pagaille partout.

— Mais qui s'occupera de faire ton lit, d'enlever la poussière et le reste?

— Moi, affirma Denny. Il est juste que, si je ne veux pas qu'on pénètre dans ma chambre, je sois tenu de m'en occuper, de faire mon lit, de mettre de l'ordre, par exemple.

— C'est parler comme un soldat, mon garçon. Je comprends tes sentiments, et si tu désires

prendre ta part de cet arrangement, en acceptant
tes devoirs, je ne vois pas pourquoi il n'en serait
pas selon tes désirs. Mais, et il pointa vers l'enfant
son coupe-papier taillé dans une défense de morse,
si la chambre n'est pas propre et en ordre, nous
serons contraints d'abolir ce privilège; ne l'oublie
pas. »

Le père, reconnaissant de ce que l'entrevue n'ait
pas pris le tour ennuyeux qu'il avait craint, dit
à son fils qu'il pouvait partir. A dater de ce jour,
Denny garda toujours la clef de sa chambre dans
sa poche.

Comme les chenilles cessent de manger avant
de passer à l'état de chrysalides, et que la chenille
de Denny refusait de manger tous les assortiments
de feuilles qu'il lui offrait, pour l'allécher, il comprit que la chenille était précisément en train
de préparer son cocon lorsqu'il l'avait arrachée
à la branche de sassafras. Elle était maintenant
dans un état d'agitation voisin de la convulsion;
dans son verre de lampe elle errait, apparemment sans but, s'arquant de ramille en ramille,
cherchant de ses petites pattes écailleuses un endroit où se fixer. Après une journée passée à
errer de la sorte, la chenille se fixa sur une des
fourches de la brindille et se mit à filer son cocon.
Au bout de vingt-quatre heures, l'alambic de soie
était achevé.

Il n'y avait maintenant plus rien à observer
pour Denny; cependant, il restait accroupi des
heures durant, les yeux fixés sur le cocon qui
pendait comme une excroissance parasitaire sur
le rameau de sassafras. Sa concentration était
telle lorsqu'il restait là, penché sur cette forme,
que son regard semblait déchirer le linceul de

soie, et explorer dans ses moindres recoins le mystère qui se déroulait à l'intérieur.

Les sorties diurnes de Denny pour chercher en plein air les chrysalides plus communes étaient de plus en plus rares. Elles ne représentaient plus pour lui que ce que seraient des grenats pour un amateur d'émeraudes. Son visage maigre et hâlé devint bouffi et les paumes de ses mains étaient blanches et moites.

Les mois d'hiver se traînaient et il y avait chez Denny autant d'impatience nonchalante que dans ce qui se trouvait à l'intérieur du cocon. Sa chambre était froide, jamais aérée, car il fallait maintenir une température basse et constante pour que le cocon pût rester assoupi jusqu'au printemps. Le lit n'était que rarement fait, et une épaisse couche de poussière et de boue jonchait le parquet. Une fois par semaine, la bonne déposait derrière la porte le balai et la pelle à poussière, ainsi que des draps propres. Denny ne prenait que ces derniers qui formaient sur le parquet de sa chambre une pile qu'il ne touchait pas pendant des semaines. Son père ne s'occupait de sa santé que pour ajouter, à ce qui était par ailleurs une lettre légale et hypocondriaque à sa femme, un post-scriptum mentionnant que leur fils s'étiolait, et lorsqu'il recevait une réponse inquiète, il demandait en passant à Denny s'il se sentait bien. La réponse affirmative, encore que prudente, de l'enfant, semblait le satisfaire. Il envoyait à sa femme une carte l'informant que son fils assurait être en bonne santé, et il se considérait libéré de toute autre responsabilité.

Lorsque avril fut près de sa fin, Denny plaça

son trésor tout près de la fenêtre pour que le
soleil fasse naître ce qui était en état de léthargie
à l'intérieur. Au bout de quelques jours, Denny
eut la certitude que la chose s'efforçait de se
libérer, car le cocon semblait danser stupidement
de haut en bas sur son fil. Il veilla toute la nuit,
les yeux rouges et gonflés, rivés sur le cocon
comme sur quelque objet au pouvoir hypnotique.
Son père déjeuna seul, et vers neuf heures, sa
sollicitude alla jusqu'à envoyer la jeune bonne
voir si tout allait bien. Elle revint en toute hâte
raconter que Denny avait encore assez de vie
pour se montrer grossier envers elle. Le père
grommela quelque chose en réponse sur la mère
qui avait fait bon marché de ses devoirs. La
bonne répondit que, ne lui en déplaise, elle vou-
drait bien donner ses huit jours. Elle ne demandait qu'à énumérer ses motifs, mais son patron
la congédia avec désinvolture, en la priant de
rester jusqu'à ce qu'il eût trouvé quelqu'un pour
la remplacer.

A dix heures, Denny était absolument sûr que
le cocon allait s'ouvrir; à dix heures et demie, il
n'y avait plus dans son esprit l'ombre d'un doute.
Ce fut un peu avant onze heures que l'éclosion
se produisit. Il y eut à l'intérieur un mouvement
convulsif, et le cocon se déchira au sommet avec
un léger bruissement de soie. Les antennes lé-
gères et les pattes de devant sortirent, les pattes
s'agrippant au cocon pour hisser le corps par
l'étroite ouverture. L'abdomen velu et distendu,
sur lequel venaient s'articuler les ailes froissées,
fut dégagé à grand-peine. Instantanément, la bête
se mit à grimper avec maladresse sur la brindille
à laquelle le cocon était suspendu. Denny, in-

sensible au reste du monde, observait le processus.
Parvenu au bout de la branche, et ne pouvant
donc aller plus loin, l'insecte se reposa; de chaque
côté de son corps gonflé, les ailes pendaient, moites
et lourdes. A chaque pulsation, l'abdomen dimi-
nuait à vue d'œil, et progressivement, très progressivement, les antennes se déroulaient et les
ailes se développaient, grâce aux sucs que leur
envoyait le corps.

En moins d'une heure, la métamorphose amor-
cée pendant tant de mois était achevée. L'insecte,
dont les ailes étaient encore humides, bien qu'ayant
atteint leur plein développement, palpitait doucement au regard de l'enfant. Il s'était libéré
du cocon, mais il était encore emprisonné dans
le verre.

Tout à coup, la pâleur du visage de Denny
s'empourpra. Il se saisit du verre de lampe comme
s'il voulait presser l'insecte contre sa poitrine.
C'était son miracle, à lui seul. Avec un sentiment
de propriété mêlé de crainte respectueuse, il observait cette créature qui battait des ailes, comme
si elle était encore trop faible pour tenter de
prendre son vol. A n'en pas douter, le spécimen
qu'il avait devant lui était unique. Les ailes
avaient vingt-cinq bons centimètres de large et
la couleur en était si subtilement nuancée qu'il
était impossible de dire où le noir se changeait
en pourpre, le pourpre en vert, et où le vert
revenait au noir. Les seuls dessins précis étaient
une espèce de crabe au centre de chaque aile
postérieure et, sur chacune des ailes antérieures,
un motif imitant une bouche qui montrait les
dents. Les deux crabes et la bouche se dessinaient
en blanc et vermillon.

Lorsque vint midi, Denny avait faim; cependant il était si terrassé par l'épuisement nerveux qu'il décida presque de renoncer au repas de midi. Toutefois, sachant bien que son absence à deux repas consécutifs hâterait l'intrusion de son père en la personne de la bonne, il quitta sa chambre à coucher à contrecœur et descendit déjeuner en face de son père.

Malgré la docilité dont Denny avait fait preuve, il n'échappa pas au père qu'une transformation était survenue chez son fils.

« Le printemps semble avoir redonné de la vie à ce garçon, dit-il. Tu ressembles à ta mère sur ce point, et sur ce point seulement, Dieu merci. Elle ne s'est jamais bien portée lorsqu'il faisait froid. »

C'était la première fois qu'il évoquait sa mère devant Denny, ayant été obligé d'avoir recours à un biais pour expliquer le départ de celle-ci quelque cinq ans auparavant. Le garçon en reçut un choc. Toutefois, l'occasion s'offrant, il se décida en hâte à poursuivre le sujet. Il eût été inconvenant de faire montre de tout sentiment; il hésita donc et calcula avant de poser sa question.

« Pourquoi est-ce qu'elle n'écrit pas et ne m'envoie pas de cadeaux? » demanda-t-il.

Le silence momentané de son père fit naître en lui le sentiment presque intolérable de la douleur qu'éprouvait ce dernier d'avoir introduit ce sujet. Sans lever les yeux, il répondit : « La loi ne le lui permet pas. »

La fin du repas se déroula en silence et dans une gêne réciproque. Denny retourna dans sa chambre dès qu'il put, sans manquer de respect, se lever de table. Pendant un instant affreux, comme il tournait la clef dans la serrure, la possibilité que le papillon s'était échappé, qu'il n'avait peut-être jamais été là, tortura l'esprit de Denny. Il était bien là, à peu près comme l'enfant l'avait laissé, si ce n'est qu'il avait légèrement changé de position. Ses ailes étaient étendues presque horizontalement, ce qui montra à Denny que le verre de lampe était trop étroit pour lui permettre de se mouvoir librement.

Il n'y avait pas de plus grand récipient dans sa chambre.

En esprit, Denny vit défiler les ustensiles les plus variés : pots, vases et autres récipients qui dans le passé lui avaient de temps à autre servi à enfermer ses spécimens. Aucun d'entre eux n'était assez grand. S'il n'avait pas assez de place, le papillon, en un rien de temps, dès qu'il essaierait de voler, endommagerait ses ailes. En proie à une espèce de rage, Denny se creusa la cervelle pour trouver un récipient qui ferait son affaire. A la manière d'un furet, ses pensées bondirent tout à coup sur ce qui leur avait échappé. Dans la chambre de son père, un énorme pot à tabac en cristal, avec un couvercle d'argent repoussé, était posé sur un tabouret d'ivoire au-dessus de la tête d'un tigre.

Il n'y avait pas de temps à perdre, car, moins de cinq heures après sa sortie du cocon, un papillon s'essaie à voler. Le souffle coupé, Denny se précipita au bas de l'escalier, n'hésita qu'un instant, puis frappa à la porte de son père.

« Oui? » demanda son père d'un ton bougon; Denny tourna le bouton et entra.

« Papa, commença-t-il, mais il n'avait pas encore retrouvé son souffle.

— Mais parle donc, mon garçon, et cesse de trembler. Voyons, je n'ai jamais tremblé ainsi, même lorsque je me suis trouvé en face d'un éléphant solitaire.

— Je veux t'em... t'em... t'emprunter quelque chose, réussit à bégayer l'enfant.

— Sois plus explicite! sois plus explicite! Qu'est-ce que tu veux? Un billet pour Fall River? Un billet de cent dollars? Un peu d'ipéca? C'est cette dernière chose qui me paraîtrait la plus indiquée à en juger par ton aspect. »

Haïssant son père comme il ne l'avait jamais haï jusqu'ici, le garçon parla :

« Je veux t'emprunter ton pot à tabac.

— Lequel? dit le père, pour gagner du temps. La patte d'éléphant que m'a donnée le président? Le bronze de Bénarès? La poterie hollandaise? La boîte à musique? »

Le garçon ne put supporter plus longtemps ce ton badin.

« Je veux celui-ci. » Il tendit le doigt vers l'objet, à demi plein de tabac.

« Que veux-tu en faire? » demanda son père.

L'audace du petit garçon était brusquement tombée.

« Mais parle donc. Lorsqu'on présente une requête extraordinaire, on doit être prêt à l'étayer par un motif.

— Je le veux pour un de mes spécimens.

— Pourquoi pas un des récipients que tu t'es appropriés à la cuisine, à l'office et au salon? »

Denny ne voulait pas dire qu'ils n'étaient pas assez grands. L'intérêt de son père pourrait être

suffisamment éveillé pour qu'il tînt à voir de
ses propres yeux ce qu'était ce monstre. Denny
se représentait son père faisant main basse sur
le papillon, et se hâtant de l'empaler sur le mur
de son bureau, l'ajoutant à ses autres trophées.

« Ils ne vont pas, dit Denny.

— Pourquoi est-ce qu'ils ne vont pas?

— Parce qu'ils ne vont pas.

— Sois explicite! lança son père en fulminant.

— Je veux y mettre quelque chose qui ne peut
pas aller dans les autres.

— Tu resteras où tu es sans bouger jusqu'à
ce que tu m'aies dit ce que tu entends par
« quelque chose. » Son père enleva ses lunettes
et s'installa dans son fauteuil pour souligner le
fait qu'il était prêt à attendre toute la journée
si c'était nécessaire.

« Des chrysalides, de la terre, des baguettes et
de quoi les nourrir », marmotta le garçon.

L'homme braquait son regard sur Denny comme
s'il avait devant lui un animal aux abois.

« Tu veux mettre ces saletés dans ce pot? »
Denny ne répondit rien. Son père poursuivit.

« Est-ce que tu te doutes par hasard que ce
vase m'a été offert par la maharani d'Udaipur?
As-tu la moindre notion de la valeur intrinsèque
de cet objet, sans parler de sa valeur sentimentale? Et est-ce que tu peux voir de ta place, qu'à
part les autres objections que je pourrais faire, ce
vase est employé pour l'usage auquel il était
destiné? Si tu crois un instant que je vais retirer
mon meilleur tabac de mon meilleur pot pour
que tu t'en serves de récipient à chenilles, tu
te trompes lourdement, mon garçon. »

Il attendit l'effet de son discours, puis ajouta :

« Va demander à Ethel qu'elle te donne un pot de terre. »

Il était inutile que Denny essaie d'expliquer qu'il ne pourrait pas voir ce qui se passait dans un pot de terre. Sans un mot, il fit demi-tour, sortit de la pièce, sans fermer la porte derrière lui.

Son père l'appela, mais il fit la sourde oreille. Comme il arrivait au second palier, il entendit claquer la porte à l'étage au-dessous.

Il avait perdu une demi-heure, et, comme il en était sûr, le papillon, devenu maintenant maître de son corps, s'efforçait péniblement de voler.

Il n'y avait qu'une chose à faire. Denny se dirigea vers le coin où il gardait ses instruments. Au retour, il souleva le couvercle du verre de lampe, et plongeant sa pince à l'intérieur, il s'empara du papillon, non sans quelque brutalité, bien qu'il prît soin de ne pas endommager ses ailes. Il le sortit, dans sa splendeur qui ne datait que de quelques heures, et Denny, une fois encore, eut le sentiment de sa toute-puissance. Sans hésitation, il plongea le papillon dans le pot de cyanure et vissa le couvercle.

Les ailes se mirent à battre furieusement, déployant l'effort qui aurait dû emporter le papillon dans son premier vol, à la brise du printemps. Hors d'haleine, Denny guettait, craignant que les ailes ne fussent abîmées. L'abdomen poudreux palpitait à une cadence toujours plus rapide, les antennes s'agitaient et se crispaient; dans un spasme, l'abdomen se recourba et vint toucher le thorax. Les yeux, qui n'avaient pas connu la lumière après la naissance, prirent tout à coup

l'aspect vitreux de la mort. Mais, il sembla à
Denny qu'il voyait son image déformée sur leur
surface de porcelaine noire, comme si, à ce moment précis, le papillon avait emmagasiné cette
image dans sa mémoire.

Denny dévissa le couvercle, retira le papillon,
en perça le corps avec une épingle tirée du paquet
de papier noir, et épingla le papillon sur le mur
au pied de son lit. Il lui donna une place de
choix, le centre sur un saule jaune. De son lit,
c'était la première chose qu'il verrait le matin, et
la dernière, le soir.

Quelques jours et quelques nuits s'écoulèrent,
et Denny, dont les nerfs étaient encore tendus,
était un peu dans l'état qui doit être celui d'un
héros au retour de l'un de ses exploits. La mort
prématurée du papillon avait peut-être été une
chose heureuse, car maintenant, dans la mort, il
lui appartenait irrévocablement.

Les prairies étaient déjà pleines des papillons
du chou, et Denny sortait avec son filet pour en
capturer, mais ils étaient trop communs pour qu'il
voulût les garder, et, après les avoir attrapés, il
introduisait sa main dans le filet, et les écrasait,
essuyant ensuite sur l'herbe ses mains salies.

Un peu moins d'une semaine après la mort du
papillon, Denny fut tiré de son sommeil, la nuit,
par quelque chose qui battait avec insistance contre
ses vitres. Il sauta du lit, donna la lumière et
s'efforça de percer les ténèbres au-dehors. Avec
la lumière, il ne pouvait rien voir, et la chose
était partie. Conscient tout d'un coup que la lumière, si elle rendait invisible tout ce qui était
à l'extérieur, attirerait ce qui avait essayé d'entrer, il revint se coucher, laissant la lumière allu-

mée et la fenêtre ouverte. Il s'efforça de rester éveillé, mais se rendormit bientôt.

Le matin, il chercha dans toute la pièce, mais il n'y avait pas le moindre signe que quelque chose fût entré. Ce devait être un hanneton, ou un papillon lunaire, peut-être, encore que cela parût plus lourd, pensa Denny. Il alla ensuite, ce qui tous les matins était un rite pour lui, regarder le papillon épinglé au mur. Sans qu'il pût en être sûr, il lui sembla apercevoir une tache sur la poudre d'une des ailes et la trace huileuse sous le corps semblait depuis la veille avoir gagné considérablement sur la tapisserie. Il approcha son visage de l'insecte pour mieux l'examiner. Il le retira instinctivement; l'odeur était intolérable.

Le lendemain soir, Denny laissa sa fenêtre grande ouverte et un peu avant minuit, il fut réveillé par un frôlement d'ailes sur son visage. Terrifié, et sans être encore pleinement conscient, il se frappa le visage de ses paumes ouvertes. Il toucha quelque chose, et le contact ne fut pas agréable. Cela cédait sous la main et en même temps, c'était visqueux. Et quelque chose comme un éperon ou une corne minuscules gratta la paume de sa main.

Sautant de son lit, Denny alluma. Il n'y avait rien dans la chambre. Cela devait être une chauve-souris. Cette idée répugnante le fit frissonner. Quelle qu'eût été cette chose, elle avait laissé derrière elle une odeur nauséabonde, qui n'était pas sans rappeler celle que dégageait la tache du mur. Denny ferma résolument la fenêtre, se remit au lit et essaya de dormir.

Le matin, lorsque, les yeux rougis, il examina le papillon, il s'aperçut que non seulement il y avait des taches sur les ailes, mais que les dessins

des ailes évoquant des bouches et des crabes semblaient plus nets. La tache huileuse s'était encore
étalée, et l'odeur était plus forte.

Cette nuit-là, Denny dormit la fenêtre fermée,
mais, dans ses rêves, il était assailli par des choses
cornues, molles et moites, qui martelaient sa chair
de leurs ailes fragiles. Réveillé en sursaut, il entendit le même bruit que la nuit précédente.
Quelque chose se heurtait à la vitre. Toute la
nuit, cela frappa à la fenêtre fermée, et Denny,
étendu tout raide dans son lit, ne pouvait dormir.
La puanteur, dans sa chambre, devenait presque
tangible.

A l'aube, Denny se leva et s'obligea à regarder
le papillon. Il se bouchait le nez; à sa grande
horreur, il vit que la tache sur le papier, ainsi
que les crabes et les bouches semblaient maintenant à la fois plus précis et considérablement
agrandis.

Pour la première fois depuis des mois, Denny
quitta sa chambre et n'y revint qu'au moment
de se mettre au lit. Encore différa-t-il un peu ce
moment en demandant à son père de lui faire
un peu de lecture. C'était un moindre mal.

La puanteur dans sa chambre était telle que
Denny, n'osant pas laisser sa fenêtre ouverte, fut
obligé d'entrouvrir la porte donnant sur le palier. Ce qui restait de lumière dans le vestibule
après s'être faufilé jusqu'à lui, par les détours
de l'escalier, se glissait, sans force, dans sa chambre.
Par quelque malignité intentionnelle, l'intensité
de la lumière était plus grande sur le mur, là
où le papillon était épinglé. De son lit, Denny
ne pouvait en détacher les yeux. Les deux crabes
des ailes postérieures, bien qu'ils ne fissent aucun

progrès, semblaient s'efforcer de grimper jusque dans les deux bouches des ailes antérieures. Les bouches paraissaient très ouvertes et prêtes à les recevoir.

Cette nuit-là, dès que le battement d'ailes contre la fenêtre eut éveillé Denny, il cessa brusquement. La lumière était éteinte à l'étage inférieur. La chambre était maintenant dans l'obscurité. Il se pelotonna en boule, rabattit le drap sur sa tête, et s'endormit enfin.

Peu de temps après, quelque chose franchit la porte, et, mi-rampant, mi-voletant, parvint jusqu'au lit. Denny s'éveilla en hurlant, mais son cri était trop assourdi pour que son père ou Ethel l'entendissent, car ce qui l'avait provoqué s'était insinué entre les draps et posé comme une pulpe visqueuse sur la bouche de Denny.

Se débattant comme un homme sur le point de se noyer, le petit garçon rejeta les couvertures et réussit à déloger ce qui s'était posé sur sa bouche. Quand il eut repris courage, il étendit le bras et alluma. Il n'y avait rien dans la chambre, mais ses draps portaient des taches de poudre étincelante, presque noires, presque pourpres, presque vertes, sans être exactement de l'une ou l'autre de ces teintes.

Denny descendit déjeuner sans regarder le papillon.

« Pas étonnant que tu sois si pâle, lui dit son père, pour peu que la mauvaise odeur qui remplit la maison représente la moitié de ce qu'elle doit être dans ta chambre, on se demande comment tu n'es pas asphyxié. Qu'est-ce que tu fabriques là-haut? Un cimetière pour lépidoptères? Je te donne jusqu'à midi pour sortir tout cela. »

Pendant toute la journée Denny laissa la fenêtre de sa chambre grande ouverte. C'était le premier mai; le soleil était éclatant. Pour amadouer son père, il lui descendit une boîte de spécimens qu'il avait en double. Il les lui montra avant de s'en débarrasser.

« Pouah! dit son père. Jette-les bien loin de la maison. »

Cette nuit-là, Denny se coucha, la porte et la fenêtre hermétiquement closes malgré la mauvaise odeur. Il y avait un beau clair de lune dont l'éclat se maintint toute la nuit sur le mur. Denny ne pouvait détacher ses yeux du papillon.

Les crabes et les bouches occupaient maintenant presque toute la largeur des ailes et les crabes bougeaient, Denny l'aurait juré. Ils semblaient en relief, peut-être par un effet de clair-obscur, dû aux rayons de lune, sur les dessins poudreux blanc et rouge. Les pinces paraissaient sur le point d'attaquer les bouches, ou bien étaient-ce les dents d'un blanc si terrible qui attendaient le moment de se refermer sur les crabes? Denny frissonna et ferma les yeux.

Le sommeil vint enfin, mais bien vite interrompu par le battement d'ailes contre les vitres. A peine cela eut-il cessé et Denny se fut-il un peu détendu, que cette chose était à la porte, tapant avec insistance comme s'il fallait absolument qu'on la fît entrer. Le seul répit au milieu de ces tapotements était, de loin en loin, un bruit mat, plus solide, contre le panneau de la porte. Il était dû, pensa Denny, au corps mou et charnu de la chose.

S'il survivait à cette nuit, Denny se promit de détruire ce papillon sur le mur ou, ce qui valait mieux que de le perdre complètement, de l'offrir à son père, qui, à son tour, l'offrirait à quelque musée, de la part de Denny. Il put un instant oublier les petits coups incessants qui maintenant étaient revenus à la fenêtre, car il voyait en pensée une vitrine contenant le papillon, et, au-dessous, une petite carte portant la mention :

Spécimen unique de lépidoptère. Don de M. Denny Longwood, âgé de 12 ans.

Pendant toute la nuit, d'abord à la fenêtre, puis à la porte, le battement d'ailes se poursuivit, coupé uniquement de temps à autre par le bruit sourd du corps mou et lourd.

Du fait qu'il n'avait somnolé qu'une heure ou deux, le jour venu, Denny trouva inacceptable sa décision de la nuit. Le papillon sentait mauvais; c'était indéniable. Quant à l'histoire des dessins en forme de crabes et de bouches qui semblaient s'allonger, et dont la couleur s'avivait, quelqu'un qui serait au courant de ces choses pourrait sans doute l'expliquer. Quant aux petits coups répétés, à la fenêtre et à la porte, c'était vraisemblablement ce qu'il avait d'abord supposé, une chauve-souris, ou, au besoin, deux chauves-souris. Le papillon du mur était mort; il était à lui. Il l'avait fait éclore, et il connaissait les limites des possibilités d'un papillon, mort ou vivant. Il le regardait. La tache s'était si bien étendue que le diamètre en était maintenant aussi grand que la largeur des ailes. Et, de plus, ce n'était pas exactement une tache. On aurait dit qu'une bouillie de céréales malpropres maculait le mur. « Elle s'arrêtera, avec le temps, comme les autres, dès que l'abdomen sera complètement desséché », pensa Denny.

Au déjeuner, le père de Denny fit remarquer que la mauvaise odeur n'avait pas encore disparu de la maison, qu'en fait elle était plutôt plus forte. Denny admit qu'il faudrait peut-être bien un jour ou deux pour qu'elle disparaisse complètement.

Avant la fin du repas, le père dit à son fils qu'il avait l'air bien mal en point, qu'il ferait mieux de voir le docteur Phipps.

« Combien est-ce que tu pèses? » demanda-t-il.

Denny ne savait pas.

« Tu as l'air tout ratatiné, lui dit son père, comme une de ces chrysalides que tu avais là-haut. »

Il y eut encore un magnifique clair de lune cette nuit-là. Malgré la logique dont il avait fait preuve le matin, Denny avait la certitude que le mouvement des crabes blanc et vermillon vers les dents blanches était plus qu'une simple hallucination. Le battement d'ailes à la fenêtre reprit. Puis à la porte. Puis de nouveau à la fenêtre. C'était, en un certain sens, pire que le bruit mat que faisait de temps à autre le corps contre l'obstacle. Il essaya de se lever et de regarder au-dehors lorsque le bruit venait de la fenêtre, mais ses membres refusaient de lui obéir. De désespoir, il regarda de nouveau le mur. Les taches en forme de crabes faisaient cliqueter leurs pinces en les fermant à chaque fois que les ailes frappaient les vitres. Et chaque fois que le corps gras, mou et humide faisait son bruit mat, les dents se refermaient à l'intérieur des bouches aux lèvres minces.

Tout d'un coup, la puanteur devint encore plus nauséabonde dans la pièce. Denny n'avait d'autre ressource que de gagner la porte pendant que cette chose mystérieuse heurtait la fenêtre. Il avait beau détester et haïr son père, l'incrédulité, le scepticisme de ce dernier étaient préférables à cette terreur.

Denny se garda d'allumer, de crainte de révéler ses mouvements à cette chose qui était au-dehors. Lorsqu'il fut au milieu de la pièce, tout frissonnant, il tourna la tête involontairement, et un instant ses yeux fiévreux virent la chose au-dehors avant qu'elle disparût.

Denny se précipita vers la porte et tourna la clef, mais comme il tournait la poignée, quelque chose frappa de l'autre côté de la porte, la poussa et l'ouvrit avant que Denny pût repousser le battant.

A la fin du déjeuner, le père de Denny envoya Ethel là-haut pour voir ce qui était arrivé. Lorsqu'elle redescendit, elle était hors d'elle, si bien qu'il monta voir par lui-même.

Denny était étendu par terre, en pyjama, dans sa chambre, tout à côté de la porte. La peau de son visage de solitaire un peu arrogant était marquée de traces qu'on eût dit produites par des pinces, et de son nez, de ses yeux, de ses oreilles et de sa bouche partait un réseau de filaments visqueux qui s'étendaient à travers toute sa figure et jusqu'au parquet, comme si quelque chose avait essayé de lui ligoter la tête. Son père eut de la peine à le soulever, tant les fils adhéraient obstinément aux poils du tapis bleu.

Le corps était léger comme une plume dans les bras du père. La pensée que l'enfant avait

certainement été trop maigre, lui traversa stupidement l'esprit.

Comme il emportait son fils hors de la chambre,
son regard fut attiré par une tache, sur le mur
au pied du lit. Le dessin d'un saule disparaissait
complètement sous une espèce de prolifération
rampante qui faisait penser à des champignons.
Toujours avec son fils dans les bras, il se rapprocha. Une épingle était fichée en son centre, et
c'était de cette tache, constata M. Longwood, que
provenait l'odeur fétide.

LA SAISON DES VENDANGES

(Vintage Season)

de C. L. Moore

Trois personnes suivaient l'allée qui conduisait au vieux manoir, au moment précis où le jour se levait sur la perfection d'un matin de mai. De la fenêtre d'un étage supérieur, Olivier Wilson, en pyjama, les observait à travers une brume d'émotions contradictoires, où prédominait le ressentiment. Il ne voulait pas qu'ils s'installent dans sa demeure.

C'étaient des étrangers. C'est tout ce qu'il savait d'eux. Ils portaient le nom étrange de Sancisco, et leurs prénoms, griffonnés sur le bail, à grand renfort de fioritures, semblaient être Omerie, Kleph et Klia. Il lui était impossible, en les regardant de là-haut, de savoir à qui s'appliquait chaque signature. Il n'aurait su dire si c'étaient des hommes ou des femmes, il s'était attendu à un groupe un peu moins cosmopolite.

Le cœur faillit lui manquer lorsqu'il les vit suivre le chauffeur du taxi qui s'était engagé dans l'allée. Il avait espéré un peu moins d'assurance chez ses locataires indésirés, car son intention était de les obliger à libérer la maison, si possible. A les regarder de là-haut, il n'avait pas grand espoir de succès.

L'homme marchait en tête. Il était grand, brun,

montrait dans sa tenue et sa démarche cette assurance, cette arrogance pariculières dues à une confiance totale en soi. Les deux femmes, qui le suivaient, riaient. Leur voix était légère et mélodieuse, leur visage était beau, chacun à sa manière, mais l'un et l'autre exotiques. La première pensée qui vint à l'esprit d'Olivier en les regardant fut : « Dispendieuses! »

Ce n'était pas seulement la perfection qui semblait marquer toutes les lignes de leurs vêtements. Il y a des degrés de richesse au-delà desquels la richesse elle-même semble perdre toute signification. Il avait été donné à Olivier de voir auparavant, en de rares occasions, ce genre de personnes, assurées que la terre qui tourne sous leurs pieds bien chaussés ne tourne que par leur caprice.

Dans le cas présent, une chose l'intriguait. En regardant ces trois qui avançaient, il avait le sentiment que les vêtements qu'ils portaient avec une telle assurance n'étaient pas ceux auxquels ils étaient accoutumés. Il y avait dans la façon dont ils se mouvaient un air étrange de condescendance. Comme chez des femmes qui se sont déguisées. Ils allaient d'une démarche affectée, allongeaient le bras pour contempler avec curiosité la coupe d'une manche, se tortillaient de temps à autre à l'intérieur de leurs vêtements comme si ces derniers paraissaient encore étrangers, comme s'ils étaient habitués à quelque chose d'entièrement différent.

Ces vêtements étaient si seyants que leur élégance frappait Olivier lui-même comme une chose d'une rareté extrême. Seule une actrice de cinéma qui peut arrêter le temps et le film pour rajuster le moindre pli déplacé, pour apparaître constamment parfaite, aurait pu être aussi élégamment vêtue. Ces femmes avaient beau se mouvoir à leur gré, chaque pli de leurs vêtements retombait en place avec la même perfection. C'était à vous faire croire que les vêtements n'étaient pas taillés dans un tissu ordinaire et qu'ils comportaient nombre de coutures dissimulées avec art, disposées par un tailleur incroyablement habile.

Ces personnes semblaient agitées. Elles parlaient d'une voix aiguë, claire, très mélodieuse, levaient les yeux vers le ciel transparent, d'un bleu parfait, où paraissait encore nettement le rose de l'aurore. Elles regardaient les arbres de la pelouse, les feuilles d'un vert diaphane, aux bords encore froissés d'avoir été comprimés dans le bourgeon.

Heureuses, tout à leur impatience, elles interpellaient l'homme. Lorsqu'il répondait, sa voix s'unissait si parfaitement à la cadence de la leur qu'on eût dit trois personnes chantant de concert. Tout comme leurs vêtements, leur voix semblait douée d'une élégance très éloignée du commun, et témoignait d'une maîtrise dont Olivier n'avait jamais rêvé avant ce matin.

Le chauffeur du taxi monta les bagages. Ils étaient d'une belle matière de couleur claire qui ne paraissait pas exactement du cuir. Ils étaient si subtilement incurvés qu'ils semblaient rectangulaires jusqu'au moment où on s'apercevait que lorsqu'on en portait deux ou trois, leurs contours s'adaptaient si bien qu'ils ne formaient qu'un bloc parfaitement équilibré. Ils étaient éraflés, comme par un long usage, et quoiqu'il y en eût un grand nombre, le chauffeur de taxi ne semblait pas être accablé par le poids. Olivier le vit jeter les yeux sur les sacs, de temps à autre, et les soupeser avec incrédulité.

Une des jeunes femmes avait les cheveux très bruns, un teint de lait, et des yeux d'un bleu de fumée, aux paupières alourdies par le poids des cils. C'était l'autre femme qu'Olivier suivait du regard, tandis qu'elle se rapprochait. Ses cheveux étaient d'un roux clair, pâle, et la douceur du visage lui donnait à penser qu'au toucher il serait pareil à du velours. Elle était hâlée, d'un ton ambre chaud, plus foncé que ses cheveux.

Au moment où ils atteignirent les marches du porche, la jeune femme blonde leva la tête et les yeux. Elle plongea son regard dans celui d'Olivier; il vit que ses yeux étaient très bleus et un peu amusés, comme si, depuis le début, elle avait su qu'il était là. De plus, ils étaient franchement admiratifs.

Pris d'un léger vertige, Olivier se hâta de regagner sa chambre pour s'habiller.

« Nous sommes ici, en vacances, dit l'homme brun, en acceptant les clefs. Nous ne voulons pas être dérangés, comme je l'ai bien précisé dans notre correspondance. Vous avez engagé pour nous une cuisinière et une femme de chambre, si j'ai bien compris? Nous comptons que vous enlèverez de la maison tout ce qui vous appartient, et...

— Un instant, dit Olivier, très gêné. Quelque chose est survenu. Je... »

Il hésita, ne sachant pas très bien comment s'exprimer. Ces gens étaient de plus en plus étranges. Jusqu'à leur langage, qui était étrange. Ils parlaient si distinctement, sans glisser sur certains sons pour abréger les mots. L'anglais leur paraissait aussi familier qu'une langue maternelle, mais ils parlaient tous à la manière de chanteurs, qui ont travaillé, qui savent respirer et placer leur voix.

La voix de l'homme était glaciale, comme si un gouffre le séparait d'Olivier, un gouffre si profond qu'aucun sentiment humain ne pouvait permettre de le franchir.

« Je me demande, dit Olivier, si je ne pourrais pas vous trouver une installation quelque part en ville. De l'autre côté de la rue, il y a une maison qui... »

La jeune femme brune s'écria : « Oh! non », sur un ton un peu horrifié, et tous les trois se mirent à rire. C'était un rire froid et distant d'où Olivier était exclu.

L'homme brun dit : « Ce n'est pas par hasard que nous avons choisi cette maison, monsieur Wilson. Aucun autre logis ne nous intéresserait. »

Olivier reprit, avec l'énergie du désespoir : « Je ne vois pas pourquoi. Ce n'est même pas une maison moderne. J'en ai deux autres qui sont en bien meilleur état. En traversant la rue, vous auriez une vue splendide sur la ville. Ici, il n'y a rien. Les autres maisons font obstacle à la vue, et...

— Nous avons retenu un appartement ici, monsieur Wilson, dit l'homme sur un ton qui n'admettait pas de réplique. Nous comptons l'occuper. Voulez-vous, je vous prie, prendre vos dispositions pour quitter la maison le plus tôt possible.

— Non, dit Olivier, d'un air obstiné. Cette clause ne figure pas dans le bail. Vous êtes libre d'habiter ici jusqu'à la fin du mois, puisque vous

avez payé, mais vous ne pouvez pas me mettre
à la porte. Je reste. »

L'homme ouvrit la bouche pour dire quelque
chose. Il la referma après avoir regardé Olivier
avec froideur. La distance qu'il y avait entre eux
était infranchissable. Il y eut un moment de silence. Puis l'homme reprit : « Fort bien. Ayez
l'obligeance de rester chez vous. »

Chose curieuse, il n'essaya pas de connaître les
motifs d'Olivier qui n'était pas encore assez sûr
de cet homme pour s'expliquer. Il lui était difficile de dire : « Depuis que nous avons signé le
bail, on m'a offert le triple de ce que vaut la
maison si je consens à la vendre avant la fin
de mai. » Il lui était difficile de dire : « J'ai
besoin de cet argent et je vais me servir du
préjudice que vous porte ma présence pour vous
ennuyer tant et si bien que vous consentirez à
partir. » Après tout, on ne voyait pas très bien
pourquoi ils ne s'en iraient pas. Le premier
contact ne faisait que renforcer cette idée; il
était clair qu'ils devaient être habitués à vivre
dans un cadre infiniment plus élégant que cette
vieille maison délabrée.

Etrange vraiment la valeur que cette maison
avait pu prendre tout d'un coup. Il n'y avait
aucune raison pour que deux groupes de personnes à peu près inconnues eussent tellement
envie de l'occuper pendant ce mois de mai.

En silence, Olivier conduisit ses locataires au
premier étage, où se trouvaient trois chambres
à coucher donnant sur le devant de la maison.
Il était intensément conscient de la présence de
la jeune femme rousse, de la façon dont elle
l'observait, avec une sorte d'intérêt voilé, très cha-

leureux, et, caché sous cet intérêt, quelque chose
d'étrange qu'il n'arrivait pas tout à fait à iden-
tifier.

C'était tout à la fois familier et insaisissable.
Il pensait qu'il serait bien agréable de lui parler
en tête-à-tête, ne fût-ce que pour tenter de pré-
ciser cette qualité insaisissable et de lui donner
un nom.

Après cela, il descendit téléphoner à sa fiancée.
Dans l'écouteur, la surexcitation de Sue donnait
à sa voix des résonances aiguës.

« Olivier, déjà? Mais il est à peine six heures.
Leur avez-vous répété ce que je vous avais dit?
Est-ce qu'ils vont partir?

— Impossible de le dire pour l'instant. J'en
doute. Après tout, Sue, j'ai accepté leur argent,
n'est-ce pas?

— Olivier, il faut qu'ils partent! Il faut faire
quelque chose!

— J'essaie, Sue, mais je trouve cela déplaisant.

— Voyons, il n'y a aucune raison pour qu'ils
ne s'installent pas ailleurs. Et nous allons avoir
bientôt besoin de cet argent. Il faut absolument
que vous trouviez un moyen, Olivier. »

Dans le miroir au-dessus du téléphone, Olivier
vit l'expression tourmentée de son regard, et il
prit un air renfrogné. Ses cheveux couleur de
chaume étaient emmêlés, et son visage hâlé, sym-
pathique, n'était pas rasé. Il regrettait que, pour
leur première entrevue, il ait présenté à la jeune
femme rousse cet aspect négligé. Puis, lorsqu'il
entendit la voix décidée de Sue, sa conscience lui
fit des reproches, et il dit :

« Très bien, chérie, j'essaierai. Mais enfin, j'ai
accepté leur argent. »

Ils avaient, en fait, versé une très grosse somme, beaucoup plus considérable que ne le justifiait la valeur des pièces louées, même en cette année où les prix et les salaires étaient élevés. Le pays était au seuil d'une de ces périodes fabuleuses qu'on évoque par la suite comme les joyeuses années 40 ou les années dorées de la période 60-70, une agréable époque d'euphorie nationale.

C'était un temps où il était bon de vivre — tant que cela durerait.

« Très bien, dit Olivier avec résignation. Je ferai de mon mieux. »

Toutefois, au cours des quelques jours qui suivirent, il eut le sentiment qu'il ne faisait pas de son mieux. Il y avait à cela plusieurs raisons. Dès le début, l'idée de se rendre désagréable à ses locataires était venue de Sue, et non d'Olivier. Et si Olivier avait été un peu moins décidé, tout le projet n'aurait jamais pris forme. La raison était du côté de Sue, mais...

Tout d'abord les locataires étaient si séduisants. Tous leurs gestes et toutes leurs paroles donnaient l'impression qu'on avait placé un miroir devant les modes de vie habituels, et que l'image ainsi reflétée présentait d'étranges déviations de la normale. Leur esprit, estimait Olivier, fonctionnait sur des données différentes des siennes. Ils semblaient tirer un amusement secret des choses les moins amusantes. Ils vous regardaient de haut, ils se montraient distants avec une sorte de froideur dans le détachement, qui ne les empêchait pas de rire bien trop souvent pour qu'Olivier se sentît à l'aise.

Il les voyait de temps à autre, lorsqu'ils se dirigeaient vers leurs chambres, ou en sortaient.

Ils étaient polis et distants, non, lui semblait-il, parce qu'ils étaient mécontents de sa présence, mais par pure indifférence.

Ils passaient au-dehors la plus grande partie de la journée. Le beau temps de mai restait immuable, et ils semblaient s'abandonner entièrement à l'admiration qu'il leur inspirait, parfaitement convaincus que le chaud soleil d'or pâle et l'air embaumé ne seraient pas interrompus par la pluie ou le froid. Ils en étaient si sûrs qu'Olivier en concevait quelque malaise.

Ils ne prenaient qu'un repas à la maison dans la journée, un dîner tardif. La façon dont ils réagissaient au repas était imprévisible. Certains plats étaient accueillis par des rires, d'autres par une sorte de dégoût raffiné. Aucun d'entre eux ne consentait à toucher à la salade, par exemple. Et le poisson faisait naître autour de la table une vague de gêne curieuse.

Ils s'habillaient avec recherche pour ces dîners. L'homme — il s'appelait Omerie — était fort beau dans sa tenue de dîner, mais il avait l'air un peu maussade, et par deux fois, Olivier entendit rire les deux femmes parce qu'il n'était pas vêtu de noir. Sans raison aucune, Olivier eut brusquement la vision de cet homme portant des vêtements aussi éclatants et d'une coupe aussi savante que ceux de ses compagnes, et, chose curieuse, cela semblait lui convenir. Il portait même ses vêtements noirs avec brio, comme s'ils eussent été en drap d'or.

Quand ils étaient dans la maison, aux heures des autres repas, ils les prenaient dans leur chambre. De l'endroit mystérieux d'où ils venaient, ils avaient dû apporter beaucoup de provisions. Oli-

vier se demandait avec curiosité où elles pouvaient
être. Parfois, à des heures irrégulières, des odeurs
délicieuses se répandaient sur le palier, à travers
leurs portes closes. Olivier ne pouvait les reconnaître, mais ce fumet était presque toujours
irrésistible. Quelques rares fois l'odeur de leur
cuisine lui parut affreusement désagréable, à lui
donner la nausée. Il faut être connaisseur, se dit
Olivier, pour apprécier ce qui est décadent. Et
ces gens, à n'en pas douter, étaient des connais-
seurs.

Pourquoi étaient-ils si satisfaits d'habiter cette
grande maison délabrée? Cette question troublait
ses rêves nocturnes. Et pourquoi refusaient-ils de
partir? Il lui arriva de pouvoir glisser dans leurs
chambres quelques coups d'œil qui l'enchantèrent.
Ce qu'ils avaient ajouté, et qu'il n'aurait pu
décrire à cause de la brièveté de ses visites, avait
radicalement modifié ces pièces. L'impression de
luxe qui se dégageait au premier regard était
confirmée par la richesse des tentures, qu'ils
avaient apparemment apportées avec eux, des or-
nements à peine entrevus, des tableaux accrochés
aux murs, et même des bouffées de parfums exotiques qui passaient par l'entrebâillement des
portes.

Il voyait les femmes, qu'il croisait dans le vestibule ou sur le palier, avancer dans la pénombre,
vêtues de ces robes à la coupe d'une perfection si
étrange, d'une si grande richesse, de teintes si
chaudes, qu'elles semblaient irréelles. Un équilibre, né de la certitude que le monde leur était
soumis, leur donnait cette attitude distante et
arrogante. Cependant plus d'une fois, lorsque
Olivier rencontra le regard bleu de la jeune

femme rousse à la peau douce et hâlée, il crut
y lire un intérêt qui s'éveillait. Elle lui souriait
dans la demi-obscurité, puis elle passait, entourée
d'une vague de parfum, et de l'auréole d'un luxe
incroyable. La chaleur de ce sourire persistait
lorsqu'elle avait disparu.

Il savait que son intention n'était pas de laisser
subsister entre eux cette distance. Dès le début,
il en fut certain. En temps opportun, elle ferait
naître l'occasion de se trouver seule avec lui.
Cette idée le troublait, mais le stimulait aussi.
Il n'avait rien d'autre à faire qu'à attendre; elle
le verrait au moment qui lui conviendrait.

Le troisième jour, il déjeuna avec Sue, en ville,
dans un restaurant d'où l'on voyait s'étendre la
capitale, sur un grand espace, de l'autre côté de
la rivière. Sue avait des boucles brunes brillantes
et des yeux bruns. Son menton avançait un peu
plus que ne l'admettent les canons de la beauté.
Depuis son enfance, Sue savait ce qu'elle voulait,
ainsi que la manière de l'obtenir, et il semblait à
Olivier qu'en ce moment précis, elle n'avait jamais
rien désiré autant que la vente de sa maison.

« C'est une offre si merveilleuse pour ce vieux
mausolée, dit-elle, brisant son petit pain avec un
geste de violence. Jamais nous n'aurons une occasion semblable. La vie est si chère; nous aurons
besoin de cet argent pour nous installer. Vous pouvez certainement trouver un moyen, Olivier!

— J'essaie, lui assura Olivier, non sans quelque
gêne.

— Avez-vous de nouveau entendu parler de
cette folle qui veut l'acheter? »

Olivier fit non de la tête. « Son avoué a téléphoné hier soir encore. Rien de nouveau. Je me demande qui elle peut bien être.

— Je ne crois pas que son avoué lui-même le sache. Tout ce mystère... Je n'aime pas cela, Olivier. Et cette bande des Sancisco... Qu'est-ce qu'ils ont fait aujourd'hui? »

Olivier se mit à rire. « Ils ont passé à peu près une heure ce matin à téléphoner à des salles de cinéma en ville, notant tout un tas de films de troisième catégorie dont ils veulent voir des passages.

— Des passages? Mais pourquoi?

— Je n'en sais rien. Je crois... Oh! rien. Un peu plus de café? »

L'ennui, c'est qu'il croyait bien le savoir. C'était une supposition trop improbable pour en parler à Sue, qui, n'ayant pas été, elle, en contact avec ces excentriques de Sancisco, croirait tout simplement qu'Olivier perdait l'esprit. Mais, d'après leur conversation, il avait l'impression très nette qu'il y avait dans certaines séquences de ces films un acteur dont les exploits leur inspiraient un sentiment voisin d'un respect mêlé de crainte. Ils en parlaient sous le nom de Golconda, qui, semblait-il, n'était pas son vrai nom, de sorte qu'Olivier ne pouvait découvrir quel était l'obscur acteur de second plan qu'ils admiraient si profondément. Golconda pouvait être le nom d'un personnage qu'il avait incarné jadis — avec un talent hors de pair, à en juger par les appréciations des Sancisco. A Olivier, cela ne rappelait rien.

« Ils font des choses étranges, dit-il, remuant son café d'un air songeur; hier, Omerie — l'homme — est entré avec un livre de poèmes publié il y a quelque cinq ans, qu'ils traitaient tous comme si c'était une première édition de Shakespeare. Je n'ai jamais entendu parler de cet auteur, mais apparemment ils l'idolâtrent dans leur pays.

— Vous n'avez pas encore découvert quel est ce pays? Est-ce qu'ils n'ont pas laissé percer quelque chose qui vous ait mis sur la voie?

— Nos conversations sont très limitées, lui rappela Olivier avec quelque ironie.

— Je sais bien, mais... Oh! après tout, je pense que cela n'a pas d'importance. Continuez; que font-ils encore?

— Eh bien, aujourd'hui, ils devaient passer la matinée à étudier « Golconda » et son grand art; cet après-midi, je crois qu'ils devaient faire une excursion et remonter la rivière jusqu'à un certain lieu vénéré dont je n'ai jamais entendu parler. Ce n'est pas très loin; je sais qu'ils doivent être de retour pour dîner. Un endroit où est né quelque grand homme, je crois. Ils se promettaient de rapporter chez eux quelques souvenirs, si l'on pouvait s'en procurer. Oui, ce sont bien de vrais touristes... Je voudrais seulement me faire une idée de ce qu'il y a derrière tout cela. Cela n'a ni queue ni tête.

— Tout ce qui existe dans cette maison n'a maintenant ni queue ni tête... Je voudrais bien... »

Elle poursuivit avec quelque irritation dans la voix, mais Olivier cessa de l'entendre, car, à l'extérieur, juste devant la porte, passa une silhouette familière, qui marchait avec une élégance d'impératrice, sur ses hauts talons. Il ne vit pas son visage, mais il pensait qu'il reconnaîtrait ce port, cette perfection de ligne et de mouvement en n'importe quel point du globe.

« Excusez-moi un instant », murmura-t-il à Sue. Il avait quitté sa chaise avant qu'elle eût ouvert la bouche. Une demi-douzaine de grandes enjambées, et il fut à la porte; quelques pas seulement le séparaient alors de la silhouette élégante. Puis, ayant vaguement prononcé les mots qu'il avait préparés, il se tut et resta sur place, les yeux écarquillés.

Ce n'était pas la jeune femme rousse. Ce n'était pas sa compagne brune. C'était une inconnue. Muet, il suivait du regard la charmante et majestueuse créature, qui avançait à travers la foule, et disparut. Sa démarche avait la tranquillité et l'assurance familières, en même temps qu'une étrangeté tout aussi familière; on eût dit que les vêtements magnifiques, et d'une coupe impeccable, qu'elle portait, étaient pour elle un costume exotique, comme ils avaient toujours paru l'être sur les jeunes femmes du groupe Sancisco. A côté d'elle, dans la rue, les autres femmes semblaient dénuées de soin et d'aisance. Marchant comme une reine, elle se perdit dans la foule; on ne la vit plus.

Elle vient de *leur* pays, se dit Olivier, pris de vertige. Donc, dans ces parages, quelqu'un d'autre que lui avait des locataires mystérieux, en ce parfait mois de mai. Quelqu'un d'autre se posait en vain des questions sur l'étrangeté de ces visiteurs venus d'un pays sans nom.

En silence, il rejoignit Sue.

Dans la pénombre brune du palier du premier étage, la porte était entrouverte, engageante. Olivier ralentit le pas en approchant, en même temps que s'accéléraient les battements de son cœur.

C'était la jeune femme rousse; il lui vint à l'esprit que ce n'était pas par hasard que la porte était ouverte. Il savait maintenant qu'elle s'appelait Kleph.

Il y eut un léger grincement de la porte sur ses gonds, et, de l'intérieur, une voix nonchalante se fit entendre. « Ne voulez-vous pas entrer? »

La pièce avait beaucoup changé. Le grand lit avait été repoussé contre le mur; on avait jeté sur lui une étoffe qui tombait jusqu'au parquet, et faisait penser à une fourrure à poils souples, si ce n'est que la couleur en était d'un bleu-vert pâle, et qu'elle étincelait comme si chaque poil se fût terminé par d'invisibles cristaux. Trois livres ouverts étaient posés sur la fourrure, ainsi qu'une revue à l'aspect singulier, avec des caractères vaguement lumineux, et une page d'illustrations qui, à première vue, semblaient à trois dimensions. Il y avait aussi une minuscule pipe en porcelaine, incrustée de fleurs de porcelaine, et un léger ruban de fumée s'élevait du godet.

Au-dessus du lit se trouvait un grand tableau encadrant un rectangle d'eau bleue à l'aspect si naturel qu'Olivier dut s'y reprendre à deux fois pour s'assurer qu'elle n'ondoyait pas doucement de gauche à droite. Suspendu à un cordon de verre, un globe de cristal se balançait au-dessous du plafond. Il tournait doucement, la lumière des fenêtres dessinant sur sa surface des rectangles courbes.

Sous la fenêtre du milieu se trouvait une chaise longue qu'Olivier n'avait pas vue auparavant. Il ne pouvait que supposer qu'elle était en partie pneumatique et qu'elle avait été introduite dans les bagages. Elle était recouverte d'un tissu matelassé, à l'aspect somptueux, orné sur toute sa surface de motifs métalliques qui étincelaient.

Kleph s'éloigna lentement de la porte et se laissa tomber sur la chaise longue avec un soupir de contentement. Le siège épousa les courbes de son corps, ce qui donnait une impression de confort délicieux. Kleph se tortilla un peu, puis sourit à Olivier.

« Je vous en prie, entrez. Asseyez-vous là-bas, d'où vous pourrez avoir la vue de la fenêtre. Vous savez, ce mois de mai n'a jamais eu son pareil dans les temps civilisés. » Elle avait dit cela avec le plus grand sérieux, le regard de ses yeux bleus fixé sur celui d'Olivier. Il y avait dans sa voix un ton protecteur, comme si l'on avait commandé le temps à l'intention de son visiteur.

Olivier commença à traverser la pièce, puis s'arrêta, et regarda avec stupéfaction le parquet qui paraissait instable. Il n'avait pas encore remarqué que le tapis était d'un blanc pur, immaculé, et cédait sous la pression des pieds. Il vit alors que Kleph avait les pieds nus ou presque nus. Elle portait des sortes de cothurnes arachnéens en tulle transparent, qui lui moulaient exactement le pied. La plante du pied était rose, comme si on y avait passé du rouge, et les ongles brillaient d'un éclat transparent ainsi que de minuscules miroirs. Il se rapprocha, et ne fut pas aussi étonné qu'il aurait dû l'être en constatant que c'étaient vraiment de minuscules miroirs, recouverts d'une espèce de laque qui leur donnait une surface réfléchissante.

« Asseyez-vous, je vous en prie », répéta Kleph, indiquant, de son bras recouvert d'une manche

blanche, une chaise près de la fenêtre. Elle portait
une robe en un genre de duvet, court et doux,
qui était vague, tout en s'adaptant parfaitement à
tous les mouvements qu'elle faisait. Il n'était pas
jusqu'à la forme même du corps de Kleph qui
ne parût curieusement différente ce jour-là. Lorsque
Olivier la voyait en vêtements de ville, elle présentait la silhouette aux épaules carrées, à la taille
élancée que toutes les femmes s'efforçaient d'avoir,
mais ici, en robe d'intérieur, elle avait l'air...
différente. La courbe de ses épaules rappelait les
formes du cygne, la rondeur et la douceur de
son corps étaient inhabituelles et fort attrayantes.

« Un peu de thé? » demanda Kleph, avec un
sourire charmeur.

A côté d'elle, une petite table portait un plateau
et plusieurs jolies petites tasses munies d'un couvercle, qui brillaient à l'intérieur comme du quartz
rose; la couleur avait une profondeur qui semblait
provenir de multiples couches de transparence.
Elle prit une des tasses — il n'y avait pas de sou-
coupes — et la tendit à Olivier.

Il la prit; elle lui sembla mince et fragile comme
du papier. Il ne pouvait en apercevoir le contenu,
à cause du couvercle qui lui parut faire corps avec
la tasse elle-même, et ne laissait sur le bord qu'une
mince ouverture en forme de croissant. De la vapeur s'échappait par cette fente.

Kleph prit une tasse, la porta à ses lèvres, et
l'inclina, souriant à Olivier par-dessus le bord.
Elle était très belle. Les cheveux d'un roux pâle
s'arrondissaient en coques et on aurait pu aplatir
en guirlande la couronne de boucles qui formaient
une auréole autour de sa tête. Chaque cheveu
restait en place, comme s'il était peint, encore

que, de temps à autre, la brise vînt de la fenêtre se jouer parmi les mèches au doux éclat.

Olivier goûta au thé. La saveur en était exquise, épicée; le goût qu'il lui laissa sur la langue évoquait le parfum des fleurs. C'était un breuvage d'une délicatesse toute féminine. Il en prit une nouvelle gorgée, surpris de voir à quel point il l'appréciait.

Le parfum de fleurs semblait s'accuser à mesure qu'il buvait, tourbillonnant dans sa tête comme de la fumée. Après la troisième gorgée, il eut un léger bourdonnement d'oreilles. Les abeilles au milieu des fleurs, peut-être, pensa-t-il en dehors de toute logique, et il but une autre gorgée.

Kleph l'observait en souriant.

« Les autres ne seront pas ici cet après-midi, dit-elle à Olivier, sans la moindre gêne. J'ai pensé que nous aurions tout le temps de faire connaissance. »

Olivier s'entendit répondre, horrifié : « Qu'est-ce qui vous fait parler ainsi? »

Il n'avait pas eu l'intention de poser cette question; quelque chose semblait lui avoir fait perdre le contrôle de sa langue.

Le sourire de Kleph se fit plus grave. Elle inclina la tasse vers ses lèvres, et ce fut d'une voix indulgente qu'elle dit : « Que voulez-vous dire par *ainsi*? »

Il fit de la main un geste vague, notant avec quelque surprise que celle-ci semblait avoir six ou sept doigts lorsqu'elle passa devant son visage.

« Je ne sais pas... la précision, j'imagine. Pourquoi ne dites-vous jamais « pas », au lieu de « ne pas » par exemple?

— Dans notre pays, on nous apprend à parler

avec précision, expliqua Kleph. Tout comme on nous entraîne à marcher, à nous habiller et à penser avec précision. Dès notre enfance, on chasse de nous tout laisser-aller. Chez vous, bien sûr... » Elle était polie. « Chez vous, il ne semble pas qu'on fasse de cette qualité une idole nationale. Nous autres, nous avons du temps à consacrer aux agréments de la vie sociale. Nous les apprécions. »

Sa voix, à mesure qu'elle parlait, se faisait de plus en plus douce, si bien qu'Olivier avait maintenant de la peine à la séparer du parfum des fleurs et de la saveur délicate du thé.

« De quel pays venez-vous? demanda-t-il; il inclina la tasse pour y boire encore une fois, vaguement surpris de constater qu'elle était inépuisable.

Il y avait cette fois dans le sourire de Kleph une condescendance marquée. Olivier n'en fut point irrité. Rien ne pouvait l'irriter en ce moment. Toute la pièce baignait dans une chaude lueur rose, aussi embaumée que les fleurs.

« Nous n'avons pas le droit de parler de cela, monsieur Wilson.

— Mais... » Olivier s'arrêta. Après tout, cela ne le regardait pas, bien sûr. « Vous êtes en vacances? demanda-t-il mollement.

— Disons, en pèlerinage, peut-être.

— En pèlerinage? » Olivier était si intéressé que pour un instant son esprit retrouva un peu de lucidité. « En quel lieu?

— Je n'aurais pas dû vous dire cela, monsieur Wilson. Oubliez-le, je vous en prie. Aimez-vous ce thé?

— Beaucoup.

— Vous avez deviné maintenant que ce n'est pas un thé ordinaire, mais un euphoriaque. »

Olivier écarquilla les yeux. « Euphoriaque? »

D'une main gracieuse, Kleph décrivit dans l'air un cercle, et rit.

« Vous n'en avez pas encore ressenti les effets? Si, bien sûr.

— Je suis, dit Olivier, dans le même état qu'après quatre whiskies. »

Kleph frissonna délicatement. « Nous parvenons à l'euphorie moins péniblement. Et sans les suites qu'entraînent vos alcools barbares. » Elle se mordit la lèvre. « Pardon. Je dois être euphorique moi-même pour parler aussi librement. Excusez-moi, je vous en prie. Voulez-vous que nous écoutions un peu de musique? »

Kleph se renversa sur la chaise longue et tendit la main vers le mur à côté d'elle. La manche qui glissa sur son bras rond et bronzé dégagea l'intérieur du poignet et Olivier fut saisi lorsqu'il y découvrit le long trait rose d'une cicatrice en voie de disparition. Ses inhibitions s'étaient dissipées dans les vapeurs du thé parfumé. Il eut le souffle coupé et se pencha en avant pour mieux voir.

D'un geste prompt, Kleph fit retomber la manche sur la cicatrice. Une rougeur se répandit sur son visage, sous le hâle léger, et elle évita le regard d'Olivier. Une honte étrange semblait s'être emparée d'elle.

Olivier, sans la moindre discrétion, dit : « Qu'y a-t-il? Qu'avez-vous? »

Elle persistait à éviter son regard. Longtemps après, il comprit cette honte, et qu'elle n'était pas sans motif. Pour le moment, l'esprit vide, il écoutait sa réponse :

« Rien, rien du tout. Un vaccin... Tous, nous... oh! peu importe. Ecoutez la musique. »

Cette fois, elle étendit l'autre bras. Elle ne toucha rien, mais quand elle eut approché la main du mur, un son se répandit dans la chambre. C'était le bruit de l'eau, le soupir des vagues qui refluent sur de longues plages en pente. Olivier suivit le regard de Kleph qui contemplait le tableau de cette étendue bleue au-dessus du lit.

Les vagues qu'on y voyait étaient en mouvement. Bien plus, la vue elle-même changeait. Lentement, le paysage marin partait à la dérive, se déplaçant avec les vagues, les suivant vers la grève. Olivier regardait, à demi hypnotisé par un mouvement qui semblait à ce moment-là tout à fait acceptable et nullement surprenant.

Les vagues se soulevaient, se brisaient en une mousse d'écume, et se précipitaient pour recouvrir la plage de sable. Puis, à travers le bruit des eaux, une musique commença à se faire entendre, et, à travers l'eau elle-même, un visage d'homme se dessina dans le cadre, et son sourire d'intimité pénétra dans la chambre. Il tenait un instrument de musique d'un archaïsme curieux, en forme de luth, des rayures claires et sombres alternaient sur le corps de l'instrument, comme sur un melon, et le col allongé se recourbait par-dessus l'épaule du musicien qui chantait. Ce chant ne fut pas sans étonner quelque peu Olivier. Il était à la fois très familier, et des plus étranges. Olivier était déconcerté par les rythmes inhabituels; mais il y découvrit enfin un fil qui lui permit de reconnaître la mélodie. C'était « Make-Believe », de *Showboat*, mais ce bateau-ci n'avait assurément jamais remonté le Mississippi.

« Comment interprète-t-il cet air? demanda-t-il au comble de l'indignation après avoir écouté quelques mesures. Je n'ai jamais rien entendu de pareil! »

Kleph se mit à rire et étendit de nouveau le bras.

Elle dit, énigmatiquement : « Nous appelons cela décortiquement. Peu importe. Que dites-vous de ceci? »

C'était un comédien, un homme dont le maquillage était un peu celui d'un clown, les yeux exagérément agrandis, de sorte qu'ils semblaient occuper la moitié du visage. Il était debout, devant un rideau noir, près d'un gros pilier de verre, et chantait en staccato une chanson gaie, entremêlée de bavardage qui semblait improvisé, cependant que, des ongles de la main gauche, il exécutait sur le verre du pilier un accompagnement compliqué, mélodieux. Tout en chantant, il ne cessait de tourner. Le rythme de ses ongles se mariait avec le chant, puis s'en écartait largement pour former une musique indépendante, et, sans rupture, revenait se fondre avec la chanson.

C'était déconcertant. La chanson semblait avoir encore moins de sens que le monologue, où il était question d'une pantoufle perdue, et où foisonnaient des allusions qui faisaient sourire Kleph, mais étaient tout à fait inintelligibles pour Olivier. Il y avait dans le style de l'homme une sécheresse, une fragilité qui n'étaient pas très divertissantes, mais semblaient fasciner Kleph. Ce qui intéressait Olivier, c'était de retrouver dans ce comédien un trait racial, pensa-t-il.

D'autres morceaux suivirent, certains fragmentaires comme tirés de versions plus complètes. Un d'entre eux lui était connu. Il en reconnut l'air avant les personnages : des hommes qui avançaient contre la brume, un grand drapeau flottant par-dessus leur tête, des silhouettes en premier plan hurlant en cadence. « Ils vont de l'avant, ils vont de l'avant, les étendards blancs comme lis. »

La musique avait des résonances métalliques, les images étaient brouillées, les couleurs pauvres, mais l'exécution avait un brio qui parlait à l'imagination d'Olivier. Il ouvrait tout grands les yeux, se rappelant ce très ancien film, où Dennis King et un chœur loqueteux chantaient : « La Chanson des Gueux » tirée du *Roi des Gueux*... était-ce bien cela ?

« C'est très ancien, dit Kleph s'excusant, mais je l'aime. »

Les vapeurs du thé enivrant tournoyaient entre Olivier et le tableau. Par toute la pièce, la musique s'enflait et s'affaiblissait dans les vapeurs parfumées et dans l'euphorie de son cerveau. Rien ne semblait étrange. Il avait appris la manière de boire ce thé. Comme pour le protoxyde d'azote, l'effet n'était pas cumulatif. Lorsqu'on avait atteint le point culminant de l'euphorie, on ne pouvait le dépasser. Il valait mieux attendre que l'effet du stimulant diminue avant d'en reprendre.

Sinon, les effets ressemblaient trop à ceux de l'alcool : au bout d'un moment tout se dissolvait dans un brouillard charmant où ce que l'on voyait était uniformément enchanteur et possédait les qualités du rêve. Il ne se posait aucune question. Ce fut après coup seulement qu'il se demanda quelle était dans sa vision la part du rêve.

La poupée dansante, par exemple. Il se la rappelait très nettement... une petite femme, mince, le nez long, des yeux bruns et un menton pointu. D'un pied de haut, exquise, elle traversait le tapis blanc avec délicatesse. Ses traits étaient aussi mobiles que son corps, et elle dansait avec légèreté, frappant le sol avec la pointe de ses pieds, chaque coup faisant un bruit de clochette. C'était une danse à forme conventionnelle; elle s'accompagnait en chantant à perdre haleine, faisant de petites grimaces amusantes. Certainement cette poupée représentait quelqu'un; elle était animée de façon à reproduire à la perfection la voix et les gestes de l'original. Par la suite, Olivier sut qu'il avait certainement rêvé cet épisode.

Ce qui se passa ensuite, il fut tout à fait incapable de se le rappeler plus tard. Il savait que Kleph avait dit des choses curieuses, qui étaient intelligibles à ce moment-là, mais dont il ne se rappelait pas un seul mot. Il savait qu'on lui avait offert de petits bonbons étincelants dans une assiette transparente : certains étaient délicieux mais un ou deux si amers que sa langue se rétractait encore le lendemain lorsqu'il y pensait, et il y en avait encore un autre (Kleph suçait avec volupté ceux de cette espèce) dont le goût lui donna franchement la nausée.

Quant à Kleph... il avait beau se creuser la tête le lendemain, il ne pouvait savoir au juste ce qui s'était passé. Il lui semblait se rappeler la douceur de ses bras couverts de duvet blanc, qui se joignaient derrière sa nuque, tandis qu'elle levait la tête vers lui en riant et exhalait dans son visage le parfum de fleur du thé. Mais en dehors de cela, il était totalement incapable, pour un temps, de se rappeler quoi que ce soit.

Il y eut plus tard un bref intermède précédant

l'oubli apporté par le sommeil. Il était presque certain de se rappeler un moment où les deux autres Sancisco, debout près de lui, le toisaient, l'homme, d'un air menaçant, la femme aux yeux couleur de fumée, avec un sourire ironique.

De très loin, l'homme dit : « Kleph, vous savez que ceci est contre toutes les règles... » Sa voix d'abord n'était qu'un bourdonnement ténu qui s'élançait ensuite dans un essor fantastique hors de portée de l'ouïe. Olivier croyait se rappeler le rire de la femme brune, léger et distant, lui aussi, et le bourdonnement de sa voix évoquant un essaim d'abeilles.

« Kleph, Kleph, petite écervelée, ne pourra-t-on jamais vous perdre de vue? »

La voix de Kleph prononça alors des paroles qui semblaient n'avoir aucun sens. « Qu'importe, *ici?* »

L'homme répondit, dans ce bourdonnement lointain. « Il importe que vous vous êtes engagée, avant de partir, à ne pas intervenir. Vous savez que vous avez signé le règlement... »

La voix de Kleph, plus proche et plus intelligible :

« Mais ici c'est différent, cela ne fait rien *ici!* Vous le savez l'un et l'autre. Comment est-ce que cela pourrait avoir une importance? »

Olivier sentit le duvet de sa manche lui frôler la joue, mais il ne vit rien d'autre devant ses yeux que, pareil à la fumée, le lent flux et reflux de l'obscurité. Il entendit les voix qui, toujours mélodieuses, se querellaient au loin, puis elles cessèrent.

Le lendemain matin, quand il s'éveilla, seul dans sa chambre, il avait encore le souvenir des yeux de Kleph fixés sur lui avec une grande tristesse, son beau visage hâlé penché sur lui, la chevelure rousse et parfumée l'encadrant des deux côtés; la tristesse et la compassion se lisaient sur son visage. La pensée lui vint qu'il l'avait probablement rêvé. Il n'y avait pas de raison pour que quelqu'un le regardât avec tant de tristesse.

Ce jour-là, Sue téléphona.

« Olivier, les gens qui désirent acheter la maison sont ici. Cette folle et son mari. Voulez-vous que je vous les amène? »

Toute la journée, l'esprit d'Olivier avait été embrumé par les souvenirs vagues et déconcertants de la veille. Le visage de Kleph ne cessait de flotter devant ses yeux, masquant toute la pièce. Il dit :

« Quoi? Je... Bon, amenez-les si vous voulez. Je ne vois pas à quoi cela servira.

— Olivier, qu'est-ce que vous avez? Nous étions d'accord; nous avons besoin de cet argent, n'est-ce pas? Je ne vois pas comment vous pouvez envisager de laisser passer une affaire aussi avantageuse sans même lutter. Nous pourrions nous marier et acheter une maison immédiatement, et vous savez bien que nous n'aurons jamais une offre semblable pour cette vieille masure. Réveillez-vous, Olivier! »

Olivier fit un effort. « Je sais, Sue... Je sais. Mais...

— Olivier, il faut que vous trouviez quelque chose! » Sa voix était impérative.

Il savait qu'elle avait raison. Qu'importait Kleph, on ne pouvait pas laisser échapper cette affaire; il fallait trouver un moyen de se débarrasser des locataires. Une fois encore, il se demanda ce qui,

tout à coup, donnait à la maison une valeur si
inestimable aux yeux de tant de personnes. Qu'est-
ce que la dernière semaine de mai pouvait avoir à
faire avec le prix de la maison?

Soudain, une vive curiosité s'éveilla dans son
cerveau encore embrumé. La dernière semaine de
mai était si importante que la vente de la maison
était conditionnée par la présence ou l'absence
de locataires à cette date. Pourquoi? *Pourquoi
donc?*

« Qu'est-ce qui va se passer la semaine prochaine? demanda-t-il au téléphone, d'un ton solennel. Pourquoi ces gens ne peuvent-ils pas attendre
le départ de mes locataires? Je rabattrai deux
mille livres sur le prix si...

— Ah! non, Olivier Wilson! Avec cet argent,
je pourrais acheter tous les réfrigérateurs dont
nous aurons besoin. Vous n'avez qu'à trouver le
moyen de libérer la maison pour la semaine prochaine; un point, c'est tout. Vous m'entendez?

— Calmez-vous, dit Olivier, en homme pratique.
Je ne suis qu'un être humain, mais j'essaierai.

— J'amène ces gens tout de suite, lui dit Sue.
Pendant que les Sancisco sont sortis. Et maintenant, faites travailler votre matière grise, et trouvez
une solution, Olivier. » Elle s'arrêta. Sa voix était
songeuse lorsqu'elle reprit : « Ils sont vraiment
bien étranges, ces gens, chéri.

— Etranges?

— Vous verrez. »

C'était une femme assez âgée et un très jeune
homme qui suivaient Sue dans l'allée. Olivier reconnut immédiatement ce qui dans leur aspect
avait frappé Sue. Il ne fut pas à vrai dire surpris

de voir cet air familier de gens conscients de
leur élégance, qu'il reconnaissait si bien maintenant. Eux aussi regardaient autour d'eux le beau
soleil de cet après-midi, avec un plaisir conscient
et un air vaguement condescendant. Avant de
les entendre parler, il savait à quel point leur
voix serait mélodieuse et comme ils articuleraient
méticuleusement chaque mot.

Cela ne faisait aucun doute. Les habitants du
mystérieux pays de Kleph arrivaient ici en force...
pour quelque raison. Pour la dernière semaine de
mai? Il haussa les épaules — mentalement; impossible de deviner... pour l'instant. Une seule
chose était sûre; ils devaient tous venir de ce pays
sans nom où les habitants se servaient de leur voix
comme des chanteurs et portaient leurs vêtements
comme des acteurs qui avaient le pouvoir d'arrêter
même la fuite du temps, pour en remettre en
ordre le moindre pli.

Dès le début, la femme d'un certain âge se
chargea entièrement de la conversation. Ils se tenaient en groupe sur le porche délabré, d'où la
peinture était absente, et Sue n'eut même pas
l'occasion de faire les présentations.

« Jeune homme, je suis Mme Hollia. Voici mon
mari. » Il y avait tout au fond de sa voix une
note aigre, due peut-être à l'âge. Son visage donnait presque l'impression d'être corseté, la chair
flasque contrainte à un semblant de fermeté par
quelques méthodes invisibles dont Olivier ne pouvait pas se faire une idée. Le maquillage était si
habile qu'il ne parvenait pas à savoir si c'était
vraiment un maquillage, mais il avait le sentiment
très net qu'elle était bien plus âgée qu'elle ne
paraissait. Il aurait fallu une vie entière de disci-

pline pour mettre tant d'autorité dans la voix
rude, profonde, musicalement dirigée.

Le jeune homme ne dit rien. Il était très beau.
Il était apparemment de ce type qui ne change
guère, quel que soit le pays où il ait surgi. Il
portait des vêtements d'une très belle coupe et
dans l'une de ses mains gantées, il tenait une
boîte de cuir rouge, qui avait à peu près la dimension et la forme d'un livre.

Mme Hollia poursuivit : « Je comprends votre
problème en ce qui concerne la maison. Vous désirez me la vendre, à moi, mais vous êtes légalement lié par votre bail avec Omerie et ses amies.
C'est bien cela? »

Olivier acquiesça. « Mais...

— Permettez que j'aille jusqu'au bout. Si l'on
peut obliger Omerie à abandonner les lieux avant
la semaine prochaine, vous accepterez notre offre.
D'accord? Très bien, Hara! » Elle fit un signe de
tête au jeune homme qui était auprès d'elle. Il se
mit instantanément au garde-à-vous, s'inclina légèrement, dit : « Oui, Hollia. »

Mme Hollia prit le petit objet qu'il lui tendait
dans la paume de sa main. Le geste qu'elle fit pour
s'en emparer était presque impérial, comme si la
robe d'apparat d'une reine se déployait à partir
de son bras tendu.

« Voici, dit-elle, quelque chose qui pourra nous
aider. Ma chère... » Elle le tendit à Sue... « Si
vous pouvez cacher ceci dans un coin quelconque
de la maison, je crois que vos locataires indési-
rables ne vous encombreront plus longtemps. »

Sue prit l'objet avec curiosité. On eût dit une
minuscule boîte d'argent, carrée, de deux centimètres et demi de côté, dont le haut était dentelé.

Aucune ligne ne suggérait qu'on pût l'ouvrir.

« Un instant, intervint Olivier, inquiet. Qu'est-ce que c'est?

— Rien qui soit susceptible de faire du mal à qui que ce soit, je vous l'assure.

— Alors à quoi... »

Un geste large et impérieux de Mme Hollia lui imposa silence, intimant à Sue l'ordre de lui obéir. « Allez, ma chère. Hâtez-vous avant qu'Omerie ne revienne. Je peux vous assurer que cela ne présente aucun danger pour personne. »

Olivier intervint résolument. « Madame Hollia, il faut que je sache quels sont vos plans. Je...

— Oh! Olivier, je vous en prie! » Sue serra le cube d'argent dans ses doigts. « Ne vous tourmentez pas. Je suis sûre que Mme Hollia a raison. Ne *voulez*-vous donc pas que ces gens s'en aillent?

— Bien sûr. Mais je ne veux pas qu'on fasse sauter la maison, ou que... »

Il y avait de l'indulgence dans le rire franc de Mme Hollia.

« Rien d'aussi grossier, je vous le promets, monsieur Wilson. Rappelez-vous. Il nous faut la maison! Vite, vite, ma chère! »

Sue acquiesça et, se glissant devant Olivier, gagna rapidement le palier. Il céda avec inquiétude devant le nombre. Le jeune homme, Hara, tapait du pied avec nonchalance, et pendant qu'ils attendaient, admirait le soleil. L'après-midi avait la perfection de tous ceux qui l'avaient précédé au cours de ce mois de mai doré, transparent, embaumé, avec une pointe de froid qui s'attardait dans l'air, pour attirer l'attention sur le contraste parfait avec l'été qui venait. Hara promena autour de lui un regard confiant, celui d'un homme qui

rend un hommage mérité à une mise en scène
destinée à lui seul. Un bourdonnement venu d'en
haut lui fit lever les yeux, qui suivirent le trajet
d'un gros avion transcontinental disparaissant à
moitié dans une brume dorée, tout là-haut, au
soleil. « Bizarre », murmura-t-il d'une voix satisfaite.

Sue revint, passa la main sous le bras d'Olivier,
le serra avec nervosité. « Voilà, dit-elle. Combien
de temps faudra-t-il, madame Hollia?

— Cela dépend, ma chère. Pas très longtemps.
Ah! monsieur Wilson, un tout petit mot. Vous
habitez encore ici si je comprends bien? Pour
ne pas être incommodé, suivez mon conseil et... »

Quelque part dans la maison une porte claqua;
une voix claire et aiguë fit entendre une vocalise.
Puis il y eut un bruit de pas dans l'escalier, et
une seule phrase d'une mélodie : *Viens ici, mon
amour, près de moi.*

Hara tressaillit, et faillit laisser tomber la boîte
de cuir rouge qu'il tenait.

« Kleph! chuchota-t-il, ou Klia. Je sais que
l'une et l'autre viennent d'arriver de Cantorbéry.
Mais je croyais...

— Chut! » Mme Hollia se composa un visage où
ne subsistait qu'une arrogante absence d'expression. Ses narines aspirèrent l'air triomphalement,
son corps se redressa et elle se tourna vers la
porte d'une façade imposante.

Kleph portait cette robe duveteuse qu'Olivier
lui connaissait, mais aujourd'hui, au lieu d'être
blanche, elle était d'un bleu pâle et clair qui
donnait à son hâle une teinte chaude d'abricot.
Elle souriait.

« Mais, c'est Hollia! » Sa voix était plus que

jamais mélodieuse. « Il me semblait reconnaître des voix de chez nous. Que je suis contente de vous voir! Personne ne savait que vous deviez venir au... » Elle s'interrompit brusquement; son regard s'arrêta un instant sur Olivier et se détourna aussitôt. « Et Hara aussi, dit-elle. Quelle agréable surprise! »

Sue dit sans ambages : « Quand êtes-vous revenue, vous? »

Kleph lui sourit. « Vous êtes sans doute la petite Miss Johnson. Mais je ne suis pas sortie du tout. J'étais rassasiée de tourisme. J'ai fait un petit somme dans ma chambre. »

Sue aspira une bouffée d'air, manifestant ainsi sa quasi-incrédulité. Comme en un éclair, les deux femmes échangèrent un regard qui s'appesantit un instant. Ce fut une pause extraordinaire durant laquelle, sans l'aide de la parole, beaucoup de réactions se produisirent.

Olivier vit le genre de sourire que Kleph adressait à Sue. C'était la même expression de tranquille confiance qu'il avait si souvent remarquée chez tous ces étrangers. Il vit la rapidité avec laquelle Sue prenait la mesure de l'autre femme. Elle redressa les épaules, se tint très droite, plaquant sa robe d'été sur ses hanches plates, de sorte que pendant un instant elle garda une attitude affectée, regardant Kleph de haut. C'était voulu. Abasourdi, il lança un nouveau regard à Kleph.

Les épaules de la jeune femme étaient légèrement tombantes. Sa robe vague était retenue par une ceinture autour de sa taille très fine, et retombait en plis profonds sur des hanches aux rondeurs accusées. C'était Sue qui avait la silhouette à la mode, mais Sue fut la première à capituler.

Le sourire de Kleph ne se démentit pas. Mais, dans le silence, on assista à un brusque revirement de valeurs, fondé uniquement sur la qualité démesurée de la confiance que Kleph avait en elle-même, en son sourire calme et assuré. Il devint tout à coup très clair que la mode n'est pas une valeur constante. C'étaient maintenant les courbes du corps de Kleph, qui devenaient la norme, et auprès d'elle, Sue était une créature bizarre, anguleuse, à demi masculine.

Par quel processus? Olivier n'aurait su le dire. En un rien de temps, l'ascendant avait passé d'une femme à l'autre. La beauté est presque intégralement affaire de mode; ce qui est beau aujourd'hui aurait été grotesque deux générations plus tôt, et sera grotesque dans cent ans. Ce sera pire que grotesque, ce sera démodé, partant, légèrement ridicule. C'est ce qui arrivait à Sue. Kleph n'avait qu'à jouer de son ascendant pour en faire la démonstration à tous ceux qui se tenaient sur le porche. Soudain et sans conteste, Kleph était une beauté, une beauté selon les canons reçus, et Sue était démodée, faisait sourire, devenait un anachronisme avec sa sveltesse, sa souplesse, et ses épaules carrées. C'était elle qui était étrange. Elle était grotesque parmi ces personnes curieusement immaculées.

La défaite de Sue était complète. Mais l'orgueil la soutenait, et l'ahurissement. Il est probable qu'elle ne comprit jamais complètement ce qui la desservait. Elle n'eut pour Kleph qu'un regard de rancune brûlant, mais lorsqu'elle reporta ce regard sur Olivier, il était empreint de soupçon et de méfiance.

Plus tard, en se remémorant la scène, Olivier pensa qu'à ce moment, pour la première fois, il commença avec netteté à deviner la vérité. Mais il n'eut pas le temps de s'appesantir, car, après le bref instant d'hostilité, les trois personnes... d'un autre pays... se mirent à parler toutes à la fois, comme dans un effort tardif pour dissimuler quelque chose qu'elles ne voulaient pas trahir.

Kleph dit : « Ce magnifique mois de mai... », Mme Hollia : « Si privilégiés d'avoir cette maison... » et Hara, levant la boîte de cuir rouge, dit, plus fort que tous : « Cenbe vous envoie ceci, Kleph. Sa dernière œuvre. »

Kleph tendit les deux mains avec avidité, les manches de duvet découvrant ses bras ronds. Avant que la manche fût retombée, Olivier entrevit cette cicatrice mystérieuse, et il lui sembla distinguer une très vague trace de cicatrice semblable qui disparut dans la manchette de Hara lorsqu'il laissa retomber son bras.

« Cenbe! s'écria Kleph, d'une voix aiguë, mélodieuse et ravie. Mais c'est merveilleux! De quelle période?

— Novembre 1664, dit Hara. De Londres, bien sûr, encore qu'à mon avis, il y ait peut-être quelque trace de contrepoint datant de novembre 1547. C'est inachevé, bien entendu. »

Il regarda Olivier et Sue, non sans quelque nervosité.

« Une œuvre magnifique, dit-il promptement. Merveilleuse, lorsqu'on en a le goût, naturellement. »

Mme Hollia frissonna avec une délicatesse exagérée.

« Cet homme! Passionnant, bien sûr... un grand homme. Mais tellement *à l'avant-garde!*

— Il faut être connaisseur pour apprécier pleinement les œuvres de Cenbe, dit Kleph sur un ton qui ne manquait pas d'insolence. Nous sommes tous d'accord sur ce point.

— Oh! oui, nous nous inclinons tous devant Cenbe, concéda Hollia. J'avoue que cet homme me terrifie un peu, ma chère. Est-ce qu'on croit qu'il viendra nous rejoindre?

— Je le suppose, dit Kleph. Si son... œuvre n'est pas encore achevée, alors certainement. Vous connaissez les goûts de Cenbe. »

Hollia et Hara rirent de concert. « Alors je sais à quel moment le chercher », dit Hollia. Elle promena son regard d'Olivier, qui faisait des yeux ronds, à Sue, subjuguée mais furieuse; puis, avec un effort sensible, elle ramena la conversation au sujet principal.

« Quel privilège, ma chère Kleph, d'avoir cette maison, déclara-t-elle lourdement. J'en ai vu une reproduction à trois dimensions, après l'événement; elle était encore intacte. Quelle heureuse coïncidence! Envisageriez-vous de renoncer à votre bail, moyennant une compensation? Par exemple un fauteuil au couronnement à...

— Rien ne peut nous acheter, Hollia », répondit Kleph gaiement, serrant sur son sein la boîte rouge.

Hollia lui lança un regard de glace. « Vous changerez peut-être d'avis, ma chère Kleph, dit-elle d'un ton pontifiant. Il en est encore temps. Vous pouvez toujours nous toucher par l'intermédiaire de M. Wilson. Nous logeons plus haut dans la rue, dans Montgomery House... rien de semblable à ceci, bien sûr, mais nous nous en contenterons. Pour nous, cela suffira. »

Olivier cilla. Montgomery House était l'hôtel le plus cher de la ville. Au regard de cette vieille ruine croulante, c'était un palais. Impossible de comprendre ces gens. Ils semblaient avoir opéré un renversement complet des valeurs.

Mme Hollia, majestueuse, se dirigea vers les marches.

« Très agréable, votre rencontre, ma chère, dit-elle, par-dessus une de ses épaules bien rembourrées. Jouissez bien de votre séjour. Mes compliments à Omerie et à Klia. Monsieur Wilson... » D'un signe de tête elle indiqua l'allée. « Je voudrais vous dire un mot. »

Olivier descendit avec elle et la suivit en direction de la rue. Mme Hollia s'arrêta à mi-chemin, et lui toucha le bras.

« Un tout petit conseil, dit-elle d'une voix rauque. Vous couchez ici, dites-vous? N'y restez pas, jeune homme. Allez-vous-en, avant cette nuit. »

Sans beaucoup de méthode, Olivier cherchait la cachette où Sue avait déposé le mystérieux cube d'argent lorsque les premiers sons venus d'en haut semblèrent descendre par la cage de l'escalier et venir jusqu'à lui. Kleph avait fermé sa porte, mais la maison était vieille; certaines étranges sonorités semblaient imprégner les boiseries et les traverser presque à la manière d'une tache visible.

C'était de la musique, en un sens. Mais bien plus que de la musique. Le son en était terrible; c'était la somme des bruits d'une calamité en même temps que de toutes les réactions des hommes à cette calamité; toutes les formes, depuis la crise de nerfs jusqu'à la douleur poignante, depuis la joie irrationnelle jusqu'à l'acceptation raisonnable.

Cette calamité était... individuelle. La musique ne s'efforçait pas de réunir toutes les douleurs humaines; elle convergeait nettement sur l'une d'entre elles dont elle suivait jusqu'au bout les ramifications. Olivier reconnut en un court instant les bases fondamentales de cette musique. Elles en étaient l'essence, et elles semblaient pénétrer dans son cerveau avec les premières notes de la musique, qui était tellement plus que de la musique.

Mais quand il leva la tête pour écouter, le sens du bruit lui échappa complètement; ce n'était plus que tohu-bohu et confusion. Y arrêter sa pensée, c'était le brouiller irrémédiablement dans son esprit, et il ne put recouvrer ce premier instant d'acceptation irraisonnée.

Tout hébété, il remonta, ne sachant pas très bien ce qu'il faisait. Il poussa la porte de Kleph. Il regarda à l'intérieur...

Ce qu'il y vit, il ne put se le rappeler par la suite, sinon très confusément, comme étaient confuses les idées que la musique avait fait naître dans son esprit. La moitié de la chambre avait disparu derrière une brume, et la brume était un écran à trois dimensions sur lequel étaient projetés... Il n'y avait pas de mots pour nommer ces choses. Il n'était même pas certain que les projections fussent visuelles. La brume tournait — mouvement et bruit — mais ce ne fut ni le bruit ni le mouvement que perçut Olivier.

C'était une œuvre d'art. Olivier ne connaissait

pas de nom qui lui convînt. Cela transcendait
toutes les formes d'art qu'il connaissait, les mêlait,
et de ce mélange il tirait des subtilités que son
esprit ne pouvait saisir. Dans son essence, c'était la
tentative d'un maître compositeur pour rassembler
tous les éléments fondamentaux d'une vaste expérience humaine, qui pouvait être transmise en
quelques instants simultanément à tous les sens.

Les visions mouvantes sur l'écran n'étaient pas
des images en elles-mêmes, mais des suggestions
d'images, des contours choisis avec subtilité, qui
venaient frapper l'esprit, et, d'une touche preste,
faisaient vibrer toute la mémoire. Peut-être
chaque spectateur réagissait-il différemment puisque
c'était dans le regard et dans l'esprit du spectateur que résidait la vérité de l'image. Il n'existait pas deux personnes qui eussent conscience du
même panorama symphonique, mais en substance,
chacun verrait se dérouler la même et terrible
histoire.

Ce génie, d'une impitoyable habileté, faisait
appel à tous les sens. Couleur, forme et mouvement papillotaient sur l'écran, suggérant, évoquant des souvenirs intolérables au plus profond
de l'esprit; des odeurs s'échappaient de l'écran
et touchaient le cœur du spectateur avec une
acuité que n'aurait pu atteindre toute sensation
visuelle. Parfois, comme sous le toucher d'une
main glacée, un frisson parcourait la peau. La
langue se crispait au souvenir de certaine âpreté
ou de certaine douceur.

C'était révoltant. C'était un viol de ce qu'il y
avait de plus intime dans l'esprit de l'individu;
cela ramenait à la surface des choses secrètes,
enfermées sous un tissu cicatriciel de l'esprit, im-

posait sans merci au spectateur son terrible message, même si le cerveau menaçait d'éclater sous la tension.

Cependant, bien qu'Olivier fût intensément conscient, il ne savait pas quelle calamité était représentée sur l'écran. Qu'elle fût réelle, immense, que l'épouvante fût écrasante, il n'en pouvait douter. Qu'elle se fût produite jadis, cela était évident. Il entrevoyait en un éclair des visages humains convulsés par la douleur, la maladie et la mort — des visages réels, des visages jadis vivants et que l'on voyait maintenant à l'instant de leur mort. Il voyait un panorama où des hommes et des femmes en vêtements somptueux recouvraient en surimpression des milliers de loqueteux chancelants; des foules immenses qui défilaient et disparaissaient en un instant, et il notait que la mort ne faisait pas de discrimination.

Il voyait de jolies femmes rire et secouer leurs boucles, puis le rire se faisait aigu jusqu'à l'hystérie, et l'hystérie se faisait mélodieuse. Il vit un visage d'homme, qui reparut à maintes reprises, un long visage sombre, taciturne, creusé de rides profondes, triste, le visage d'un homme fort, versé dans les affaires de ce monde, courtois... et impuissant. Ce visage, pendant un moment, constitua un motif qui se répétait, chaque fois plus torturé, plus impuissant qu'auparavant.

La musique cessa brusquement alors qu'elle prenait son envol vers les hauteurs. La brume se dissipa et la chambre reparut aux yeux d'Olivier. Le visage sombre et angoissé lui parut un instant imprimé partout où se posait son regard, comme ce qui subsiste sous les paupières d'une chose vue. Il connaissait ce visage. Il l'avait déjà vu, non point souvent, mais il aurait dû en connaître le nom...

« Olivier, Olivier... » La voix mélodieuse de Kleph lui parvenait à travers un brouillard. Tout étourdi, il était appuyé au chambranle de la porte, son regard plongeant dans les yeux de Kleph. Elle aussi avait cet air absent, hébété, que devait présenter son propre visage. Ils étaient encore l'un et l'autre sous l'effet de cette épouvantable symphonie. Mais à travers la confusion de ce moment Olivier vit que cette expérience avait donné du plaisir à Kleph.

Il était écœuré jusqu'au tréfonds de son âme; étourdi d'écœurement et de répulsion à cause de cette surimpression des misères humaines qu'il venait de voir. Quant à Kleph... son visage n'exprimait que le plaisir. Pour elle il n'y avait là que magnificence, et rien que magnificence.

Sans aucun lien logique, Olivier se remémora les bonbons écœurants qu'elle avait aimés, les odeurs répugnantes qui, de sa chambre, se répandaient parfois sur le palier.

Qu'avait-elle donc dit en bas un peu plus tôt? Connaisseur, c'était cela. Seul un connaisseur pouvait apprécier des œuvres *d'avant-garde* comme l'étaient les œuvres de celui qui s'appelait Cenbe.

Une bouffée d'odeur grisante passa devant le visage d'Olivier. On lui glissa dans la main une chose fraîche et douce.

« Oh! Olivier, pardonnez-moi, murmura la voix de Kleph repentante. Tenez, buvez l'euphoriaque et vous irez mieux. Buvez, je vous en prie! »

La saveur familière du thé douceâtre et chaud fut sur sa langue avant qu'il eût conscience d'avoir accepté. Le calme que dégageaient ces vapeurs lui traversa le cerveau et, au bout d'un instant, le monde autour de lui était redevenu stable. La pièce était ce qu'elle avait toujours été. Et Kleph...

Ses yeux étaient éclatants. On y lisait de la sympathie pour lui, mais elle était quant à elle encore toute pleine de l'exaltation que lui avait apportée ce qu'elle venait de voir.

« Venez vous asseoir, dit-elle avec douceur, le tirant par le bras. Je regrette infiniment. Je n'aurais pas dû faire jouer ceci dans un endroit où vous pouviez l'entendre. Vraiment, je suis sans excuse. J'ai tout simplement oublié l'effet que cela pourrait produire sur quelqu'un qui n'avait encore jamais entendu de symphonies de Cenbe. J'étais si impatiente de voir ce qu'il avait fait de... de son nouveau sujet. J'en ai tant de regret, Olivier!

— Qu'est-ce que c'était? » Sa voix était plus assurée qu'il ne s'y attendait. L'effet du thé. Il en but encore une petite gorgée, se laissant aller avec joie à l'euphorie consolante qu'apportait cette saveur.

« Une... une interprétation composite de... Oh! Olivier, vous savez que je n'ai pas le droit de répondre à des questions!

— Mais...

— Non... buvez votre thé et oubliez ce que vous avez vu. Pensez à d'autres choses. Tenez, nous allons écouter de la musique — un autre genre de musique, quelque chose de gai. »

Elle allongea la main vers le mur près de la fenêtre, et comme précédemment, Olivier vit le grand tableau encadrant une nappe d'eau bleue au-dessus du lit se couvrir de petites vagues et pâlir. Par-delà sa surface une autre scène commença à se dessiner, des formes semblaient se dresser sous la surface de la mer.

Il entrevit une scène tendue de noir sur laquelle un homme en chausses et tunique collante évoluait d'une allure nerveuse, le visage et les mains d'une pâleur saisissante sur le fond noir. Il boitait; il était bossu, et s'exprimait en vers familiers. Olivier avait vu une fois John Barrymore dans le rôle de Richard le Bossu, et il lui semblait un peu révoltant que tout acteur osât s'attaquer à ce rôle difficile. Il n'avait jamais vu celui-là auparavant, mais il y avait dans sa manière une douceur, une aisance émouvantes; son interprétation du roi Plantagenet était entièrement nouvelle et sans doute parfaitement étrangère à la conception de Shakespeare. « Non, dit Kleph, pas ça. Rien de sombre. » Une fois de plus, elle allongea le bras. Le nouveau Richard, anonyme, disparut. Ce fut ensuite un tourbillon d'images, de voix, toujours changeantes, qui se confondaient, avant que la scène se stabilisât sur la vision d'un ensemble de ballerines en tutus couleur pastel, emportées sans effort dans une chorégraphie savante. La musique qui accompagnait ce ballet était, elle aussi, légère et facile. La chambre s'emplit de cette mélodie qui flottait, limpide.

Olivier posa sa tasse. Il se sentait maintenant beaucoup plus assuré. Il lui sembla que l'euphoriaque avait produit sur lui tout son effet. Il ne voulait pas que son esprit se brouillât, étant bien décidé à se renseigner sur certaines choses. Maintenant, il se demandait comment entrer en matière.

Kleph l'observait.

« Cette Hollia, dit-elle subitement. Elle veut acheter la maison? »

Olivier fit oui d'un signe de tête.

« Elle offre une très grosse somme. Ce sera une terrible déception pour Sue si... »

Il hésita. Peut-être, après tout, Sue ne serait-elle pas déçue. Il se rappela le petit cube d'argent au rôle mystérieux, et il se demanda s'il devait en parler à Kleph. Mais l'euphoriaque n'avait pas pénétré jusqu'à cette couche de son cerveau. Il se rappela ses devoirs envers Sue et se tut.

Kleph secoua la tête, son regard plongeait dans celui d'Olivier tout brûlant de... était-ce de la sympathie?

« Croyez-moi, dit-elle, vous découvrirez que cela n'a pas d'importance... après tout, je vous assure, Olivier. »

Il la regarda, étonné. « Vous devriez bien m'expliquer... »

Kleph eut un rire plus attristé que joyeux. Olivier s'aperçut tout à coup qu'il n'y avait plus de condescendance dans sa voix. Cet air d'amusement léger qu'il y avait dans son attitude envers lui avait disparu. La froideur, le détachement qui marquaient le comportement d'Omerie, de Klia, ne se retrouvaient plus chez Kleph. Il y avait là une nuance subtile qu'à son avis elle ne pouvait pas feindre. Ce ne pouvait qu'être spontané. Sans qu'il soit disposé à en chercher la raison, il trouva brusquement très important que Kleph ne lui montrât pas de condescendance, que son attitude fût semblable à celle qu'il avait envers elle. Il refusa d'y penser.

Il regarda sa tasse de quartz rose; une fine volute de vapeur montait de l'ouverture en forme de croissant. Cette fois, pensa-t-il, il pourrait peut-être faire servir le thé à ses fins. Il se rappelait que cela déliait la langue, et il y avait beaucoup de choses qu'il avait besoin de savoir. L'idée qui lui était venue sous le porche pendant le court instant de rivalité silencieuse entre Kleph et Sue semblait maintenant trop fantastique pour qu'on pût s'y attarder. Toutefois, il fallait bien qu'il y eût une explication.

Ce fut Kleph elle-même qui lui donna une occasion.

« Il ne faut pas que je prenne trop d'euphoriaque cet après-midi, dit-elle, lui souriant par-dessus sa tasse rose. Cela me rendrait somnolente, et nous sortons ce soir avec des amis.

— D'autres amis? demanda Olivier. De votre pays? »

Kleph fit oui de la tête. « Des amis très chers que nous attendons depuis le début de la semaine.

— J'aimerais bien que vous me disiez d'où vous venez, dit Olivier avec brusquerie. Vous n'êtes pas d'ici. Votre culture est trop différente de la nôtre... jusqu'à vos noms... » Il s'interrompit en voyant Kleph secouer la tête.

« Je voudrais pouvoir vous le dire. Mais ce serait enfreindre les règles. Rien que le fait d'être ici à bavarder avec vous en ce moment est une infraction aux règles.

— Quelles règles? »

Elle eut un geste d'impuissance. « Il ne faut pas me le demander, Olivier. » Elle se renversa contre le dossier de la chaise longue, qui s'adapta voluptueusement à son mouvement, et elle sourit à Olivier avec une grande douceur. « Il ne faut pas que nous parlions de ce genre de choses. Oubliez tout cela. Ecoutez la musique, jouissez-en si vous le pouvez... » Elle ferma les yeux et appuya la tête sur les coussins. Olivier vit la gorge ronde et hâlée se gonfler comme elle commençait à fredonner un air. Les yeux toujours fermés, elle chantait ces mêmes mots qu'elle avait chantés dans l'escalier. « Viens ici, mon amour, près de moi... »

Un souvenir jaillit brusquement dans l'esprit d'Olivier. Il n'avait jamais entendu jusqu'ici cet air étrange, traînant, mais il lui semblait en connaître les paroles. Il se rappela ce qu'avait dit le mari de Hollia en entendant cette bribe de chant : il se pencha en avant. Elle refuserait de répondre à une question directe, mais peut-être...

« Faisait-il si chaud que ça, à Cantorbéry? » demanda-t-il, en retenant son souffle. Kleph fredonna une autre phrase de la mélodie, et secoua la tête, les yeux toujours clos.

« C'était l'automne, dit-elle, mais un automne éclatant, d'un éclat magnifique. Même leurs vêtements... Tout le monde chantait cette chanson nouvelle, et je ne peux pas la chasser de ma tête. » Elle chanta un autre vers, dont les paroles étaient presque inintelligibles... de l'anglais, et cependant pas un anglais qu'Olivier pût comprendre.

Il se leva. « Un instant, dit-il. Il faut que je trouve quelque chose. Je reviens dans une minute. »

Elle ouvrit les yeux et lui adressa un sourire embrumé, tout en fredonnant. Il descendit aussi vite qu'il pouvait. Bien qu'il eût maintenant l'esprit presque clair, l'escalier oscillait vaguement; il entra dans la bibliothèque. Le livre qu'il voulait était vieux et en mauvais état; des notes au crayon, qui dataient de l'époque de ses études, étaient griffonnées entre les lignes. Il ne se rappelait pas très bien l'endroit où se trouvait le passage qu'il cherchait, mais il feuilleta rapidement les colonnes du livre, et par pure chance le trouva en l'espace de quelques minutes. Il retourna alors à l'étage au-dessus; il ressentait un vide étrange dans l'estomac à cause de ce qu'il était prêt à croire maintenant.

« Kleph, dit-il d'une voix ferme. Je connais cette chanson. Je sais en quelle année elle était nouvelle. »

Les paupières de Kleph se levèrent lentement. Elle le regarda à travers le brouillard de l'euphoriaque. Olivier n'était pas certain qu'elle eût compris. Pendant un long moment elle le retint avec son regard. Puis elle allongea un de ses bras hors des manches duveteuses, et tendit vers lui ses doigts bronzés qu'elle écartait. Un rire sortit du fond de sa gorge.

« Viens ici, mon amour, près de moi », dit-elle.

Lentement, il traversa la chambre, lui prit la main. Les doigts de Kleph se refermèrent sur les siens, avec chaleur. Elle l'attira et il dut s'agenouiller près d'elle. Son autre bras se leva. Elle eut encore un rire, très doux, et ferma les yeux, soulevant jusqu'au sien le visage d'Olivier.

Le baiser fut long et ardent. Un peu de l'euphorie de la jeune femme se communiqua à lui par le parfum du thé que lui apportait son souffle.

Le baiser fini, lorsque les bras de Kleph se dénouèrent, lui libérant le cou, il fut bouleversé de sentir sur sa joue le souffle ardent de la jeune femme. Il y avait des larmes sur le visage et le son qu'il entendait était un sanglot.

Il la tint à bout de bras et la regarda avec stupeur. A nouveau un sanglot, une aspiration profonde, puis elle dit : « Olivier, Olivier... » Elle secoua la tête, se dégagea, et se détourna pour cacher son visage.

« Je... Je m'excuse, dit-elle d'une voix mal assurée. Pardonnez-moi, je vous en prie. Cela n'a pas d'importance... Je *sais* que cela n'a pas d'importance, mais...

— Qu'est-ce qui ne va pas? Qu'est-ce qui n'a pas d'importance?

— Rien, rien... Oubliez-le, je vous en prie. Rien du tout. » Elle prit un mouchoir sur la table, se moucha, lui souriant, et de la lumière rayonnait à travers ses larmes.

La colère lui vint brusquement. Il avait subi assez de dérobades et entendu suffisamment de demi-vérités. Il dit avec rudesse : « Me croyez-vous fou? J'en sais maintenant assez pour...

— Olivier, je vous en prie! » Elle tendit sa tasse, d'où s'exhalait une vapeur odorante. Je vous en prie, plus de questions. Tenez. C'est d'euphorie que vous avez besoin, Olivier, d'euphorie, non de réponses.

— En quelle année avez-vous entendu cette chanson à Cantorbéry? » demanda-t-il, repoussant la tasse.

Elle le regarda, clignant des yeux, des larmes brillaient sur ses cils. « Mais... quelle année croyez-vous?

— Je sais, lui dit Olivier, d'un ton sévère. Je sais en quelle année cette chanson était populaire. Je sais que vous venez de Cantorbéry — c'est le mari de Hollia qui l'a dit. Nous sommes en mai, et c'était l'automne à Cantorbéry et vous en venez, il y a si peu de temps de cela que la chanson que vous avez entendue vous trotte encore dans la tête. Le moine mendiant de Chaucer chantait cette chanson vers le milieu du XIVe siècle. Avez-vous rencontré Chaucer, Kleph? Comment était l'Angleterre, il y a si longtemps? »

Kleph le dévisagea en silence. Puis elle laissa tomber ses épaules et tout son corps s'affaissa sous l'étoffe souple de sa robe bleue. « Je suis une sotte, dit-elle avec douceur. Il a dû être facile de me prendre au piège. Vous croyez vraiment ce que vous dites? »

Olivier fit signe que oui.

Elle dit à voix basse : « Peu de gens le croient. C'est une de nos maximes dans nos déplacements. Nous sommes à l'abri de soupçons sérieux, car les gens d'avant « Le Voyage » se refusent à y croire. »

La sensation de vide à l'estomac qu'éprouvait Olivier redoubla subitement. Le temps se déroba sous ses pieds; l'univers vacilla autour de lui. Il avait la nausée. Il se sentait nu, sans protection. Ses oreilles bourdonnaient et la pièce devint floue devant ses yeux.

Il ne l'avait réellement pas cru — pas avant cet instant. Il avait attendu d'elle quelque explication rationnelle qui remettrait de l'ordre dans ses soupçons fantastiques et en ferait quelque chose qu'on pourrait accepter comme croyable. Mais pas ceci.

Kleph se tamponnait les yeux avec son mouchoir bleu pâle et souriait craintivement.

« Je sais, dit-elle. Ce doit être terrible à accepter. Toutes vos notions bouleversées... Nous le savons depuis notre jeunesse, naturellement, mais pour vous... Tenez, Olivier, l'euphoriaque vous aidera. »

Il prit la tasse qui portait encore une faible trace de son rouge à lèvres sur l'ouverture en forme de croissant. Il but, sentit le vertige lui envahir la tête, et son cerveau chavira lorsque le parfum volatil fit son effet. Ce mouvement du cerveau modifia sa vision, ainsi que toutes ses valeurs.

Il commença à se sentir mieux. Sa chair s'affermit de nouveau sur ses os, le chaud vêtement de la sécurité temporelle s'affermit sur sa chair; il n'était plus nu dans le tourbillon de l'instabilité du temps.

« C'est une histoire très simple, vraiment, dit Kleph. Nous voyageons. Notre époque ne précède pas tellement la vôtre. Non. Je ne dois pas dire de combien. Mais nous nous rappelons encore vos chants, vos poètes et quelques-uns de vos grands acteurs. Nous sommes un peuple aux loisirs abondants, et nous pratiquons l'art de nous divertir.

« C'est un voyage de plaisir que nous faisons actuellement — dans les diverses saisons de l'année. Les saisons des vendanges. Cet automne à Cantorbéry a été l'automne le plus magnifique que nos chercheurs aient pu découvrir, en aucun lieu. Nous sommes allés en pèlerinage au tombeau; c'était prodigieux, encore que les vêtements nous aient donné quelque mal.

« Ce mois de mai est maintenant presque achevé — le mois de mai le plus charmant que l'histoire ait jamais enregistré. Un mois de mai parfait dans une période admirable. Vous ne pouvez pas savoir comme elle est belle et gaie la période où vous vivez, Olivier. Même ce que l'on perçoit dans l'air des villes — cette magnifique confiance, ce bonheur de toute la nation; tout se déroulant avec la facilité des rêves. Il y a eu d'autres mois de mai où le temps était beau, mais dans tous il y avait une guerre ou une famine ou quelque chose qui n'allait pas. » Elle hésita, fit une moue, et poursuivit rapidement : « Dans quelques jours, nous devons nous retrouver à Rome pour un couronnement, dit-elle, je crois que ce sera en l'an 800 à la Noël. Nous...

— Mais pourquoi, interrompit Olivier, avez-vous tenu à avoir cette maison? Pourquoi les autres veulent-ils vous l'enlever? »

Kleph le regarda fixement. Il vit encore les larmes lui monter aux yeux et former de petits croissants brillants sous ses paupières. Il vit l'expression d'entêtement qui se répandit sur son visage hâlé. Elle secoua la tête.

« Il ne faut pas me poser cette question. » Elle lui tendit la tasse fumante. « Tenez, buvez et oubliez ce que j'ai dit. Je ne peux vous en dire davantage. Plus rien du tout. »

Lorsqu'il s'éveilla, il ne sut plus tout d'abord où il était. Il ne se rappelait plus qu'il avait quitté Kleph, ni comment il avait regagné sa propre chambre. Et pour le moment, cela lui était indifférent. Car, dès son réveil, il se sentit envahi par un sentiment de panique.

L'obscurité était pleine de terreur. Son cerveau était ballotté sur des vagues de crainte et de douleur. Il était étendu, immobile, trop effrayé pour bouger, quelque souvenir atavique l'avertissant de se tenir tranquille jusqu'à ce qu'il sache de quelle direction le danger viendrait. La peur s'empara de lui comme une vague de fond : des douleurs s'éveillaient dans sa tête et l'obscurité palpitait à la même cadence.

Un coup fut frappé à la porte. La voix grave d'Omerie dit : « Wilson, Wilson, êtes-vous éveillé? »

Olivier fit deux tentatives avant de trouver assez de souffle pour répondre : « Ou... oui, qu'est-ce qu'il y a? »

On tourna avec bruit le bouton de la porte. La silhouette indécise d'Omerie chercha à tâtons le commutateur, et d'un coup la chambre devint visible. Les traits d'Omerie étaient tendus d'inquiétude, et il portait une de ses mains à son front, comme s'il souffrait des mêmes douleurs qu'Olivier.

C'est à ce moment, avant qu'Omerie eût recommencé à parler, qu'il se rappela l'avertissement de Hollia : « Partez, jeune homme, partez avant ce soir. » Il se demandait éperdument ce qui les menaçait tous dans cette maison obscure, où palpitaient les rythmes d'une terreur sans mélange.

D'une voix courroucée, Omerie répondit à la question qui n'avait pas été posée.

« Quelqu'un doit avoir déposé un infrasonique dans la maison, Wilson. Kleph pense que vous savez peut-être où il se trouve.

— In-infrasonique?

— Appelez-le « un gadget », interpréta Omerie, impatient. Probablement une petite boîte de métal qui... »

Olivier dit « Oh! », sur un ton qui dut tout révéler à Omerie.

« Où est-ce? demanda-t-il. Vite. Finissons-en.

— Je ne sais pas. » A grand-peine Olivier s'arrêta de claquer des dents. « Vous voulez dire que tout — tout ceci vient de cette petite boîte?

— Bien sûr. Dites-moi où je vais la trouver avant que nous soyons tous fous. »

Olivier se tira du lit en chancelant; ses mains inertes cherchèrent à tâtons sa robe de chambre : « Je suppose qu'elle l'a cachée quelque part à l'étage au-dessous, dit-il, elle n'a pas mis longtemps. »

En lui posant quelques brèves questions, Omerie lui fit raconter toute l'histoire. Ses dents claquèrent d'exaspération lorsque Olivier eut fini.

« Cette stupide Hollia...

— Omerie! » Du palier arrivait la voix plaintive de Kleph. « Je vous en prie, faites vite, Omerie! C'est trop pour nos forces! Oh! je vous en prie, Omerie! »

Olivier se dressa brusquement. Alors, une vague deux fois plus intense de cette inexplicable douleur sembla exploser dans son crâne à ce mouvement; il s'agrippa au pied du lit, et chancela.

« Allez chercher la chose vous-même, s'entendit-il dire dans une sorte de vertige. Je ne peux même pas marcher... »

Les nerfs d'Omerie étaient tendus à se rompre sous l'effet de la tension qui régnait dans la chambre. Il agrippa l'épaule d'Olivier, et le secoua, disant d'une voix cassante :

« Vous l'avez introduit — aidez-nous à le sortir, sinon...

— C'est un gadget qui vient de votre monde, non du mien! » dit Olivier, furieux.

Il lui sembla alors que tout à coup le froid et le silence s'installaient dans la chambre. La douleur elle-même et la terreur insensée cessèrent. Les yeux clairs et froids d'Omerie braquèrent sur Olivier un regard si réfrigérant qu'il lui semblait presque en sentir la glace.

« Que savez-vous de notre monde? » demanda Omerie.

Olivier ne dit pas un mot. C'eût été inutile. Son visage devait trahir ce qu'il savait. Dissimuler lui eût été impossible, en proie à cette terreur nocturne qu'il ne parvenait pas encore à comprendre.

Omerie découvrit ses dents blanches et prononça trois mots parfaitement inintelligibles. Puis il se dirigea vers la porte et, d'un ton sec, appela : « Kleph! »

Olivier voyait les deux femmes blotties l'une contre l'autre sur le palier, toutes secouées de cette étrange terreur. Klia, sous sa robe d'un vert lumineux, était raidie dans l'effort qu'elle faisait pour se dominer, mais Kleph n'essayait pas de se maîtriser. Sa robe duveteuse avait pris cette nuit une teinte d'or pâle. Elle était toute frissonnante et les larmes coulaient le long de son visage.

« Kleph, dit Omerie, d'une voix menaçante, vous étiez encore euphorique hier soir? »

Kleph lança un regard épouvanté à Olivier, et d'un signe de tête avoua sa culpabilité.

« Vous avez trop parlé. » Toute une accusation

tenait dans cette simple phrase. « Vous connaissez les règles, Kleph. Vous ne serez plus autorisée à voyager si quelqu'un le rapporte aux autorités. »

Le joli visage de Kleph à la peau veloutée se plissa soudain.

« Je sais que j'ai eu tort. Je le regrette beaucoup — mais vous ne m'empêcherez pas, si Cenbe dit non. »

Dans un grand geste de colère impuissante, Klia étendit les bras. Omerie haussa les épaules. « Dans ce cas, il se trouve qu'il n'y a pas grand mal, dit-il, lançant à Olivier un regard insondable. Mais cela aurait pu être sérieux. Cela le sera peut-être la prochaine fois. Il faut que j'en parle à Cenbe.

— Il nous faut d'abord trouver l'infrasonique, lui rappela Klia qui frissonnait. Si Kleph a peur de nous aider, elle peut sortir un instant. J'avoue que j'en ai assez de la compagnie de Kleph.

— Nous pourrions renoncer à la maison, s'écria fougueusement Kleph. Laissons-la à Hollia. Comment pourrez-vous supporter ceci assez longtemps pour chercher...

— Renoncer à la maison? répéta Klia. Mais vous êtes folle! Après avoir lancé toutes nos invitations?

— Nous n'en serons pas réduits à cela, dit Omerie. Nous pourrons le trouver si nous cherchons bien tous. Vous vous sentez capable de nous aider? »

Il regarda Olivier.

Olivier se ressaisit et maîtrisa sa folle panique cependant que les vagues de terreur continuaient à parcourir la chambre. « Oui, dit-il. Mais, qu'allez-vous faire de moi?

— Cela devrait aller de soi, dit Omerie, impassible, le regard de ses yeux, pâles dans le visage hâlé, fixé sur Olivier. Vous garder dans la maison jusqu'à notre départ. Nous ne pouvons certainement pas faire moins. Vous le comprenez. Et il se trouve qu'il n'y a aucune raison pour que nous fassions plus. Le silence est la seule chose à laquelle nous nous soyons engagés lorsque nous avons signé nos titres de voyage.

— Mais... » Olivier s'efforçait péniblement de découvrir le sophisme caché dans ce raisonnement. En vain. Il lui était impossible de penser clairement. La panique faisait passer à travers son esprit une vague de folie émanant de l'air qui l'entourait. « Très bien, dit-il. Cherchons. »

Ce n'est qu'à l'aube qu'ils trouvèrent la boîte, enfoncée à l'intérieur d'un coussin du sofa, dont on avait coupé la couture. Omerie la monta sans un mot. Cinq minutes plus tard la tension tomba brusquement et une paix paradisiaque se répandit dans la maison.

« Ils essaieront encore, dit Omerie à Olivier, sur le seuil de la porte de la chambre. Il faut que nous soyons vigilants. Quant à vous, je dois veiller à ce que vous ne quittiez pas la maison avant vendredi. Dans votre intérêt, je vous conseille de me prévenir si Hollia prépare de nouveaux stratagèmes. J'avoue que je ne vois pas très bien par quels moyens je peux vous contraindre à ne pas sortir. Je pourrais employer des méthodes qui vous causeraient un grand inconfort. Je préférerais accepter votre parole. »

Olivier hésita. La chute de tension l'avait laissé

épuisé et stupide, et il ne voyait pas très bien ce qu'il devait dire.

Au bout d'un moment, Omerie poursuivit : « Nous sommes en partie responsables, puisque nous ne nous sommes pas assurés d'être les seuls occupants de la maison. Habitant ici avec nous, il vous était difficile de ne pas concevoir des soupçons. Disons qu'en échange de votre promesse je vous rembourserai une partie de ce que vous perdez en ne vendant pas la maison. »

Olivier réfléchit à la proposition. Cela apaiserait un peu Sue. Et cela ne représenterait que deux jours de réclusion. D'ailleurs, à quoi bon s'échapper ? Que pouvait-il révéler à des étrangers, qui ne le conduirait pas tout droit à une cellule capitonnée ?

« Très bien, dit-il d'un ton las, je m'y engage. »

Le vendredi matin, Hollia n'avait pas encore donné le moindre signe de vie. Sue téléphona à midi. Olivier reconnut le grésillement de sa voix lorsque Kleph eut pris l'appareil. Le grésillement lui-même trahissait la surexcitation. Sue voyait l'affaire glisser entre ses petits doigts avides.

La voix de Kleph se faisait réconfortante. « Je regrette, dit-elle à maintes reprises, chaque fois que la voix s'arrêtait. Je regrette sincèrement. Croyez-moi, vous découvrirez que cela n'a pas d'importance. Je sais... Je regrette... »

Elle quitta enfin le téléphone. « La jeune fille me dit que Hollia renonce, dit-elle aux autres.

— Vous connaissez bien mal Hollia », dit Klia fermement.

Omerie haussa les épaules. « Il nous reste très

peu de temps. Si elle a l'intention de faire une nouvelle tentative, ce sera cette nuit. Il faut nous tenir aux aguets.

— Oh! pas cette nuit! » La voix de Kleph était horrifiée. « Même Hollia ne le ferait pas.

— Hollia, ma chère, est, à sa manière, tout aussi dépourvue de scrupules que vous, lui dit Omerie avec un sourire.

— Mais, est-ce qu'elle gâcherait tout notre plaisir, simplement parce qu'elle ne pourrait être ici?

— Qu'en pensez-vous? » demanda Klia.

Olivier cessa d'écouter. Il était impossible de trouver un sens à leur conversation, mais il savait que cette nuit le secret, quel qu'il soit, viendrait enfin à la lumière. Il voulait attendre ce moment.

Depuis deux jours la surexcitation était allée grandissant dans la maison et chez les trois personnes qui la partageaient avec lui. Les domestiques eux-mêmes le sentaient, devenaient nerveux, et perdaient leur assurance. Olivier avait renoncé à poser des questions. Cela ne faisait qu'embarrasser ses locataires. Il se contentait d'observer.

Tous les sièges furent assemblés dans les trois chambres de devant. On disposa les meubles de façon à faire de la place, et des douzaines de tasses à couvercle avaient été placées sur les plateaux. Olivier reconnut le service en quartz rose de Kleph. Il ne se dégageait aucune vapeur des ouvertures en forme de croissant; cependant les tasses étaient pleines. Olivier en souleva une, et sentit qu'un liquide lourd se mouvait à l'intérieur, comme s'il était à demi solide.

Il était clair qu'on attendait les invités, mais l'heure habituelle du dîner passa sans que personne fût encore arrivé. Le repas achevé, les domestiques rentrèrent chez eux. Les Sancisco gagnèrent leur chambre pour s'habiller, dans une atmosphère de tension grandissante.

Après le dîner, Olivier sortit sur le porche, essayant sans succès de deviner ce qui avait pu susciter un tel climat d'attente dans la maison. Il y avait à l'horizon un croissant de lune qui flottait dans la brume, mais les étoiles qui jusqu'ici avaient donné à toutes ces nuits de mai une transparence éblouissante étaient ce soir très brouillées. Des nuages avaient commencé à s'amonceler au coucher du soleil, et la limpidité qui avait marqué tout le mois semblait sur le point de disparaître.

La porte derrière Olivier s'entrouvrit, puis se referma. Avant de se retourner, il avait senti une bouffée du parfum de Kleph et un soupçon du parfum de l'euphoriaque qu'elle absorbait trop volontiers. Elle vint à son côté, glissa sa main dans la sienne, leva les yeux vers son visage, dans l'obscurité.

« Olivier, dit-elle avec douceur, promettez-moi une chose. Promettez-moi de ne pas quitter la maison cette nuit.

— Je l'ai déjà promis, dit-il, non sans irritation.

— Je sais. Mais, cette nuit, j'ai une raison toute spéciale de vouloir que vous soyez dans la maison. » Elle appuya un instant sa tête contre l'épaule d'Olivier, et malgré lui, l'irritation s'atténua. Il n'avait pas revu Kleph en tête-à-tête depuis cette dernière nuit où elle lui avait fait des révélations; il supposait qu'il ne la verrait jamais seul à seule plus de quelques minutes à la fois. Mais il savait qu'il n'oublierait pas ces deux soirées si déconcertantes. Il savait aussi maintenant qu'elle était très faible et très étourdie, mais elle était toujours Kleph; il l'avait tenue dans ses bras et il était fort probable qu'il ne l'oublierait jamais.

« Vous pourriez... être blessé... si vous sortiez cette nuit, disait-elle d'une voix sourde. Je sais qu'à la fin, cela n'aura pas d'importance, mais... Souvenez-vous que vous avez promis, Olivier. »

Elle était repartie, la porte s'était refermée derrière elle avant qu'il pût articuler les questions inutiles qu'il avait dans l'esprit.

Les invités commencèrent à arriver juste avant minuit. Du haut de l'escalier, Olivier les vit entrer par groupes de deux ou de trois et fut étonné de constater qu'un grand nombre de ces gens de l'avenir avaient dû se rassembler dans le pays au cours de ces dernières semaines. Il voyait maintenant très nettement en quoi ils différaient de la génération actuelle. Leur élégance physique était ce que l'on remarquait d'abord : la perfection de leur mise, leurs manières méticuleuses; la maîtrise systématique de leur voix. Mais, parce qu'ils étaient tous oisifs, tous, en un sens, en quête de sensations, il y avait, tout au fond de leur voix, quelques sonorités stridentes, surtout lorsqu'on les entendait ensemble. De l'irritabilité et du sybaritisme perçaient sous la bonne éducation. Et, ce soir, une surexcitation était répandue partout.

Vers une heure, tout le monde fut rassemblé dans les pièces de devant. Vers minuit, les tasses à thé avaient commencé à exhaler de la vapeur. La maison était pleine de ce faible, léger parfum que l'on respirait avec l'arôme du thé; répandu dans les trois pièces, il induisait à une espèce d'euphorie.

Sous son effet, Olivier se sentit léger et somnolent. Il était résolu à veiller aussi longtemps que les autres, mais il avait dû s'assoupir, dans sa chambre, près de la fenêtre, un livre non ouvert sur les genoux.

Si bien que lorsque cela se produisit, il se demanda pendant quelques minutes si, oui ou non, c'était un rêve.

Un immense, un incroyable fracas le tira de son sommeil. Il sentit toute la maison trembler sous lui; il sentit, plutôt qu'il n'entendit, les poutres grincer les unes sur les autres comme des os brisés. Lorsqu'il fut enfin pleinement éveillé, il gisait sur le parquet au milieu des fragments de la fenêtre fracassée.

Etait-il resté là longtemps? Il l'ignorait. Le monde était encore tout étourdi de ce bruit formidable, à moins que ses oreilles n'eussent pas encore retrouvé leur faculté, car il n'y avait plus aucun bruit.

Il était à mi-chemin entre son palier et les chambres de devant lorsque le son commença à renaître à l'extérieur. Ce fut tout d'abord un roulement sourd, indescriptible, piqué, dans le lointain, de petits cris aigus. Les tympans d'Olivier étaient encore douloureux, mais la torpeur se dissipait, et il entendit les premières voix de la cité.

La porte de la chambre de Kleph lui résista un instant. La maison s'était légèrement affaissée

par suite de la violence de... de l'explosion?... et
le chambranle n'était plus d'aplomb. Lorsqu'il eut
ouvert la porte, il ne put que rester là, clignant
des yeux stupidement pour percer l'obscurité qui
régnait dans la pièce. Toutes les lumières étaient
éteintes, mais on entendait une espèce de murmure
haletant de voix nombreuses.

Les chaises avaient été alignées tout le long
des grandes fenêtres de la façade, pour permettre
à tous de voir au-dehors : le parfum de l'euphoriaque flottait dans l'air. Il venait assez de lumière
de l'extérieur pour qu'Olivier pût noter que certains des spectateurs avaient encore les mains
sur leurs oreilles, mais tous tendaient le cou en
avant, dans leur désir de mieux voir.

A travers une brume irréelle, Olivier vit la cité
qui s'étendait sous la fenêtre avec une netteté
extraordinaire. Il savait fort bien que de l'autre
côté de la rue une rangée de maisons barrait
la vue... et pourtant, son regard découvrait toute
la cité qui se déployait en un panorama illimité
depuis l'endroit où il se tenait jusqu'à l'horizon.
Les maisons qui se trouvaient dans l'intervalle
avaient disparu.

Tout là-bas, à l'horizon, le feu formait déjà
une masse compacte colorant d'écarlate les nuages
bas. Le reflet de ces flammes d'enfer qui du ciel
retombait sur la ville, faisait apparaître les multiples rangées de maisons écrasées; les flammes
commençaient à lécher certaines d'entre elles; les
moellons de ce qui, quelques minutes auparavant,
était des immeubles, n'étaient plus rien maintenant.

La ville commençait à devenir sonore. Le cré-
pitement des flammes dominait, mais on enten-

dait aussi un grondement de voix humaines, pareil à celui du ressac dans le lointain, et les cris formaient la trame du son. La parcourant en vagues sinueuses, le hurlement des sirènes la transformait en une terrible symphonie, qui présentait à sa manière une espèce de beauté étrange et inhumaine.

En un éclair, l'incrédulité stupéfiée d'Olivier fut traversée par le souvenir de cette autre symphonie que Kleph lui avait fait entendre ici, un jour, une autre catastrophe racontée par l'intermédiaire de la musique et de formes mouvantes.

Il dit d'une voix rauque : « Kleph... »

Le tableau vivant près de la fenêtre se rompit. Toutes les têtes se tournèrent; Olivier vit le visage de ces étrangers, les yeux rivés sur lui; les uns, embarrassés, évitaient son regard, mais la plupart le cherchaient avec cette curiosité avide, commune à certaine catégorie de gens que l'on trouve dans toutes les foules qui se rassemblent autour d'un accident. Mais ils étaient ici à dessein, spectateurs d'un immense désastre dont la date coïncidait avec leur venue.

Kleph se leva, mal assurée, trébuchant dans sa robe de dîner en velours. Elle posa une tasse et se dirigea vers la porte en vacillant légèrement, disant : « Olivier... Olivier... » d'une voix douce et incertaine. Elle était ivre, c'était clair. La catastrophe avait porté sa surexcitation à son comble, si bien qu'elle n'était plus très sûre de ce qu'elle faisait.

Olivier s'entendit articuler d'une voix grêle qui n'était pas la sienne : « Que... qu'est-ce que c'était, Kleph? Qu'est-ce qui est arrivé? Que... » Mais le mot *arrivé* semblait convenir si peu à l'incroyable panorama qui s'étendait au-dessous d'eux qu'il dut refouler une crise de fou rire provoquée par son balbutiement; il perdit toute maîtrise de lui, et essaya de refréner le tremblement qui s'était emparé de son corps.

Kleph chancelante se pencha et s'empara d'une tasse fumante. Elle s'approcha de lui en titubant, lui tendit... la panacée pour guérir tous les maux.

« Tenez, buvez, Olivier, nous sommes tous en sécurité ici, tout à fait en sécurité. » Elle porta la tasse aux lèvres d'Olivier. Il avala automatiquement, reconnaissant ces vapeurs qui, dès la première gorgée, commencèrent dans son cerveau leur lent et sinueux travail d'apaisement.

« C'était un météore, disait Kleph. Un tout petit météore. Nous sommes en parfaite sécurité ici. Cette maison n'a jamais été atteinte. »

De quelque cellule de son subconscient, Olivier s'entendit dire avec incohérence : « Sue? Est-ce que Sue... » Il ne put finir.

Kleph lui présenta une deuxième fois la tasse. « Je crois qu'elle peut être en sécurité... pour un temps. Je vous en prie, Olivier, oubliez tout ceci; buvez.

— Mais vous *saviez!* » C'est à retardement que son cerveau stupéfié recevait cette révélation. « Vous auriez pu avertir, ou bien...

— Comment aurions-nous pu changer le passé? demanda Kleph. Nous savions, mais comment aurions-nous pu arrêter le météore? Ou avertir la ville? Avant de venir, nous avions dû donner notre parole de ne jamais nous interposer... »

Ils avaient imperceptiblement haussé la voix pour se faire entendre par-dessus le volume de son qui s'élevait de la scène au-dessous d'eux.

La ville était maintenant toute grondante du bruit des flammes, des cris et du fracas des bâtisses qui s'écroulaient. Dans la pièce, l'éclairage devenait blafard, vibrait sur les murs et le plafond, sous forme d'une lumière rouge et d'une obscurité plus rouge encore.

En bas, une porte claqua. Quelqu'un rit. C'était un rire bruyant, rauque, furieux. Puis, parmi la foule présente dans la chambre, quelqu'un hoqueta; il y eut un chœur de cris d'épouvante. Olivier essaya de centrer sa vision sur la fenêtre et le panorama terrible qui s'étendait au-delà; il découvrit qu'il ne pouvait y parvenir.

Il lui fallut plusieurs secondes passées résolument à battre des paupières pour être certain que sa vue n'était pas seule responsable. Kleph geignait doucement et s'approchait de lui. Automatiquement, ses bras se refermèrent sur elle, et il était reconnaissant de sentir contre lui cette chair tendre et ferme. Il y avait au moins ceci qu'il pouvait toucher, dont il pouvait être sûr, si tout ce qui se passait par ailleurs n'était qu'un rêve. Son parfum et le parfum troublant du thé lui montaient à la tête, et, un bref instant, alors qu'il la tenait étroitement enlacée dans une étreinte qui devait certainement être la dernière, quelque chose se produisit et il ne se soucia pas de l'altération de l'air dans la pièce.

C'était une espèce de cécité — non point continue, mais une série de petites vagues rapides, dans l'intervalle desquelles il pouvait entrevoir les autres visages présents, tendus et étonnés, à la lumière vacillante qui venait de la ville.

Les vagues se firent plus fréquentes. Elles n'étaient plus séparées que par le temps d'un clin d'œil, et ces clins d'œil devenaient de plus en plus courts, les intervalles d'obscurité plus longs.

De l'étage inférieur, le rire fusa de nouveau par la cage de l'escalier. Il sembla à Olivier qu'il connaissait cette voix. Il ouvrit la bouche pour parler, mais tout près de lui, une porte s'ouvrit bruyamment avant qu'il eût retrouvé la voix et Omerie cria du haut de l'escalier :

« Hollia! » Il hurla de façon à couvrir le grondement qui montait de la ville. « Hollia, est-ce vous? »

Elle rit à nouveau, un rire de triomphe.

« Je vous avais averti, lança-t-elle de sa voix dure et rauque. Eh bien, sortez donc dans la rue avec tous les autres si vous voulez voir la suite.

— Hollia! cria Omerie avec rage. Cessez, sinon... »

Le rire était sardonique. « Que feriez-vous, Omerie? Cette fois, je l'ai trop bien caché... descendez dans la rue si vous voulez voir la suite. »

Un silence irrité régna dans la maison. Olivier sentait, léger contre sa joue, le souffle rapide, impatient, de Kleph, et les doux mouvements de son corps dans ses bras. Consciemment il essaya de faire durer ce moment, de le prolonger à l'infini. Tout avait été trop rapide pour que se grave dans son esprit autre chose que ce qu'il pouvait toucher et tenir. Ses bras se faisaient légers sur le corps de Kleph, malgré le désir qu'il avait de les refermer en une étreinte désespérée, car il avait la certitude que c'était la dernière à laquelle ils s'abandonneraient.

L'alternance aveuglante de lumière et de ténèbres continuait. Au-dessous d'eux montait le grondement lointain de la ville en flammes, traversé par les modulations des sirènes.

Puis, dans l'obscurité, une autre voix monta du vestibule du rez-de-chaussée. Une voix d'homme, très grave, très mélodieuse, qui disait :

« Qu'est-ce qui se passe? Que faites-vous ici? Hollia, est-ce vous? »

Olivier sentit le corps de Kleph se raidir dans ses bras. Elle retint son souffle, mais ne dit rien, cependant que des pas lourds montaient l'escalier avec une confiance massive qui à chaque pas ébranlait les marches. Kleph s'arracha aux bras d'Olivier, qui entendit sa voix mélodieuse crier avec exaltation : « Cenbe! Cenbe! » Dans les vagues de lumière et d'obscurité qui balayaient la maison, elle s'élança à la rencontre du nouvel arrivant.

Olivier chancela légèrement; il sentit dans ses mollets le bord d'une chaise. Il s'y laissa tomber et porta à ses lèvres la tasse qu'il tenait encore. La vapeur était chaude et humide sur son visage; il avait de la peine à distinguer la forme du bord.

Il la souleva des deux mains et but.

Quand il ouvrit les yeux, il faisait tout à fait sombre dans la pièce. Tout y était silencieux, sauf un léger, agréable bourdonnement. Olivier se débattait dans les souvenirs d'un monstrueux cauchemar. Il le chassa résolument de son esprit et s'assit dans son lit; il eut la sensation d'un lit inconnu qui gémissait et oscillait sous lui.

Il était dans la chambre de Kleph. Les tentures étincelantes avaient disparu des murs, ainsi que le tapis blanc, élastique, les tableaux. La pièce avait, sauf en un point, l'aspect qu'il lui connaissait avant la venue de Kleph.

Dans l'angle le plus éloigné se trouvait une table — un bloc de matière translucide diffusait une lumière tamisée. Un homme y était assis, penché en avant, sur un tabouret bas, et sa carrure massive se profilait sur cet éclairage. Il portait un casque d'écoute; un calepin installé sur ses genoux, il prenait des notes rapides, sans ordre, et se balançait doucement, comme entraîné par la mélodie d'une musique que l'on n'entendait pas.

Les rideaux étaient tirés, mais du dehors venait un grondement distant, assourdi, qu'Olivier reconnut pour l'avoir entendu dans son cauchemar. Il porta la main à son visage, ayant la sensation d'une chaleur fiévreuse; la pièce semblait tanguer sous ses yeux. Un étau lui enserrait la tête. Ses nerfs étaient à vif et ses membres douloureux.

Le lit craqua; l'homme assis dans l'angle se retourna, laissant retomber les écouteurs qui lui firent une espèce de col. Il avait un visage énergique, sensible, au-dessus d'une barbe brune, taillée court. Olivier ne l'avait encore jamais vu, mais il découvrait en lui cette expression qu'il en était venu à bien connaître, cet air d'éloignement qui n'était autre que la connaissance du temps, les séparant comme un abîme.

Lorsqu'il parla, sa voix trahissait une honte impersonnelle.

« Vous avez pris trop d'euphoriaque, Wilson, dit-il avec un détachement nuancé de sympathie. Vous avez dormi longtemps.

— Combien de temps? » Olivier se sentait la gorge pâteuse.

L'homme ne répondit pas. Olivier essaya de remuer la tête.

« Kleph avait dit, me semble-t-il, que vous n'accueilliez pas les survivants de... » Une autre pensée vint interrompre la première, et soudain : « Où est Kleph? » dit-il. Il lança un regard brouillé en direction de la porte.

« Ils devraient être à Rome en ce moment. Pour assister au couronnement de Charlemagne, à Saint-Pierre, le jour de Noël, il y a plus de mille ans. »

Olivier avait bien du mal à saisir exactement le sens de cette phrase. Son cerveau endolori se dérobait; il découvrit qu'il était étrangement difficile d'arriver à penser. Les yeux fixés sur l'homme, il suivait péniblement une idée jusqu'au bout.

« Ainsi, ils sont partis... mais vous êtes resté après eux? Pourquoi? Vous... vous êtes Cenbe? J'ai entendu votre symphonia... (c'est le nom que lui donnait Kleph).

— Vous en avez entendu une partie. Je ne l'ai pas encore achevée. Il me fallait ceci. » Cenbe, de la tête, désigna les rideaux derrière lesquels s'entendait encore le grondement assourdi.

« Il vous fallait... le météore? » Cette notion se frayait péniblement un chemin à travers le cerveau engourdi d'Olivier, jusqu'au moment où elle sembla atteindre une zone laissée intacte par la douleur, encore ouverte aux déductions. « Le *météore?* Mais... »

La main levée de Cenbe était douée d'un pouvoir qui fit retomber Olivier sur le lit. Cenbe lui dit, patient : « Le pire est maintenant passé, pour l'instant. Oubliez-le, si vous pouvez. Cela s'est passé il y a plusieurs jours. J'ai dit que vous aviez dormi un certain temps. Je vous ai laissé au repos. Je savais que cette maison serait épargnée... par l'incendie, tout au moins.

— Alors... quelque chose d'autre doit venir ? » Olivier ne put que grommeler cette question. Il n'était pas certain de désirer une réponse. Il avait si longtemps été curieux, et maintenant que la révélation était presque à sa portée, quelque chose dans son cerveau semblait se refuser à écouter. Ce sentiment de lassitude, de fièvre, d'étourdissement se dissiperait peut-être lorsque s'atténuerait l'effet du narcotique.

La voix de Cenbe coulait, régulière, apaisante, presque comme si Cenbe, de son côté, ne voulait pas qu'Olivier pensât. Il était plus facile de rester étendu ainsi et d'écouter.

« Je suis compositeur, disait Cenbe. Il se trouve que ce qui m'intéresse, c'est la transposition de certaines formes de désastre dans le langage qui m'est propre. C'est pourquoi je me suis attardé ici. Les autres étaient des dilettantes. Ils étaient venus jouir du beau temps de mai et du spectacle. Quant aux suites, pour quelle raison les auraient-ils attendues ? En ce qui me concerne, j'imagine que je suis un connaisseur, je trouve les suites assez captivantes. Et j'en ai besoin. Il faut que je les étudie sur place, pour mes desseins personnels. »

Son regard s'attarda un instant sur Olivier avec l'acuité de celui d'un médecin, impersonnel et observateur. Distraitement, il prit son stylo et le calepin. Le mouvement révéla à Olivier une marque familière à la face intérieure du poignet épais et hâlé.

« Kleph avait aussi cette cicatrice, s'entendit-il murmurer. Les autres aussi. »

Cenbe fit un signe de tête affirmatif. « La vaccination. Elle était nécessaire dans ce cas. Nous ne voulions pas apporter la maladie dans notre monde-temps.

— La maladie? »

Cenbe haussa les épaules. « Le nom n'aurait pas de signification pour vous.

— Mais, si vous pouvez vacciner contre la maladie... » Olivier se redressa sur un bras douloureux. Il entrevoyait maintenant une pensée qu'il ne voulait pas laisser fuir. Ses efforts semblaient susciter les idées avec plus de clarté à travers la confusion de son esprit. Avec un effort immense, il poursuivit.

« J'y suis maintenant, dit-il. Un instant. J'ai essayé de suivre cette idée. Vous pouvez changer l'histoire? Vous le pouvez! Je sais que vous le pouvez. Kleph m'a dit qu'elle avait dû promettre de ne pas intervenir. Vous avez tous dû le promettre. Est-ce que cela signifie que vous pourriez vraiment changer votre passé... notre époque? »

Cenbe posa de nouveau son calepin. Il regarda Olivier d'un air pensif, un regard sombre, profond, sous ses sourcils épais.

« Oui, dit-il. Oui, le passé peut être changé. Mais c'est extrêmement difficile, et on ne nous y a jamais autorisés. » Il haussa les épaules. « C'est une science théorique. Nous ne changeons pas l'histoire, Wilson. Si nous changions notre passé, notre présent s'en trouverait modifié, lui aussi. Et notre monde-temps nous satisfait pleinement. »

Olivier haussa le ton pour dominer le grondement qui s'élevait par-delà les fenêtres. « Mais vous en avez le pouvoir! Vous pourriez modifier

l'histoire, si vous vouliez... effacer toutes les douleurs, la souffrance et le drame...

— Tout cela a disparu il y a longtemps, dit
Cenbe.

— Pas... *maintenant!* Pas... *ceci!* »

Cenbe le regarda un moment de façon énig-
matique. Puis : « Ceci également », dit-il.

Soudain, Olivier fut conscient de la distance à
travers laquelle Cenbe l'observait. Une distance
immense, selon notre évaluation du temps. La
ville qui agonisait au-dehors, tout le monde de
maintenant n'était pas tout à fait réel pour Cenbe.
Ce n'était qu'un des cubes de construction utilisés
pour étayer l'édifice sur lequel reposait la culture
de Cenbe dans un avenir brumeux, inconnu, terrible.

« Terrible » était maintenant le mot qui venait
à l'esprit d'Olivier. Même Kleph... Il y avait chez
eux tous de la mesquinerie, la faculté qui avait
permis à Hollia de se concentrer sur ses petites
machinations cruelles pour s'assurer une place
dans l'enceinte, tandis que le météore, dans un
bruit de tonnerre, faisait route vers l'atmosphère
terrestre. Ils étaient tous des dilettantes : Kleph,
Omerie et les autres; ils faisaient un voyage dans
le temps, mais en simples spectateurs. Leur existence normale leur avait-elle apporté l'ennui, la
satiété?

Non pas un degré de satiété qui les faisait as-
pirer à un changement radical. Ils n'osaient changer le passé... Ils ne pouvaient risquer d'introduire
une fêlure dans leur présent.

Il fut bouleversé. Un malaise lui vint au souvenir des lèvres de Kleph sur les siennes, un goût
d'acidité sur la langue. Kleph qui l'avait quitté

pour ce couronnement barbare, fastueux, qui avait eu lieu à Rome mille ans auparavant. *Quelle impression avait-elle eue de lui?* Non celle d'un être qui vit, qui respire, il le savait; il en était certain. Kleph appartenait à une race de spectateurs.

Il s'allongea sur le lit, laissant la pièce se perdre en tourbillonnant dans l'obscurité, par-delà ses paupières fermées et douloureuses. La douleur était enfermée dans chacune des cellules de son corps; c'était presque comme si un second moi prenant possession de son être et en chassant le vrai, celui-là, qui était fort et sûr, s'installait à la place de l'autre à mesure qu'il capitulait.

Pourquoi, se demandait-il, Kleph aurait-elle menti? Elle lui avait dit que le breuvage qu'elle lui avait donné ne laisserait pas de suites? Pas de suites... et cependant cette possession douloureuse était assez puissante pour le chasser de son propre corps.

Kleph n'avait pas menti. Ces suites n'étaient pas dues au breuvage. Il le savait... mais cette certitude n'atteignait plus ni son cerveau ni son corps. Il se tenait tranquille, s'abandonnant au pouvoir de la maladie qui était la suite de quelque chose de bien plus puissant que le breuvage le plus puissant. La maladie qui n'avait pas... encore... de nom.

C'est à peine s'il s'aperçut que Cenbe était parti. Il resta immobile pendant longtemps, pensant fiévreusement...

« Il faut que je trouve un moyen de le faire savoir. Si je l'avais su à l'avance, on aurait peut-être pu faire quelque chose. Nous les aurions obligés à nous dire de quelle façon on peut modifier les probabilités. Nous aurions pu évacuer la ville.

« Si je pouvais laisser un message...

« Peut-être pas pour les gens d'aujourd'hui. Mais plus tard. Ils voyagent à travers toutes les époques. S'il était possible de les reconnaître et de s'en emparer en quelque lieu, à quelque moment, et si on les obligeait à modifier le destin... »

Il n'était pas facile de se lever. La pièce ne cessait de s'incliner. Mais il y parvint. Il trouva un crayon et du papier, et au milieu du flottement des ombres, il écrivit ce qu'il put. C'était assez. Assez pour avertir, assez pour sauver.

Il posa les feuillets sur la table, bien en vue, sous un objet lourd, avant de regagner son lit en titubant dans l'obscurité qui s'épaississait.

La maison fut dynamitée six jours après, dans une des vaines tentatives pour arrêter la marche implacable de la Mort Bleue.

LES PIÈCES D'ARGENT

(Pieces of Silver)

de Brett Halliday

Le « gringo » Thurston? Si, señor. Je me le rappelle bien. J'étais l'un de ceux qui sont allés avec lui pendant le voyage qu'il a fait dans les collines pour y trouver du pétrole.

Le voyage, señor, dont il n'est pas revenu.

Vous demandez ce qu'il est devenu? C'est une question à laquelle nul ne peut répondre avec certitude. Pas même moi, bien que j'aie une éducation américaine et que j'aie la réputation dans tout l'isthme de Tejauntepec d'être le plus malin.

Je comprends, señor. Vous êtes envoyé par la compagnie d'assurances et vous êtes venu à Tejauntepec pour chercher la preuve de la mort de Thurston. Je vais vous raconter l'histoire telle que je la connais et vous jugerez vous-même si c'est la preuve que vous cherchez.

Asseyez-vous confortablement ici sous la véranda et écoutez bien. Ce n'est pas une longue histoire, mais elle doit débuter au moment où le gringo Thurston débarqua du bateau de Porto Blanco qui remonte la rivière.

Vous le connaissiez peut-être? Non? Un homme grand, avec de larges épaules et des yeux froids comme la glace; une voix dure, qui donnait des ordres comme s'il parlait à des chiens et non pas à des hommes dans les veines de qui coule le sang bleu des grands d'Espagne mêlé à celui des tribus indigènes qui étaient maîtres de ce continent bien avant qu'il fût découvert par un marin italien errant.

Vous comprenez, señor, que nous autres Mexicains sommes une race qui se met lentement en colère. Les « gringos » américains se trompent en prenant cela pour de la faiblesse ou de la peur et, quelquefois, ils ne s'aperçoivent de leur erreur que lorsqu'il est trop tard.

Patience, señor. C'est l'histoire de Thurston que je vous raconte. Pour en comprendre la fin, vous devez vous l'imaginer tel qu'il était quand il a débarqué au milieu de nous plein d'arrogance, avec des mots durs sur ses lèvres et du mépris pour nous dans son cœur.

Ah! et avec une expression dans ses yeux quand il regardait nos femmes qui n'était pas bonne. Il ne connaissait rien aux tropiques et il se trompait en prenant les habits que portent nos femmes comme une invitation au mal.

Ne soyez pas impatient. Je cherche à vous faire voir le « gringo » Thurston comme nous autres, gens de Teluocan, l'avons vu... Ainsi vous comprendrez mieux ce qui s'est passé dans l'esprit d'un homme pareil lorsqu'il s'est trouvé face à face avec Lolita Simpson dans la jungle.

Si, señor, señor Simpson est un Américain mais pas un « gringo » comme Thurston. Un petit homme, sans cheveux sur la tête et avec des yeux doux. Il y a vingt ans, il arriva à Teluocan des Estados Unidos.

Peut-être direz-vous avec mépris qu'il est devenu un indigène. C'est vrai qu'il prit une femme de la tribu des Jurillos, des Indiens de la colline. Mais elle lui a été fidèle et je crois que señor Simpson n'a pas regretté son choix.

Avec elle, il s'est installé près de la source du Rio Chico, a défriché la terre pour y faire une plantation de bananes, a élevé six beaux enfants dont sa fille Lolita est l'aînée.

Señor Simpson était en ville pour faire des provisions le jour où Thurston est arrivé sur le bateau.

Je les ai vus se rencontrer sur cette véranda, señor, de même que j'étais près d'eux trois nuits plus tard tandis que Lolita dansait la fluencita à la lumière des torches flamboyantes et que la condamnation du « gringo » Thurston fut signée.

Le « gringo » dominait Simpson d'une tête. Il abaissait sur lui un regard plein de froideur et disait :

« On m'a dit que vous aviez une petite plantation en amont de la rivière et que vous pourriez me guider jusque-là. Puis je continuerai mon voyage vers les collines. »

Señor Simpson leva les yeux vers le « gringo », puis les détourna. On eût dit qu'il flairait quelque chose de mauvais. Mais il dit :

« Oui, je suis à Teluocan pour faire des provisions. Je repartirai chez moi dans la fraîcheur du matin.

— Je remonte la rivière tout de suite après le déjeuner. Voilà dix dollars pour me trouver des porteurs mexicains et me guider jusqu'à votre plantation.

— Après le déjeuner, c'est l'heure de la sieste, dit señor Simpson. Ils ont un proverbe ici qui dit que seuls les chiens fous et les idiots de « gringos » s'aventurent sous le soleil pendant la sieste. »

Le « gringo » rejeta sa tête en arrière et rit bruyamment.

« Je me moque bien qu'on me traite d'idiot de « gringo ». J'en ai entendu d'autres! »

Señor Simpson secoua la tête :

« Il fait trop chaud pour que des hommes voyagent avec des bagages. Demain, ce sera assez tôt.

— Allez au diable avec votre sieste et vos « mañana [1] », dit Thurston.

Il était comme ça, señor, il maudissait tout ce qui n'allait pas comme il le voulait.

« Si vous ne voulez pas gagner dix dollars, j'irai tout seul. »

Sans se fâcher, Simpson reconnut que dix dollars lui étaient utiles. Dans un pays où les pesos sont rares, les dollars américains ont beaucoup de valeur. Mais pourquoi, demanda Simpson, les autres Américains veulent-ils toujours aller sur les collines?

« Je suis dans le pétrole. L'exploration géologique. J'ai entendu parler de nappes souterraines, en avez-vous vu? »

Señor Simpson haussa les épaules et dit qu'il ne savait pas.

Le « gringo » s'esclaffa bruyamment :

« Voilà l'ennui avec les Américains qui deviennent indigènes, comme vous. Vous vous mettez en ménage avec une grosse femme sale. Et vous perdez tout votre dynamisme américain. »

J'observais señor Simpson et je vis l'expression de son visage quand Thurston lui dit ça. Ce n'était

---

1. *Demain* : En espagnol dans le texte. (*N. d. T.*)

pas une expression très agréable à voir. Car c'est vrai que sa femme n'a plus la taille aussi fine que lorsqu'il l'a conduite devant le curé.

Mais il roula un cigarillo de maïs et ne dit rien. On voyait qu'il pensait combien il était inutile d'essayer de faire comprendre à Thurston... et dix dollars américains ne se trouvent pas tous les jours sous le pied d'un cheval à Teluocan.

A la fin, ce fut le « gringo » qui gagna. Au moment où commença l'heure de la sieste, nous remontâmes la rivière. Six d'entre nous avec des colis, señor Simpson avec ses deux burros[1] qui portaient les provisions pour la plantation.

Et, écoutez-moi bien, señor! Le « gringo » ouvrait la marche, portant un colis plus lourd que tous les autres.

La chaleur de midi sur l'isthme, vous comprenez, ne ressemble pas à la chaleur que vous trouvez ailleurs. Il y a une pesanteur qui vous écrase. La respiration n'atteint pas les poumons parce que l'air est humide et imprégné de vapeurs.

La jungle est silencieuse parce que même les oiseaux et les singes s'abritent dans leur retraite à l'ombre. Et il y a l'entêtante puanteur qui monte de la pourriture moite que nous qui sommes de ce pays apprenons à endurer sans jamais nous en réjouir.

Le « gringo » Thurston marchait à une allure qu'aucun homme qui connaît les tropiques n'essaierait d'adopter. Un tel homme, señor, est un chef difficile. Celui qui est payé par un homme pareil ne peut pas se permettre de flâner.

Pendant trois heures, nous qui fermions la

---

1. *Anes* : En espagnol dans le texte. (*N. d. T.*)

marche réglâmes nos pas sur ceux de Thurston. Au bout de ces trois heures, Alberto, le plus jeune d'entre nous, n'en pouvait plus.

Il avait mal au ventre et ne pouvait plus avancer. Son frère aîné, Pedro, alla dire au señor Simpson que nous devions nous arrêter pour qu'Alberto se repose.

« Je ne suis pas le « *patron* », lui répondit señor Simpson avec regret. Señor Thurston marche sans se reposer.

— Mais il n'a pas la maladie en la estomacha [1], dit Pedro. L'autre patron s'arrêtera si vous le lui dites, señor. »

Avec la connaissance du pays et de nos gens, señor Simpson savait que ce serait mieux de s'arrêter pour « l'estomacha » d'Alberto. Il s'arrêta et cria :

« Un de vos porteurs est malade, Thurston. »

Le « gringo » se retourna et revint en arrière à grandes enjambées, son visage était rouge de colère :

« Lequel de vous prétend être malade pour se reposer? » demanda le « gringo » avec dureté.

Alberto n'était pas sans courage. Il leva la tête et dit :

« C'est moi. Dans un peu de temps, la maladie passera. C'est la trop grande chaleur. »

Le « gringo » n'était pas de ceux qui acceptent les excuses d'hommes faibles :

« Il ne fait pas plus chaud pour toi que pour moi, dit-il à Alberto. Marche devant moi que je puisse te botter les fesses quand la maladie viendra. »

---

1. *A l'estomac* : En espagnol dans le texte. (*N. d. T.*)

Ce n'était pas la chose à dire à un homme malade. Il y eut une expression de haine sur tous les visages et, derrière le « gringo », la main de Pedro se glissa sous sa ceinture où un couteau est toujours caché.

L'injure fit briller un éclair dans les yeux d'Alberto mais il était trop malade pour défier le « gringo ». Il haussa les épaules et laissa tomber son chargement, en disant simplement :

« Je me repose ici jusqu'à ce que la maladie passe.

— Non, dit le « gringo », non pas tant que je te donne mon bon argent. Ramène ton ventre malade à la ville. »

Les souffles se firent lourds et haletants. Un silence haineux s'abattit sur la caravane. Plus d'un brûla d'envie de sortir son couteau, mais l'énorme « gringo » nous fit face en grondant.

Il nous fit face à nous mais pas à Pedro. Pedro était heureusement derrière lui, accroupi comme un tigre dans la jungle. Un chaud rayon de soleil faisait étinceler la lame d'acier poli dans sa main droite.

Señor Simpson essaya de sauver le « gringo ». Il fit un pas en avant et dit :

« Vous commettez une erreur, Thurston. Ces hommes ne supportent pas qu'on leur parle ainsi. »

A señor Simpson, son compatriote, le « gringo » dit :

« Fermez-la. »

Et ces mots tombèrent de sa bouche comme des morceaux de glace.

Il ne fut pas agréable de voir reculer señor Simpson. On n'aime pas, vous comprenez, voir un ami courber l'échine.

Derrière le « gringo », Pedro s'approchait petit à petit. Nous attendions en silence, car le couteau de Pedro est connu pour apporter la mort rapide.

Quelque chose dans nos yeux peut-être avertit le « gringo ».

Il fit un demi-tour avec une vivacité remarquable pour un homme aussi énorme... et il rit à la vue du couteau de Pedro prêt à lui ouvrir le ventre.

Un rire, señor, qui était plus effrayant qu'une malédiction.

Son poing aussi dur qu'un sabot de mule ferrée partit en avant. Pedro tomba sur la piste et son couteau dessina un arc brillant dans le soleil avant d'être enterré dans la fange.

Nous restions quatre... tous armés. Mais le « gringo » nous fit face, tandis que nous avancions vers lui. Sa main s'agita sous sa chemise comme un serpent et elle en ressortit avec un de vos pistolets américains.

Nous avons un proverbe sous les tropiques qui dit que le plomb bouillant est plus rapide que l'acier froid. Aucun d'entre nous ne voulut le mettre à l'épreuve. Je voudrais être pendu, señor, plutôt que de me rappeler quelle meute de chiens battus nous étions lorsque le « gringo » dit à Alberto de disparaître de sa vue et qu'il nous ordonna de nous partager son chargement et de marcher devant lui.

Pedro partit avec nous, léchant le sang de sa bouche, et abandonnant son couteau là où il était tombé. Et pendant le reste des heures de ce jour, nous demeurâmes assez loin du « gringo » pour ne pas être à portée de son pistolet.

Le soleil était plus bas que les cimes des arbres

lorsqu'il donna ordre de faire halte. Parmi nous, il n'y en avait pas un qui pensât à autre chose qu'à manger et à dormir.

L'obscurité tombe rapidement sur la jungle lorsque le soleil disparaît et l'ombre de la nuit était sur la piste lorsque nous eûmes fait du feu.

Le « gringo » ne donna pas d'ordre, ne nous dit pas un mot. Il s'installa, le dos contre un arbre, là où la lumière se reflétait sur son visage.

De lui se dégageait quelque chose qui nous empêchait de lever la main sur lui. Nous n'étions pas des hommes timides, mais cinq d'entre nous, cette nuit, étaient retenus par une crainte qui était plus que la crainte du pistolet du « gringo ».

Comment l'expliquer? Il n'y a pas moyen d'expliquer le pouvoir d'un homme comme Thurston sur les autres hommes. De lui venait une sensation de malfaisance qui nous enlevait le courage.

Le même sentiment malfaisant de peur nous poussa le lendemain. Ce fut un voyage dont les hommes parleront à voix basse pendant de longues années à venir. Nous étions en tête de la caravane, avec le « gringo » qui marchait derrière nous : señor Simpson suivait derrière ses ânes, les aiguillonnant avec une canne pointue pour qu'ils ne s'attardent pas en route.

Ecoutez, señor, c'est un voyage de trois jours de Teluocan à la plantation de señor Simpson et cependant nous aperçûmes celle-ci tard dans l'après-midi... après avoir marché un jour et demi sur la piste. Pour sûr, il n'est pas étrange que les Américains meurent jeunes.

La vue de la plantation fut réconfortante pour nous qui étions comme des morts qui tenaient encore sur leurs pieds. Des maisons couvertes de

palmes dans la courbe de la rivière, avec des rangées de bananiers qui retournaient dans la jungle.

Un chien vint en aboyant à notre rencontre,
suivi par une jeune fille qui courait. Elle s'arrêta
sur le bord de la piste en voyant des porteurs
chargés de caisses, accompagnant son père.

Si, señor, la jeune fille était Lolita Simpson.

Le froid de la glace fut dans mes veines lorsqu'elle se tint devant Thurston qui la regardait
avec des yeux étincelant d'un feu malpropre.

Comment vous décrire Lolita, señor?

Dias! Mais elle était plus belle que je ne peux
vous dire. Dessous sa robe de coton, on voyait
les douces courbes d'un jeune corps bien faites
pour que batte plus vite le cœur de n'importe
quel homme. Le regard interrogateur de la jeunesse dans ses yeux, une fraîcheur virginale sur
ses joues. Cependant, on voyait que le sang indien
de sa mère coulait chaud dans ses veines.

Elle n'avait que seize ans mais, sous les tropiques, à seize ans, on est une femme.

Elle ne nous regarda pas quand nous passâmes
devant elle sur la piste. Ses yeux étaient fixés sur
la haute silhouette de Thurston. Señor, la sueur
ruissela sur mon front tandis que je tournais la
tête pour surveiller cette rencontre.

Le « gringo » s'arrêta et la contempla avec cette
expression dans les yeux qui l'aurait fait fuir
si elle avait su la lire.

Mais elle ne connaissait rien au désir malfaisant
des hommes. Elle était aussi innocente et téméraire
que n'importe quel jeune animal sauvage de la
jungle. Cependant avec une petite différence. Le
sang américain se mêlait dans ses veines à celui
de la tribu des gens de la colline.

Je pense que Thurston était le premier Américain qu'elle voyait en dehors de son père. Qui sait ce qui se passa en elle? Quel désir secret était enfermé dans sa poitrine qu'allait enflammer le regard hardi du « gringo »?

J'ai vu cela arriver, señor. Je l'ai vue marcher lentement vers lui. Son visage était vide comme quelqu'un qui est hypnotisé.

Personne ne peut dire ce qui se serait passé si le señor Simpson n'était pas venu à ce moment. Il haletait et il y avait des rides profondes sur son visage, des rides causées par autre chose que la fatigue.

J'entendis le « gringo » lui dire :

« On n'a pas besoin de vous ici. Continuez votre chemin..., tandis que la jeune fille reste avec moi. »

Et le señor Simpson répondit :

« C'est ma fille, Lolita. »

Sa voix était mince, comme un câble tendu qui chante dans le vent.

Thurston éclata de rire :

« Vous n'avez pas besoin de me le dire. Je flaire une métisse à une demi-lieue! »

Le coup n'aurait pas été plus brutal, señor, s'il avait frappé Simpson au visage.

Il se tourna vers la jeune fille et lui dit deux mots :

« Viens ici. »

Il n'y avait aucun bruit sinon le halètement du père. Un sort avait été jeté sur la jungle. Il fut brisé par la voix de Simpson qui hurlait : « Non » à Lolita.

Elle avait avancé d'un pas. Elle recula avec une expression effrayée, comme si elle venait juste de s'éveiller.

« Rentre à la maison, lui dit son père d'une voix rauque. Vas-y vite. »

Elle rentra avec soumission sans regarder en arrière. Et Thurston dit :

« Vous ne pouvez la garder loin de moi. Elle reviendra quand j'agiterai le petit doigt. C'est le sang mêlé qui parle en elle. »

Le meurtre brilla dans les yeux de Simpson. Il y avait une chaleur de mort dans l'air. Ses lèvres découvraient ses dents et il n'y avait plus d'expression de douceur sur son visage.

Le « gringo » rit. Cela lui aurait plu de tuer l'homme qui se tenait entre lui et Lolita. Sa main se glissa sous sa chemise et il attendit.

Je crois, señor, que je ne vivrai jamais une minute plus longue que celle qui dura jusqu'à ce que señor Simpson détourne la tête et commence à rouler un cigarillo. Ses doigts tremblaient et il éparpilla du tabac sur la piste. Puis il passa devant le « gringo » et se dirigea vers la maison.

Il ne demanda pas à Thurston d'habiter chez lui. Il prit l'argent du « gringo » et ne lui dit pas une parole.

Thurston comprit mais c'était un homme qui aimait sentir la haine chez les autres.

Il fit deux cents pas en remontant la rivière et nous fit établir le camp à cet endroit. Il ne paraissait pas désirer aller plus loin et nous dit qu'il demeurerait peut-être dans ce camp pendant plusieurs jours.

Señor Simpson vint me retrouver cette nuit-là, profitant de l'obscurité... Il me prit à l'écart là où Thurston ne pouvait entendre.

Il me demanda d'abord si nous partions le lendemain matin, hochant la tête avec mélancolie, et je lui répétai ce que le « gringo » avait dit.

« J'ai peur pour ma Lolita, dit-il d'une voix triste. Elle s'est conduite d'une manière étrange depuis qu'elle a rencontré Thurston. »

Je compris et je lui promis de faire ce que je pourrais.

Il me demanda si je pouvais me rendre cette même nuit dans les collines pour porter un message à Ruoey Urregan, fils du chef de la tribu des Jurillos à qui Lolita était promise en mariage.

J'acceptai et le message était le suivant : « La cérémonie des fiançailles entre vous et ma Lolita doit avoir lieu immédiatement et non le mois prochain comme projeté. Venez demain soir de crainte d'arriver trop tard. »

Je compris, señor. C'était une sage stratégie pour protéger la jeune fille contre elle-même. Chez les Jurillos, la cérémonie des fiançailles vous lie autant que le mariage. Et c'est une tribu farouche, sauvage, et jalouse de la pureté de ses vierges.

Je me glissai hors du camp du « gringo » tandis qu'il dormait, et montai sur une mule du señor Simpson pour gagner les collines.

J'étais fier d'avoir un rôle dans le châtiment du « gringo ».

Je portai le message et fus de retour au camp avant que le soleil se lève et avant que commencent les préparations pour le *baile* qui célébrerait la cérémonie de ce soir.

Ignorant la raison du branle-bas, Thurston resta assis trois heures sous un bananier, attendant que Lolita vienne à lui.

C'est vrai, señor, il est difficile de comprendre les motifs d'un homme pareil. Un autre aurait essayé de voir la jeune fille en cachette. Ce n'était pas dans la manière du « gringo ». Il lui aurait plu d'humilier le père en faisant venir Lolita dans son campement au vu de tout le monde. Mais elle ne vint pas.

A midi, Thurston alla dans la maison de Simpson et frappa.

J'étais dans la cour avec quelques autres en train de creuser un four garni de charbon de bois où l'on ferait rôtir le cochon que les invités mangeraient cette nuit.

Señor Simpson ouvrit la porte au « gringo ». Il portait dans sa main un fusil à deux coups qu'il pointa sur le ventre de Thurston. Je ne sais pas pourquoi il ne tira point. Vous autres Américains avez des manières qui nous paraissent surprenantes.

Il était debout sur le seuil et il annonça à Thurston la cérémonie des fiançailles. Puis il referma la porte au nez du « gringo ».

Thurston regagna son camp au bord de la rivière sans dire un mot à personne. Quelles étaient ses pensées? Personne ne pouvait les deviner.

On l'oublia tandis que les préparatifs suivaient leur cours. Des messagers étaient partis pour répandre la nouvelle des festivités et les invités commencèrent à arriver dans l'après-midi. Des planteurs indigènes, montés sur des ânes, avec leurs femmes et leurs enfants, à pied, derrière eux, comme il convient. Des Indiens de la jungle, vêtus seulement d'un pagne.

Une estrade près de l'appontement avait été déblayée pour la danse. Elle était bordée de fleurs roses et blanches, de mimosas mêlés aux flamboyants hibiscus et jonchés de jasmin odorant. Des branches enduites de poix avaient été liées en faisceaux avec des bambous et accrochées au bout des mâts pour servir de torches.

Dans la cour, il y avait le bavardage des femmes et les cris aigus d'enfants nus courant entre les jambes de leurs aînés, l'agréable odeur du bois qui fume et celle des cochons qui rôtissaient sur la braise.

Ah! señor, une joyeuse atmosphère de fête, qui mettait un sourire même sur le visage de l'hôte. Il se mêlait à ses invités et détournait les yeux du camp qui longeait la rivière où Thurston était assis immobile et attentif.

Le crépuscule était tombé lorsqu'une bande de jeunes Indiens de la tribu des Jurillos descendirent des collines, escortant Ruoey Urregan pour ses fiançailles.

Montés sur des poneys indigènes au long poil et brandissant des lances aux pointes ferrées, ils arrivèrent en coup de vent dans la clairière sous la conduite du jeune et fier Urregan.

Dios! Ça c'était un homme! Le vrai fils d'une longue lignée de chefs de tribu. Grand, les hanches étroites, les épaules larges et les muscles qui saillaient sous la peau.

Le « gringo », je crois, en eut, comme vous dites, plein les yeux pendant qu'il observait tout cela silencieusement de la berge.

Le sorcier vint avec eux pour procéder à la cérémonie. C'était un petit homme ratatiné avec des yeux noirs et perçants sans cesse en alerte et qui avait l'air d'avoir plus des cent cinquante ans qu'il prétendait avoir atteints.

Tous s'installèrent en demi-cercle devant la maison tandis que le crépuscule tombait brusquement, les jeunes hommes avec leurs lances qu'ils tenaient devant eux en chantant à voix basse au rythme du tambour que frappait le sorcier.

Ruoey Urregan s'avança vers la maison tandis que la porte s'ouvrit et que Lolita sortit au bras de son père.

Ah! c'était un beau tableau, señor, un tableau qu'on n'oublie pas facilement. Lolita vêtue d'une mantille espagnole et d'une robe de dentelle noire qui avait été le présent de mariage de son père à sa mère, son fiancé indien de haute taille avec d'étroits pantalons blancs et une ceinture rouge au-dessus de la veste.

Ils se tenaient côte à côte devant le sorcier et le silence planait sur les spectateurs.

Moi, señor, j'ai été éduqué et je ne crois pas au pouvoir de ces herbes malodorantes qu'on fait brûler sur la braise, ni aux incantations magiques d'un vieil homme. Mais, je vous le dis, il y avait de la magie dans la clairière que les ténèbres peu à peu envahissaient.

Patience, señor, la fin approche. Je dois vous raconter l'histoire à ma façon car tout ce qui est arrivé cette nuit-là est gravé dans ma mémoire et à la place qui lui convient dans le déroulement des événements.

Plus tard, il y eut la danse, le « *baile* ». De la musique avec des guitares. Les torches flamboyaient dans la nuit au-dessus de l'estrade, jetant ombre et lumière sur les couples qui dansaient.

Le feu de camp de Thurston brûlait dans l'obscurité non loin de là. Il était déjà tard dans la nuit lorsqu'il apparut au « *baile* » auquel il n'était pas invité. Les guitares jouaient un tango au rythme lent et Lolita dansait dans les bras de son fiancé lorsque je vis le gringo s'avancer vers señor Simpson qui se tenait près de l'estrade.

Je fis un pas, le sang glacé de peur à la pensée de ce qui allait se passer.

Les yeux du « gringo » étaient fixés sur Lolita, se repaissant du corps de la jeune fille qui se pliait aux mouvements de son fiancé. C'est vrai, Lolita dansant le tango était un spectacle digne d'attirer les yeux de tous les hommes.

Les autres danseurs quittaient l'estrade pour laisser toute la piste aux fiancés. Le tango est la danse de la jeunesse, vous comprenez, la danse qui permet de faire sa cour.

Le regard du « gringo » s'attachait à Lolita tandis que, debout près de Simpson, il disait :

« Sans doute son fiancé repartira-t-il dans les collines après le « *baile* ». Il n'a pas le droit de tourner autour d'elle jusqu'au mariage, n'est-ce pas ? »

Il y avait de la raillerie dans sa voix, mais Simpson répondit :

« Oui, il repartira dans les collines... Là où vous allez aussi. »

La réponse de Thurston n'en fut pas une qui pût réjouir Simpson :

« Je partirai demain matin de bonne heure. J'achèverai mon travail et reviendrai bientôt... à temps pour prendre quelques vacances avant de rentrer aux Etats-Unis. Les affaires passent avant le plaisir, c'est ma devise. »

J'étais tout près de señor Simpson et je vis son corps saisi d'un tremblement.

Le « gringo » passa sa langue sur ses lèvres. Ses yeux s'exorbitèrent en observant Lolita.

Je m'approchai un peu plus et je ne nie pas que ma main était posée sur mon couteau. Señor Simpson était mon ami et je ne savais pas ce qu'il avait dans la tête. C'était un père, vous comprenez, et le « gringo » était en train de regarder sa fille.

Mais il devait y avoir autre chose qu'un tango.

Il y eut des applaudissements lorsque la danse se termina. Lolita et son fiancé jurillo se firent face, tous deux hors d'haleine. En cet instant de silence, une guitare se mit à jouer sur un rythme étrange qui ressemblait au roulement éloigné d'un tambour de la jungle.

Les autres guitares reprirent le rythme les unes après les autres et Lolita s'inclina en arrière, baignée par la lumière des torches, sa jeune poitrine soulevant la dentelle de la robe de mariage de sa mère. Une expression de rêverie transformait son visage.

De nous tous, s'élevèrent des cris enthousiastes : « *Ola Bravo, la Fluencita, Aie, la Fluencita!* »

Ruoey Urregan se tenait debout raide et droit, au milieu de l'estrade, les bras croisés et les yeux brillants. Il se tourna lentement tandis que Lolita traçait des cercles autour de lui, les bras en corbeille au-dessus de la tête, les doigts claquant comme des castagnettes.

C'était la *fluencita*, señor. La danse-passion des Jurillos. Un spectacle que tout homme conservera dans sa mémoire jusqu'à ce qu'il soit vieux et qu'il ait besoin de pareils souvenirs. Une danse que seule une fiancée peut danser pour son amoureux.

Ah! il y avait la chaleur fiévreuse de la jungle dans la voix des guitares. Une étrange note de folie qui pénétrait dans le cœur de l'homme et faisait battre son pouls à tout rompre.

Plus rapide, toujours plus rapide était la cadence de la musique et Lolita dessinait des cercles de plus en plus rapides, tapant violemment du pied et les yeux attachés à ceux de son fiancé. Un étrange tremblement agitait les muscles de son jeune corps, renversé en arrière tel un arc tendu.

Ah! señor, voir Lolita danser la *fluencita*, c'était faire couler dans vos veines le feu sauvage de la jeunesse et de l'amour. Même maintenant, je ferme mes yeux et me retrouve debout à côté de l'estrade...

Mais, cela prit fin tout d'un coup. Par-dessus les têtes des spectateurs une demi-douzaine de dollars américains vinrent tomber bruyamment aux pieds de Lolita.

La musique s'arrêta. Lolita abaissa des yeux arrondis sur les pièces. Ses joues étaient rouges de honte. Ruoey Urregan tourna autour d'elles, le visage empourpré de colère.

Comprenez-vous, señor? C'était la suprême injure. Un signe de mépris comme celui qu'on adresse à une entraîneuse qui, pour gagner sa vie, danse avec les hommes.

Le « gringo » avait tourné le dos et se dirigeait à grandes enjambées vers la zone d'obscurité au-delà de la lumière des torches. Urregan sauta de l'estrade à sa poursuite, la main sur le manche du poignard caché dans sa ceinture.

Mais señor Simpson lui prit le bras et le retint. Je l'entendis dire à l'oreille du jeune homme :

« Non, dans sa chemise est dissimulé un pistolet. Il monte dans les collines demain pour trouver du pétrole. »

Ce fut la fin du « *baile* », señor. On jeta des regards noirs vers le camp du « gringo » et on murmura des menaces; Ruoey Urregan dit quelques mots à ses amis et ils retournèrent dans les collines, sans avoir vengé l'affront.

Nous levâmes le camp le lendemain matin. Les affaires passent avant le plaisir, vous comprenez.

Nous parcourûmes une longue route ce jour-là avant d'installer notre camp à l'intérieur des terres. Le lendemain, nous nous enfonçâmes dans les collines. Et à midi, deux Indiens montés sur des poneys aux longs poils s'approchèrent de nous. Ils dirent qu'on les avait prévenus que l'Américain cherchait des traces de pétrole noir dans les collines.

Thurston leur répondit d'une voix excitée et leur demanda s'ils avaient en effet entendu parler de ce fameux pétrole?

Ils lui parlèrent d'une source non loin de là, couverte d'une écume bouillonnante et noire qui brûlait. Il leur offrit de l'argent pour l'y accompagner et ils acceptèrent, señor.

Il partit avec eux en nous disant d'installer le camp et d'attendre son retour.

Nous restâmes ensemble et nous l'observâmes tandis que lui et les Indiens disparaissaient à l'horizon derrière une petite colline. Pedro se signa et dit : « *Vas con Dios!* » en bougeant à peine ses lèvres que le poing du « gringo » avait meurtries.

Puis, nous repartîmes et personne n'a revu le « gringo » Thurston depuis.

Non, señor. Cela aurait été inutile d'attendre son retour. Les Indiens qui l'avaient emmené étaient des Jurillos. Chez eux existe une loi tribale : quiconque insulte une femme de leur tribu doit mourir avant que le soleil se couche deux fois.

Et ils obéissent à cette loi.

Mais non, señor, ce serait inutile et peut-être dangereux de chercher la preuve de sa mort. Même pour une assurance, ce ne serait pas sage.

La loi tribale des Jurillos veut qu'on frotte avec du miel le corps de la victime et qu'on l'attache avec des cordes d'herbes tressées sur une fourmilière. Les fourmis, vous comprenez, n'ont aucune connaissance des lois d'assurances américaines et ne laissent pas grand-chose qui puisse être reconnu.

Il a été idiot, dites-vous, de jeter de l'argent aux pieds de Lolita tandis qu'elle dansait la *fluencita* pour son fiancé?

Mais oui, señor, cela, en vérité, aurait été une chose idiote de la part du « gringo ».

Vous m'avez mal compris, señor. Ce n'était pas le « gringo » Thurston qui avait lancé l'argent aux pieds de Lolita. Dias, non!

Il n'était pas assez idiot pour ça. En fait, il avait déjà tourné le dos pour s'en aller quand cela arriva.

Mais il avait été déraisonnable de payer señor Simpson avec des dollars américains en argent.

LA CHAMBRE QUI SIFFLE

(The Whistling Room)

de William Hope Hodgson

CARNACKI agita un poing amical dans ma direction lorsque j'arrivai, un peu en retard. Puis il ouvrit la porte qui donnait dans la salle à manger et nous fit entrer tous les quatre : Jessop, Arkright, Taylor et moi.

Nous dînâmes bien comme d'habitude et, comme d'habitude aussi, Carnacki ne fut pas très loquace pendant le repas. A la fin, nous nous installâmes pour boire du vin et fumer des cigares, et Carnacki, qui s'était assis confortablement dans son grand fauteuil, commença sans préambule :

— Je viens de revenir d'Irlande, dit-il, et j'ai pensé que cela vous intéresserait, les uns et les autres, d'entendre les dernières nouvelles. En outre, j'imagine que tout sera plus clair dans ma tête lorsque je vous aurai raconté l'histoire. Il faut que je vous dise cependant que, dès le début, j'ai été complètement désarçonné et que je le suis toujours. Je suis tombé sur l'un des cas les plus extraordinaires de fantôme — ou de diablerie — que j'aie jamais rencontrés. Maintenant, écoutez :

Je viens de passer quelques semaines au château d'Iastrae, à vingt milles environ au nord-est de

Galway. J'avais reçu une lettre un mois auparavant d'un certain M. Sid K. Tassoc qui avait acheté récemment cette propriété, s'y était installé et avait découvert que son domaine était singulier.

Lorsque j'arrivai là-bas, il vint me chercher à la gare et m'emmena au château. Je m'aperçus qu'il campait là, avec son frère et un autre Américain, moitié domestique, moitié homme de compagnie. Tous les serviteurs avaient quitté la maison comme un seul homme et ils s'arrangeaient, aidés uniquement par une femme de ménage.

Ils se contentaient d'une nourriture sommaire, et Tassoc me raconta ses ennuis pendant que nous étions à table. C'était bien l'histoire la plus extraordinaire que j'eusse jamais entendue et à laquelle j'eusse jamais été mêlé.

Tassoc commença le récit au milieu :

« Nous avons une chambre dans cette baraque, dit-il, d'où vient un sifflement infernal, comme si elle était hantée. Ça commence n'importe quand, sans qu'on sache jamais pourquoi et ça continue jusqu'à ce qu'on soit mort de peur. Ce n'est pas un sifflement ordinaire et ce n'est pas le vent. Attendez seulement de l'entendre.

— Nous avons tous des revolvers, dit le jeune frère en tapant sur sa poche.

— C'est aussi grave que ça? » demandai-je.

L'aîné acquiesça :

« Peut-être penserez-vous que je suis un faible, expliqua-t-il, mais attendez de l'entendre. Quelquefois, je crois que c'est une chose d'origine infernale, et l'instant d'après, je suis presque sûr que c'est quelqu'un qui nous joue un mauvais tour.

— Pourquoi? Que pourrait-il y gagner?

— Vous voulez dire, reprit-il, que les gens ont généralement de bonnes raisons pour vous jouer des tours aussi compliqués que cela. Eh bien, je vais vous expliquer. Il y a une dame dans la région qui s'appelle Miss Donehue et qui va devenir ma femme dans deux mois. Elle est plus belle qu'il est permis de l'être et, pour autant que je m'en rende compte, je crois avoir mis la main dans un nid de frelons irlandais. Il y a toute une bande de bouillants jeunes gens qui la courtisaient depuis deux ans et maintenant que je leur ai coupé l'herbe sous le pied, ils sont furieux après moi. Commencez-vous à comprendre ce qui peut se passer?

— Oui, fis-je, peut-être, mais d'une façon assez vague. Ce que je ne comprends pas, c'est en quoi cela peut avoir un effet sur la chambre.

— Voici, répondit-il, quand j'ai décidé d'épouser Miss Donehue, j'ai cherché une maison et ai acheté celle-ci. Après quoi, un soir, pendant le dîner, je lui ai annoncé que j'avais l'intention de me fixer ici. Elle m'a demandé alors si je n'avais pas peur de la chambre qui siffle. Je lui ai répondu que ce devait être une invention gratuite car je n'en avais jamais entendu parler. Quelques-uns de ses amis étaient présents et je vis un sourire apparaître sur leurs lèvres. Je découvris, après avoir posé quelques questions, que plusieurs personnes avaient acheté cette maison au cours des vingt-cinq dernières années : elle avait été toujours remise en vente après une période d'essai. Les gars ont commencé à me harceler et à parier que je ne resterais pas plus de six mois dans cette baraque. Je regardais Miss Donehue mais je vis que, pour elle, il ne s'agissait pas d'une plaisanterie. Je crois qu'il y avait un peu d'ironie dans la manière dont les hommes s'attaquaient à moi mais qu'elle, elle croyait réellement à cette histoire de chambre qui siffle.

Après le dîner, je tins tête à mes rivaux et acceptai leurs paris. Certains seront des adversaires rancuniers, si je gagne — ce qui est bien mon intention. Voilà, à présent, vous connaissez toute l'histoire.

— Pas complètement, lui répondis-je. Je sais seulement que vous avez acheté un château dont une pièce est « bizarre » et que vous avez engagé des paris. Je sais aussi que vos domestiques ont pris peur et ont filé. Donnez-moi un peu plus de détails sur ce sifflement.

— Ça a commencé la deuxième nuit de notre arrivée. J'avais soigneusement examiné la pièce pendant la journée, comme vous le pensez, car la conversation que nous avions eue à Arlestrae — c'est la maison de Miss Donehue — m'avait un peu inquiété. Mais la pièce ne me parut pas plus « bizarre » que les autres situées dans l'ancienne partie du manoir. Peut-être semblait-elle un peu abandonnée mais cela s'expliquait par la conversation que nous avions eue.

Le sifflement commença vers dix heures du soir, la deuxième nuit. Tom et moi nous nous trouvions dans la bibliothèque quand nous avons entendu le sifflement bizarre qui résonnait le long du couloir est — la pièce se trouve dans la partie est, vous savez.

« C'est ce sacré fantôme », dis-je à Tom, et nous avons saisi les lampes sur les tables et sommes montés pour voir ce qui se passait. Je vous le dis, en traversant le couloir, je sentis ma gorge se serrer. Ce bruit ressemblait peut-être à une chanson, mais plus encore à des rires démoniaques comme si des créatures invisibles se moquaient de nous et allaient se jeter sur nous. C'est du moins l'impression que l'on éprouvait.

Arrivés devant la porte, nous l'ouvrîmes sans attendre et alors, je vous le dis, le bruit me frappa au visage. Pour Tom, ce fut la même chose : il se sentit stupéfait et ahuri. Nous avons examiné la pièce et notre nervosité fut telle que nous avons battu en retraite en verrouillant la porte derrière nous. Redescendus ici, nous avons bu un alcool bien raide et nous nous sommes sentis mieux. On nous avait bien eus! Nous avons pris des cannes et avons organisé une battue, persuadés qu'il s'agissait de ces satanés Irlandais, jouant les fantômes à nos dépens. Mais plus rien ne bougea.

Nous sommes retournés dans la maison pour inspecter la chambre une deuxième fois. Nous n'avons pas pu tenir le coup. Nous nous sommes enfuis en donnant un tour de clef à la porte derrière nous. Je ne sais comment expliquer cette panique : j'avais le sentiment d'affronter quelque chose d'extrêmement dangereux. Depuis lors, nous n'avons jamais quitté nos revolvers.

Naturellement, le lendemain, nous avons fouillé non seulement la chambre mais aussi la maison et le parc de fond en comble. Nous n'avons rien trouvé de bizarre. Et maintenant, je ne sais que penser. La raison me dit que c'est une farce montée par ces Irlandais pour se payer ma tête.

— Et depuis?

— Nous avons monté la garde devant la porte la nuit, sondé les murs et le parquet de la chambre. Nous avons fait tout ce qui nous est venu à l'esprit et ça commence à nous taper sur les nerfs. C'est pourquoi nous vous avons fait venir, vous le spécialiste des maisons hantées. »

Nous avions fini de manger. Comme nous nous levions de table, Tassoc s'écria :

« Chut! Ecoutez! »

Nous nous sommes tus immédiatement et nous avons écouté. J'entendis un extraordinaire sifflement, monstrueux, inhumain, qui venait de très loin, traversant les couloirs à ma droite.

« Mon Dieu! s'exclama Tassoc, il fait pourtant à peine nuit! Prenez ces bougies, tous les deux, et suivez-moi. »

En quelques instants, nous étions hors de la pièce et nous montions les marches quatre à quatre. Tassoc enfila le long couloir et nous le suivîmes, protégeant la flamme de nos bougies avec la main. Le bruit semblait remplir tout le corridor; au fur et à mesure que nous nous rapprochions, j'avais l'impression que l'air tout entier sanglotait sous la poussée de quelque Force Immense et Folle... comme si nous avions pénétré dans un monde pourri et monstrueux.

Tassoc ouvrit la porte en la poussant du pied, fit un saut en arrière et sortit son revolver. Le bruit — un bruit impossible à décrire à ceux qui ne l'ont pas entendu — nous frappa : c'était un son mi-humain, mi-bestial. Dans l'obscurité, on pouvait imaginer la pièce qui s'agitait, qui craquait, poussait avec une maléfique allégresse un cri ignoble, qui nous était particulièrement destiné. On était hébété. On eût dit que quelqu'un avait soulevé le couvercle d'une immense marmite bouillonnante et avait dit : « C'est l'enfer! » Et vous auriez été sûr que c'était vrai. Comprenez-vous un peu?

Je fis un pas à l'intérieur de la pièce, élevai la chandelle au-dessus de ma tête pour inspecter tout autour. Tassoc et son frère me rejoignirent. L'Américain s'avança derrière nous. J'étais assourdi par le sifflement aigu et puis soudain il me sembla qu'on me disait distinctement à l'oreille :

« Sortez d'ici... Vite! Vite! Vite! »

Comme vous le savez, mes amis, je ne néglige jamais ce genre d'avertissement. Quelquefois, il peut s'agir seulement d'une réaction nerveuse mais, comme vous vous en souvenez certainement, c'est cela qui m'a sauvé dans plusieurs cas. Donc, je me retournai vers les autres : « Dehors, dis-je, pour l'amour du Ciel, *dehors* et vite! » En une seconde, je les avais rassemblés dans le couloir.

Un hurlement extraordinaire se mêla à l'affreux sifflement. Puis le silence éclata comme un coup de tonnerre. Je claquai la porte et y donnai un tour de clef. Ensuite, je me tournai vers mes compagnons. Ils étaient pâles et sans doute n'étais-je pas plus brillant. Nous demeurions là, silencieux et immobiles.

« Redescendons et allons prendre un whisky », dit finalement Tassoc, d'une voix qu'il s'efforçait de rendre normale. Il nous montra le chemin. J'étais le dernier et je savais que nous ne pouvions nous empêcher de regarder par-dessus nos épaules. Lorsque nous sommes arrivés en bas, Tassoc a fait passer la bouteille à la ronde. Il s'en est versé un verre qu'il a posé bruyamment sur la table. Puis, il s'est laissé tomber lourdement sur un fauteuil.

« C'est bien agréable d'avoir un remontant

comme ça chez soi, non? » dit-il et tout de suite après : « Pourquoi nous avez-vous fait sortir si vite, Carnacki?

— Il m'a semblé que quelque chose me disait de sortir *vite*, répondis-je. Ça a l'air un peu ridiculement... superstitieux, je le sais, mais quand on a affaire à ce genre de choses, il faut être attentif aux avertissements les plus saugrenus et ne pas se soucier si l'on se moque de vous. »

Il me donna raison.

« Naturellement, ajoutai-je, il ne s'agit peut-être que de vos soi-disant rivaux qui essaient de vous faire des blagues, mais personnellement, bien que je sois décidé à ouvrir l'œil, j'ai l'impression que cette Chose est à la fois ignoble et redoutable. »

Nous avons continué à parler encore quelque temps puis Tassoc a proposé une partie de billard. Nous avons accepté sans grand enthousiasme et, tout en jouant, nous prêtions l'oreille en croyant entendre des bruits. Mais nous n'avons plus rien entendu et, après avoir bu le café, notre hôte nous a suggéré d'aller nous coucher de bonne heure. Le lendemain, nous examinerions encore la chambre en détail.

Ma chambre était dans la partie neuve du château et la porte donnait dans la galerie de tableaux. L'extrémité est de la galerie ouvrait sur le couloir qui conduisait vers l'autre aile. Deux vieilles portes en chêne massif tranchaient sur les autres plus modernes qui séparaient la galerie du couloir. Quand j'atteignis ma chambre, je ne me mis pas au lit mais je déballai mes instruments de travail. J'avais l'intention de commencer tout de suite les investigations préliminaires à mon enquête sur l'extraordinaire sifflement.

Lorsque le château eut retrouvé sa tranquillité, je me faufilai hors de ma chambre et passai l'entrée du grand couloir. J'ouvris une des portes basses et projetai devant moi la lumière de ma lampe électrique. Le couloir était vide et j'en franchis le seuil en rabattant la porte en chêne derrière moi. Puis, je m'engageai dans le long corridor, l'éclairant tour à tour devant et derrière moi, la main posée sur le revolver.

J'avais suspendu autour de mon cou un « collier protecteur » d'ail et l'odeur en emplissait toute la maison sur mon passage, ce qui me donnait quelque assurance. Car, ainsi que vous le savez, c'est une merveilleuse « protection » contre les incubes et les succubes qui, à mon avis, pouvaient être responsables de ce sifflement, quoique, à ce moment de mon enquête, je croyais presque qu'il s'agissait d'une cause parfaitement naturelle. En effet, il est surprenant de constater le grand nombre de cas bizarres qui, en fin de compte, n'ont rien de surnaturel.

En plus du collier, j'avais enfoncé des aulx dans mes oreilles et, comme je n'avais pas l'intention de demeurer plus de quelques minutes dans la chambre, j'espérais ne courir aucun danger.

Quand j'arrivai à la porte et que j'enfonçai ma main dans la poche pour en sortir la clef, je fus saisi d'une frousse intense. Pourtant, je n'allais pas reculer! Je déverrouillai la porte, tournai le loquet, poussai le battant du pied comme Tassoc, et sortis mon revolver, bien que, en vérité, je ne pensais pas avoir à m'en servir.

J'éclairai toute la pièce avec ma lampe puis

y pénétrai avec l'horrible sensation d'affronter un
péril qui me guettait. Je demeurai quelques secondes immobile, attendant. Rien ne se passa
et la chambre demeura vide. Mais je pressentais
que la pièce était pleine d'un silence prémédité,
aussi effrayant que les bruits de ce que j'appelais
la « Chose »... Un silence maléfique... la redoutable tranquillité de la Chose qui vous observe,
sans que vous puissiez la voir et qui sait que
vous êtes en son pouvoir. Oh! oui, je reconnus
la « Chose » immédiatement et je balayai la
pièce avec le faisceau lumineux de ma lampe.
Je ne perdis pas une minute. Je scellai les deux
fenêtres avec des cheveux et tandis que je m'achar-
nais à mon travail, l'air, autour de moi, se
chargeait d'électricité et le silence prit une den-
sité insoutenable. Je me rendis compte que je ne
pouvais rien faire dans cette pièce sans la « complète protection », car j'étais certain qu'il ne
s'agissait pas d'une simple matérialisation d'un
corps astral mais d'une influence bien plus per-
nicieuse : celle de l'aura satanique.

La fenêtre obturée, je me précipitai vers la
cheminée; elle était énorme et soutenue par des
fers en forme de potence. J'en scellai l'ouverture
avec sept cheveux, le septième croisant les six
autres.

Comme j'avais presque fini, un sifflement bas
et moqueur s'éleva dans la pièce. Un frisson
descendit le long de ma colonne vertébrale et
remonta jusqu'à mon crâne. Le bruit indescriptible
emplit la chambre, hideuse parodie de sifflement
humain, trop énorme cependant pour sortir du
gosier d'un homme, à moins qu'il ne fût émis
par celui de quelque gigantesque Gargantua. J'ap-

pliquai le dernier sceau, persuadé que j'étais tombé sur un de ces cas rares et terribles où les *Inanimés* conservent les pouvoirs des *Animés*. Je repris ma lampe à tâtons, gagnai rapidement la porte, regardant par-dessus mon épaule et tous mes sens aux aguets pour percevoir la Chose. Ce fut au moment où je posai la main sur la poignée que le cri éclata, furibond et haineux, dominant le sifflement à peine modulé. Je me précipitai dehors, claquai la porte et la verrouillai.

Je m'appuyai haletant contre le mur du couloir : ce cri était nerveusement insoutenable... « Les choses sacrées ne pourront te protéger si le Monstre a le pouvoir de parler par le bois ou par la pierre. » C'est ce que dit le passage de Sigsand. Je sais par expérience que c'est la vérité. Rien ne vous protège contre l'informe manifestation du Démon. Pourtant, on peut profiter pendant un court moment, le temps de « cinq battements de cœur », comme le prévoit Sigsand, de la protection sacrée en invoquant la Dernière Phrase Inconnue du Rituel de Saamaa. Mais cette protection n'est pas toujours efficace et l'horreur du péril risque de vous paralyser.

A l'intérieur de la pièce s'élevait à présent un sifflement méditatif et incessant. Puis il s'arrêta et le silence fut encore plus intolérable, car il s'en dégageait une perverse malignité.

Je scellai enfin la porte avec des cheveux entrecroisés, parcourus l'interminable couloir et allai me coucher.

Je restai longtemps éveillé et finis par m'endormir. Mais vers deux heures du matin, le sifflement m'atteignit à travers les portes fermées, me tirant de mon sommeil. Il faisait vibrer la maison entière au rythme de la terreur. Tous les démons semblaient avoir organisé le sabbat au bout du corridor.

Je me levai et m'assis sur le bord du lit. Je me demandais si je devais aller vérifier les sceaux posés sur la porte de la chambre quand Tassoc frappa et entra chez moi. Il avait passé une robe de chambre sur son pyjama.

« J'ai pensé que vous étiez réveillé. Aussi suis-je venu pour bavarder avec vous, dit-il. Moi, je *ne peux pas dormir*. C'est beau, non?

— Extraordinaire », fis-je et je lui jetai mon étui à cigarettes.

Il en alluma une. Nous avons parlé plus d'une heure. Pendant ce temps, le bruit continuait au bout du grand couloir.

Tout à coup Tassoc se leva :

« Prenons nos revolvers et allons examiner la brute, dit-il en se dirigeant vers la porte.

— Non, pour l'amour du Ciel... NON! Je ne peux rien dire de précis pour le moment mais je crois que la pièce est...

— Hantée... Est-elle véritablement hantée? » demanda-t-il sans rien de son ironie habituelle.

Je ne pouvais rien dire encore d'affirmatif ou de négatif mais j'espérais avoir une opinion définitive prochainement. Je lui fis une petite conférence sur la Fausse Re-Matérialisation de la Force-Animée par l'Inertie-Inanimée. Il commença alors à comprendre le danger d'affronter cette Maté-rialisation des Forces Mauvaises.

Une heure plus tard environ, le sifflement cessa subitement et Tassoc regagna son lit. Je réin-tégrai le mien également et fis un petit somme.

Au matin, je me rendis dans la chambre. Je trouvai intacts les sceaux apposés sur la porte. J'entrai. Les sceaux des fenêtres et les cheveux n'avaient pas été touchés, sauf le septième, celui du manteau de la cheminée qui était brisé. Cela me fit réfléchir : le cheveu aurait pu se casser parce que je l'avais trop tendu mais autre chose aussi avait pu le briser. Cependant il était improbable qu'un homme ait pu s'introduire dans la pièce sans briser tous les cheveux que personne ne pouvait voir.

J'enlevai les autres cheveux et les sceaux. Puis j'entrai dans la cheminée qui montait toute droite et j'aperçus en haut le bleu du ciel. Il n'y avait ni coin, ni recoin qui aurait pu servir de cachette. Mais je ne me fiai pas à un examen aussi superficiel et, après le petit déjeuner, j'enfilai ma salopette et grimpai jusqu'au toit. Je sondai la paroi mais je ne trouvai rien.

Je redescendis et fouillai la pièce : le parquet, le plafond et les murs. Avec un marteau et un poinçon, je sondai par carrés de six pouces la surface de la chambre. Tout était normal.

Je fouillai encore tout le château pendant trois semaines, aussi consciencieusement, sans rien trouver. J'allai même plus loin : une nuit, dès que j'entendis le sifflement, je branchai le microphone. Si le sifflement était produit par une mécanique, j'aurais obligatoirement découvert le fonctionnement de la machine. C'était, vous le reconnaîtrez, un moyen d'examen moderne.

Bien sûr, je ne pensais pas qu'un rival de Tassoc eût installé un engin mécanique mais une autre solution était possible : on aurait dissimulé, des années auparavant, un sifflet destiné à faire fuir les curieux en les convainquant que la chambre était hantée. Si tel était le cas, quelqu'un qui connaissait le secret aurait pu l'utiliser pour jouer une blague démoniaque à Tassoc. L'essai microphonique des murs n'ayant rien donné, il n'y avait plus aucun doute pour moi : c'était bien une chambre « hantée ».

Cependant, chaque nuit et parfois pendant toute la nuit, le sifflement grinçait à travers tout le château intolérablement. L'Esprit Mauvais enrageait-il de mes recherches? De temps en temps, je montais sans bruit en chaussettes, sur la pointe des pieds jusqu'à la chambre scellée. Quand j'y arrivais le sifflement se transformait en un son railleur comme si la Chose me voyait à travers la porte close. Et je demeurais de longues heures immobile à écouter avec l'impression de déranger le sabbat.

Au bout de la première semaine, j'avais tendu des cheveux tout le long des murs et du plafond. Par contre, sur le sol qui était de pierre polie, j'avais mis des petits pains à cacheter incolores, la partie adhésive tournée vers le plafond. Chaque pain à cacheter était numéroté et disposé selon un plan bien défini, ce qui devait me permettre de suivre les allées et venues d'une Créature Vivante. Il était donc impossible à quiconque de pénétrer dans la pièce sans y laisser des traces. Mais rien n'était jamais dérangé et je commençais à croire que je serais obligé de passer une nuit dans le Pentacle Magnétique. Vous pensez! Ce serait une folie mais j'étais tellement à bout que j'étais prêt à tenter n'importe quoi.

Un soir, vers minuit, je brisai le sceau de la porte pour jeter un rapide coup d'œil dans la chambre. Un hurlement de folie m'accueillit. Les murs semblaient s'être gonflés comme pour m'écraser. Ce devait être un effet de mon imagination, mais ce hurlement suffit à me mettre en fuite. Mes jambes étaient en coton. Vous connaissez sans doute cette impression.

J'étais parvenu à ce stade où l'on est prêt à n'importe quoi quand je fis une découverte qui me parut importante.

Il était à peu près une heure du matin et je faisais lentement le tour du château, posant les pieds dans l'herbe douce. J'étais arrivé sous la façade est. Au-dessus de moi, j'entendais l'affreux sifflement de la chambre, là-haut dans les ténèbres. Et soudain, à quelques pas, un homme parla à voix basse; manifestement, il jubilait :

« Sapristi, les amis, moi, je ne voudrais pas amener ma femme dans une maison pareille. »

L'accent était celui d'un Irlandais cultivé.

Il y eut une exclamation, suivie de pas qui fuyaient dans toutes les directions. Vraisemblablement, j'avais été repéré.

Pendant quelques instants, je me sentis parfaitement ridicule : c'étaient eux qui avaient inventé cette histoire de fantôme. Quel imbécile j'avais été! Ces garçons étaient certainement les rivaux de Tassoc et j'avais été sur le point de jurer qu'il s'agissait de sorcellerie! Ensuite me revint à l'esprit une foule de détails qui me firent de nouveau douter. De toute façon, qu'il s'agisse d'une chose naturelle ou surnaturelle, il restait de nombreux points à tirer au clair.

Le lendemain matin, je racontai à Tassoc ce que j'avais découvert et pendant les cinq nuits qui suivirent nous avons surveillé attentivement la façade est. Personne ne rôdait alentour. Et pendant ce temps, le terrible sifflement, inexorable, grinçait dans les ténèbres au-dessus de nos têtes.

Au matin de la cinquième nuit, je reçus un télégramme qui m'obligea à rentrer chez moi par le prochain bateau. J'expliquai à Tassoc que j'étais forcé de m'absenter pour quelques jours et je lui recommandai de continuer à monter la garde autour du château. Par prudence, je lui fis jurer de ne jamais pénétrer dans la chambre entre le coucher et le lever du soleil. Nous ne savions rien de définitif, ni dans un sens ni dans l'autre. J'ajoutai que si la pièce était ce que j'avais cru tout d'abord, il vaudrait mieux qu'il mourût plutôt que d'y pénétrer après la tombée de la nuit.

Mes affaires étant terminées, j'ai pensé que vous seriez intéressés par cette histoire. En outre, j'avais envie de mettre de l'ordre dans mes idées. Voilà pourquoi je vous ai téléphoné. Je retourne là-bas demain et quand je reviendrai, j'aurai sans doute des choses extraordinaires à vous raconter. A propos, j'ai oublié de vous faire part d'un curieux détail. J'ai essayé d'enregistrer sur disque le sifflement mais le bruit n'a pas impressionné la cire. C'est ce détail qui m'a donné le plus le sentiment d'étrangeté.

Autre détail curieux : le microphone n'amplifie ni ne retransmet le son. Le microphone n'est pas sensible à ce sifflement. Voilà. Maintenant, je suis au bout de mon rouleau. Je me demande avec curiosité si parmi vous il s'en trouvera un assez futé pour éclairer ma lanterne. Moi, je ne sais encore rien. Non, pas encore.

Il se leva.

« Bonne nuit, vous tous. »

Et il nous mit à la porte sans façon, sans que nous fussions fâchés pour autant.

Quinze jours plus tard, il nous envoya une carte pour nous fixer un rendez-vous et cette fois je ne fus pas en retard. Carnacki nous fit passer directement à table. Le repas terminé, il reprit son récit là où il l'avait laissé.

— A présent, écoutez-moi attentivement car j'ai quelque chose de très étrange à vous raconter. Je suis arrivé tard à Iastrae et j'ai dû me rendre à pied au château parce que je n'avais prévenu personne de mon retour. La lune brillait haute et claire dans le ciel. La promenade était plutôt agréable. Lorsque je parvins au manoir, tout était plongé dans les ténèbres et j'eus l'idée de faire le tour pour voir si Tassoc ou son frère montait la garde. Je ne les trouvai nulle part et j'en conclus qu'ils étaient allés se coucher parce qu'ils étaient fatigués. Comme je retraversais la pelouse qui s'étend devant la façade est, je perçus l'affreux sifflement. Il résonnait étrangement aigu dans le silence de la nuit. Il avait une note très particulière, je m'en souviens, à la fois persistante et méditative. Je levai la tête vers la fenêtre et j'eus une idée subite : j'apporterais une échelle de l'écurie et j'essaierais de regarder de l'extérieur.

Après quelques recherches, je découvris une échelle que j'eus de la peine à transporter, Dieu m'en est témoin! Je pensais d'abord que je ne parviendrais jamais à la redresser. J'y réussis

pourtant et l'appuyai contre le mur au-dessous
du rebord de la plus grande fenêtre. Puis, silencieusement, je gravis l'échelle et je regardai à
l'intérieur.

Le bizarre sifflement s'accentua, donnant l'impression d'une créature qui sifflait paisiblement
pour elle-même... Et cependant on eût dit le sifflement d'un monstre avec une âme humaine.

Et alors, *savez-vous* ce que je vis? Le sol de
la pièce immense et vide se soulevait et formait
un mamelon qui se creusait au sommet comme
un cratère. A chaque palpitation sortait le sifflement. Ce mamelon, comme un sein gigantesque,
se gonfla, se dilata et explosa en une symphonie
fantastique. Je fus stupéfait : la Chose vivait.
J'avais devant les yeux deux énormes lèvres noi-
râtres, boursouflées qui luisaient au clair de lune...
Elles s'enflèrent et une épaisse couche de sueur
recouvrit la lèvre supérieure. Le sifflement devint
un cri délirant qui me frappa d'effroi. L'instant
d'après, je n'avais plus devant moi que le sol
de pierre plat, poli et lisse qui s'étendait d'un
mur à l'autre. Le silence était absolu.

Vous vous imaginez dans quel état j'étais : la
Chambre était maintenant tranquille mais je ne
pouvais oublier ce que j'avais vu! J'étais comme
un enfant malade de frayeur. J'aurais voulu glisser en bas de l'échelle et m'enfuir. Mais ce fut
à cet instant que j'entendis Tassoc qui m'appelait à l'aide, de l'intérieur de la Chambre. « Au
secours », criait-il. Mon Dieu, j'étais si abasourdi,
si bouleversé, que je crus tout d'abord que c'étaient
les Irlandais qui l'avaient entraîné là pour se
venger de lui. J'entendis un nouvel appel. Alors,
je brisai la vitre et sautai dans la pièce pour

le secourir. L'appel semblait venir du côté de la cheminée. Je m'y précipitai : il n'y avait personne.

« Tassoc », hurlai-je, et ma voix résonna dans la pièce déserte et je compris en un éclair que Tassoc n'avait jamais appelé. Affolé, je retournai vers la fenêtre quand un sifflement triomphal éclata dans la Chambre. Le mur se propulsait vers moi, énorme, ventru, tandis que les lèvres monstrueuses se trouvaient à proximité de mon visage. Je cherchais éperdument le revolver au fond de ma poche, non pour abattre la Chose qui me menaçait mais pour me tuer moi-même car le danger que je courais était mille fois pire que la mort. Et soudain la Dernière Ligne Inconnue du Rituel fut murmurée d'une manière audible. Et il arriva ce que j'avais déjà connu une fois auparavant : l'impression qu'une fine poussière cendreuse tombait sans arrêt et que ma vie, en proie au tourbillon du vertige des choses invisibles, était en suspens... Puis *cela* prit fin et je sus que je pourrais peut-être vivre. Mon âme réintégra mon corps; vie et force me revinrent. Je m'élançai vers la fenêtre et glissai le long de l'échelle la tête la première car je peux vous dire que je n'avais plus peur de la mort, et me retrouvai vivant sur le sol. Je restai assis sur l'herbe douce, caressé par les rayons de la lune. Là-haut, de la Chambre dont la vitre était brisée, sortait le sifflement monotone.

Je ne m'étais pas blessé et j'allai frapper à la porte d'entrée. Tassoc m'ouvrit. Nous eûmes une longue conversation autour d'un verre de whisky car je tremblais comme une feuille. Je leur expli-

quai tout du mieux que je pus. Je dis à Tassoc
qu'il fallait démolir la chambre, que tout devait
être brûlé dans un fourneau à soufflerie construit
dans un Pentacle. Il acquiesça. Ensuite j'allai
me coucher.

Une petite armée fut mise à l'ouvrage et en
l'espace de dix jours tout était parti en fumée et
il ne restait que de la cendre.

Ce fut quand les ouvriers démolirent les boiseries que je compris comment avait évolué cette
extraordinaire histoire. Au-dessus de la grande
cheminée, quand on eut arraché les panneaux de
chêne, je trouvai, scellée dans la maçonnerie, une
tablette en pierre portant une inscription en
langage celte : dans cette pièce avait été brûlé
le bouffon du roi Alzof, Dian Tiansay, qui avait
écrit le *Chant de la Folie* sur le roi Ernore du
Septième Château.

Je la remis à Tassoc dès que j'en eus la traduction. Il fut extrêmement surexcité, car il connaissait la vieille légende. Il m'emmena dans la
bibliothèque pour consulter un parchemin ancien
qui contait l'histoire en détail. Je découvris par
la suite que cette aventure était bien connue dans
la région, mais qu'elle était considérée plutôt
comme une légende que comme un fait historique.
Et personne ne semblait avoir jamais songé que
l'aile est du château d'Iastrae était ce qui restait
du Septième Château de jadis.

D'après le vieux parchemin, je me rendis compte
qu'il s'y était passé autrefois une assez vilaine
histoire. Le roi Alzof et le roi Ernore avaient
été ennemis à cause d'une question de droit d'aî-
nesse, mais, à part quelques coups de main, rien
de grave ne s'était passé entre eux pendant plu-

sieurs années, jusqu'au jour où Dian Tiansay composa le *Chant de la Folie* sur le roi Ernore. Il le chanta devant le roi Alzof qui l'apprécia tellement qu'il donna au bouffon une de ses dames d'honneur pour femme.

Tous les gens du pays connurent ce *Chant* qui vint aux oreilles du roi Ernore. Ce dernier fut si irrité qu'il fit la guerre à son vieil ennemi, le captura et le brûla ainsi que son château. Mais il emmena avec lui Dian Tiansay, le bouffon. Il lui arracha la langue à cause du *Chant* qu'il avait composé, l'emprisonna dans la Chambre de l'aile est. Quant à la femme du bouffon, il la garda pour lui, car il avait été sensible à sa beauté.

Mais une nuit, on ne trouva pas la femme de Dian Tiansay et, au petit matin, on la découvrit morte dans les bras du bouffon. Lui était assis et sifflait le *Chant de la Folie,* car il ne pouvait plus chanter.

Alors on fit rôtir Dian Tiansay dans la grande cheminée en l'accrochant probablement à ces « fers de potence » dont j'ai déjà parlé. Et jusqu'à ce qu'il mourût, Dian Tiansay ne cessa pas de siffler le *Chant de la Folie* qu'il ne pouvait plus chanter. Ensuite on entendit souvent la nuit ce fameux sifflement. La Chambre fut considérée comme « hantée » et nul n'osait y dormir. D'ailleurs, il semble que le roi soit allé dans un autre château car le sifflement l'incommodait.

Voilà, vous savez tout. Naturellement, il existe une traduction grossière du parchemin. Qu'en pensez-vous?

Je répondis pour les autres :

« J'aimerais savoir comment cette manifestation s'est matérialisée?

— C'est l'un de ces cas où la continuité de pensée influence la matière de façon concrète, répliqua Carnacki. L'évolution a dû se faire au cours des siècles avant de donner naissance à ce phénomène. C'est un exemple typique de « manifestations Saïtiennes ». On peut le comparer à un champignon dont la croissance modifie la composition de l'éther. Cette modification implique un contrôle ésotérique sur la « matière ». Il est impossible d'expliquer ce cas de façon claire en quelques mots.

— Alors, vous pensez que la Chambre était devenue la matérialisation de l'ancien Bouffon? Que son âme, nourrie de haine, s'était transformée en monstre? demandai-je.

— Oui, fit Carnacki en hochant la tête. Je pense que vous avez assez bien résumé ma pensée. Or, Miss Donehue descendrait de ce fameux roi Ernore. C'est en tout cas ce que j'ai entendu dire. N'est-ce pas curieux? Avec le mariage qui approchait, la Chambre s'était « réanimée ». Si la fiancée était entrée dans cette pièce, par hasard... hein? La Chambre avait attendu longtemps. Les péchés des ancêtres... Oui, j'y ai pensé... Ils doivent se marier la semaine prochaine et je serai le témoin, chose que j'ai en horreur. Tassoc a gagné le pari, et comment! Pensez un peu, s'il lui était arrivé d'entrer dans cette pièce... Quelle horreur, hein? »

Il hocha la tête, maussade, et nous en fîmes autant tous les quatre. Puis il se leva et nous reconduisit à la porte. Il nous poussa dehors amicalement et nous nous retrouvâmes sur la berge, dans l'air frais de la nuit.

« Bonne nuit! » lui criâmes-nous et nous par-
tîmes vers nos maisons respectives.

Si elle était entrée dans cette pièce? Oui, si
elle y était entrée? Voilà ce à quoi je continuais
de penser.

UNE HISTOIRE INCROYABLE

(Told for the truth)

de Cyril Hume

CETTE histoire m'a été racontée il y a un ou deux ans par un docteur américain de Philadelphie. Je l'avais rencontré à l'American Express à Florence, et, comme je connaissais mieux la ville que lui, je pus lui rendre un petit service. Pour m'en remercier, il m'invita à dîner. Nous nous sommes liés en buvant une bouteille de champagne.

C'était un homme agréable dont les cheveux blonds s'éclaircissaient sur le crâne et qui respirait la santé. Tout d'abord, il m'ennuya un petit peu. Son sourire était peut-être un peu trop charmant. Il devait l'utiliser trop souvent au chevet de ses riches clientes. Mais après la deuxième bouteille de champagne, il me fit l'effet d'un compagnon agréable.

Pendant un moment, le médecin me raconta des anecdotes très curieuses au sujet des tours macabres que la nature joue avec la chair humaine. Il parlait tranquillement. Il me rappelait un vieux professeur de biologie qui avait les mêmes manières, à l'époque où je me penchais sur les microscopes... « Etranges choses. Très étranges. Quelques-unes sont même tellement étranges qu'on n'en trouve que deux ou trois exemples dans les livres. Vous penseriez facilement que les médecins rencontrent des cas pareils, hein? Mais il semble qu'une espèce de honte y soit attachée... Je vous le dis : on éprouve un choc quand on tombe sur un cas pareil qui corrobore les vagues indications qu'on a trouvées dans les livres. »

Alors je me mis à écouter son histoire. Ce ne fut que beaucoup plus tard que je me rendis compte que c'était un menteur.

Cet ami — nous l'appellerons Hunter si vous voulez — avait mon âge et nous avions été gosses ensemble. Pendant des années, nous avions habité tout près l'un de l'autre dans un faubourg de Philadelphie. Lui et moi avions connu en même temps la passion des animaux. Il y avait dans son jardin un hangar abandonné où nous gardions notre ménagerie de souris, de tortues, de lapins et de chats de gouttières.

De temps en temps, il nous arrivait sans doute d'avoir une vingtaine d'animaux dans nos paniers et dans nos cages. Naturellement, il n'y avait rien de drôle à ça. Tous les enfants passent par le stade des animaux apprivoisés. Ce qui est plus drôle, c'est que Hunter n'ait jamais dépassé ce stade. Je me mis à porter des pantalons longs, à fumer des cigarettes et à fréquenter des filles, mais Hunter continuait à ne s'intéresser qu'aux animaux. Lorsque j'eus rompu notre association, il se mit à collectionner des serpents. Des nœuds de serpents qu'il mettait sous verre. Puis il avait aussi une grande cage en treillis remplie de toutes les sortes d'araignées qui se dévoraient les unes les autres. Finalement, quel-

qu'un lui donna un bébé renard. Ce fut à cette
époque que je renonçai presque à courir les filles
pour me joindre de nouveau à lui.

Hunter, lui, restait fidèle aux animaux. Je ne
me souviens pas de jamais l'avoir vu regarder
une jeune fille. Mais les chats s'approchaient de
lui d'une manière qui vous aurait effrayé.

Ne croyez pas pour autant que Hunter fût
bizarre, sinon que ses yeux brillaient de bonheur
et s'attendrissaient chaque fois qu'il voyait un
animal. Au collège, l'air de sa chambre était em-
pesté d'une odeur de fauve. On y entendait des
couacs, des galopades, des sifflements. Ce qui ne
l'empêchait pas de passer volontiers une soirée
avec vous en vous laissant le soin de choisir
votre bar. C'était pourtant Hunter qui, lorsqu'il
était en première année à l'Université, avait volé
le coffre-fort du bureau du Doyen. Mais sa bi-
zarrerie ne devint évidente que le jour où il
adopta un maki. Vous savez, une de ces petites
créatures simiesques avec une queue épaisse et
longue comme son corps. Hunter l'emmenait partout avec lui. Le singe s'asseyait sur son épaule,
lui entourait le cou avec sa queue et s'accrochait
à ses cheveux avec ses vilaines mains à demi
humaines. Un petit museau de renard avec de
grands yeux brillants qui vous transperçaient en
paraissant se poser des questions et essayer de
penser... Mais pendant toutes ces années, Hunter
ne sortit jamais avec une jeune fille.

Vous vous **imaginerez** facilement ma surprise
lorsque je reçus une lettre de Hunter me demandant de venir à Philadelphie pour faire la connaissance de sa fiancée (je faisais alors ma dernière
année de médecine à Bellevue). Dans sa lettre,

il essayait de me la décrire, mais tout ce que je pus comprendre au milieu de son fatras d'incohérence, c'était qu'elle venait de la Georgie et qu'il était amoureux fou d'elle. C'était ce qu'il disait mais vous savez comment sont ces misogynes quand une femme leur met le grappin dessus.

Je ne pus pas partir tout de suite pour Philadelphie mais lorsque enfin il me fut possible d'entreprendre le voyage, j'étais ennuyé. J'avais entendu dire des choses. Vous savez le genre de choses qu'on insinue quelquefois. Une personne rit quand on lui raconte ces histoires. Elles semblent rentrer par une oreille et sortir par l'autre. On ne peut même pas se rappeler qui vous les a racontées. Mais elles laissent une trace. C'étaient de vilaines histoires. En fait, il n'y avait rien à redire sur la jeune fille. C'était sans doute quelqu'un de bien. Elle appartenait à l'une des plus vieilles familles du Sud. Le genre de familles dont les origines remontent plus loin encore que la guerre de Sécession et qui sont auréolées de légendes. On disait qu'ils avaient possédé un immense domaine en Georgie qu'ils ne cultivaient pas et où ils n'employaient aucun Noir. Ceux-ci ne s'y plaisaient pas et tous les serviteurs étaient des Finnois...

Une race de sorciers, ces Finnois qui ne parlaient jamais... Et puis il y avait une autre rumeur qui courait sur le frère aîné de la jeune fille. C'était soi-disant un grand mathématicien et un fameux joueur d'échecs que personne ne voyait jamais. On le gardait enfermé dans une petite bibliothèque en briques qui était séparée du reste de la maison. De temps en temps, il s'échappait

la nuit et alors il y avait de la bagarre parmi
les chevaux jusqu'à ce que les Finnois le rat-
trapent. Les voisins racontaient des histoires sur
ces Finnois qui erraient dans la nuit avec des
lampes et des cordes, poursuivant un homme nu
dont les avant-bras démesurément longs se terminaient par des bandages qui formaient des
boules grosses comme la tête d'un homme... Ra-
contars, bien sûr, mais ces bruits étaient tout de
même bizarres. Je me faisais beaucoup de souci
quand je pris enfin la route de Philadelphie.

Je ne peux pas dire exactement comment je
me représentais la jeune fille, mais je suis à peu
près certain que je l'imaginais étrange et anormale dans son genre. Je m'attendais à ce qu'elle
me dégoûte, si bien que lorsque je la vis, j'eus
l'impression de recevoir une gifle en pleine figure.
Non point qu'elle fût étrange ni anormale. Mais
alors que je m'étais attendu à de la répulsion,
j'éprouvais seulement une sensation de danger.
Le genre de danger qui fascine un homme comme
le défi et, à moins qu'il se contrôle parfaitement
ou qu'il ait beaucoup de chance, fait de lui un
esclave. Je la regardai avec une sorte d'horreur
et savez-vous la première chose que je me dis?
« Mon Dieu! Je dois être loyal vis-à-vis de ce
vieux Hunter! »

C'était une fille grande et mince, brune et au
teint coloré, mais malgré sa taille, elle possédait
la grâce d'une femme petite. Elle avait des yeux
bruns et réfléchis, dont il était difficile de lire
les pensées. Sa petite tête était couverte de fins
cheveux noirs qui retombaient en vagues autour
de son visage, donnant ainsi l'impression d'ins-

tabilité qu'évoquent les photographies de l'eau courante.

Peut-être ne remarquai-je pas tous ces détails lorsque je la rencontrai pour la première fois. Cela n'aurait pas été possible. Cependant, je suis certain que j'y fus sensible. En effet, dès le premier instant, je fus sensible à un pouvoir qui n'avait rien à voir avec les apparences extérieures : la puissance de sa personnalité. De son âme, si vous préférez l'appeler ainsi... Oui, quand je fis la connaissance de la fiancée du pauvre Hunter, je suis sûr d'avoir discerné quelque chose de son âme. Et ce que j'en discernai me glaça et m'emplit d'une étrange frayeur car il me sembla que son âme et son corps ne faisaient qu'un.

Peut-être ne suis-je pas très clair. Par exemple, certains animaux de race, les pur-sang, les chiens sélectionnés, sont si admirables, si pleins de vie, si orgueilleusement conscients de leur beauté qu'ils irradient de la vitalité. Ils possèdent cette chose qui manque à tant d'êtres humains, cette chose que l'on sent et que l'on vénère : l'émanation d'une âme. Telle était cette fiancée à la bouche passionnée.

Nous nous serrâmes la main. Elle me regarda attentivement et dit :

« Comment allez-vous? » avec une charmante voix du Sud qui n'était pas assez profonde pour qu'on la qualifie de contralto.

Ce sont les seuls mots qu'elle m'ait dits, dont je me souvienne. Nous nous sommes parlé une centaine de fois après cela mais je ne puis me rappeler que ces premiers mots.

Je demeurai immobile, tenant cette étrange main qui n'était pas féminine et je pensai : « Que

Dieu me vienne en aide! » Car à cet instant, je fus emporté par un tel tourbillon de passion et de désir que j'en fus stupéfait. J'imaginais déjà le moment où je la regarderais dans les yeux et qu'ils m'apparaîtraient comme seuls apparaissent les yeux d'une femme aimée. Ses paupières seraient légèrement tirées et sa lèvre supérieure s'abaisserait impitoyablement. Et les yeux eux-mêmes seraient lumineux, profonds et sans âme comme les yeux d'une créature en catalepsie.

Voyez-vous, je tombai amoureux de la jeune fille sur-le-champ. De la minute où je tins sa main entre les miennes. Et c'est pourquoi je me dis : « Que Dieu me vienne en aide! » Mais tout en prononçant ces paroles en mon for intérieur, j'étais déjà déloyal car je la regardais et je la désirais... Je ne peux pas croire qu'une femme soit complètement inconsciente du flot de passion qu'elle suscite. A ces instants, une femme sait. Elle retire sa main plus vite ou moins vite que d'habitude. Elle fait ceci ou cela avec ses yeux. Et ainsi elle vous a répondu. Mais cette tranquille fille du Sud ne fit aucun signe. Ses yeux demeurèrent fermes et pensifs. Sa longue main qui n'était pas féminine, ne se retira ni ne s'attarda. Elle n'éprouvait rien.

Je me demandai comment le gentil et naïf Hunter avait pu gagner et retenir cette jeune fille, cette flamme sombre et plus terrible que l'ange de la guerre. Et puis je compris que ç'avait été le maki. Ne me demandez pas comment et pourquoi je le compris. Mais je suis certain que j'avais raison. Le maki avait à présent complètement abandonné Hunter pour la jeune fille et je crois que Hunter était jaloux. Il appelait

« Chee-ki! Chee-ki! » et claquait dans ses mains.
Mais le petit animal, qui avait été tellement
obéissant, tournait simplement son museau et regardait Hunter quand celui-ci l'appelait. Il s'accrochait de plus en plus à la jeune fille et la
jeune fille souriait. Hunter détestait ça, et moi
aussi. Chee-ki se perchait sur l'épaule de la jeune
fille et entourait son cou avec sa longue queue
comme s'il l'embrassait. Ou bien, il palpait son
corps comme s'il l'évaluait. Doucement, insidieu-
sement, tendrement. Et elle souriait. Et j'étais
furieux.

Mais il me faut revenir en arrière et vous
parler de ce soir où je la rencontrai pour la
première fois. Il devait y avoir un petit dîner.
Comme j'étais le meilleur ami de Hunter, j'étais
placé à côté de sa fiancée. Hunter voulait que
nous fassions connaissance. C'était la raison d'être
de ce dîner... Après la première vague de désir
qui m'avait envahi, j'arrivai à me contrôler et
je pus observer certains détails qui la concer-
naient.

Elle était encore plus étrange que je ne l'avais
imaginé. Cela se passait en 1920. Vous souvenez-
vous des robes que les filles portaient à cette
époque, ces jupes qui s'arrêtaient au genou? Eh
bien, la première chose qui me surprit dans la
fiancée de Hunter c'était sa robe qui descendait
aux chevilles et, en regardant de plus près, je
devinai que sa toilette avait dû être faite à la
maison. Je ne voudrais cependant pas donner
l'impression que la jeune fille avait l'air de porter
de la camelote.

Au contraire, ce qu'elle portait me sembla très
joli. C'était une robe en tissu doux et couleur

chair avec des bandes argentées dans la jupe.
Elle était plus large que ne l'exigeait la mode
de cette époque et elle tombait en longs plis
gracieux. La fiancée de Hunter offrait un contraste
frappant et, à mes yeux, exquis avec les autres
femmes qui étaient dans la pièce. Tandis que je
la surveillais avec l'amusement tendre et indulgent
d'un homme amoureux, je m'aperçus qu'elle était
fort attentive à l'agencement de ses draperies
grecques. Plus attentive que ne le sont les femmes
en général. Attentive avec la prudence et le
soin d'un chat persan. Quand elle s'asseyait ou
quand elle se levait, elle arrangeait sa jupe presque
avec inquiétude. Ce qui me frappa aussi, c'est
qu'en dépit de ses soins, sa grâce était gâchée
de temps à autre par un assemblage maladroit
de plis trop lourds.

Le dîner fut annoncé et je la suivis dans la
salle à manger, les yeux fixés sur sa nuque mince.
Et je pensais combien j'aurais voulu embrasser
son cou à l'endroit où mes yeux étaient posés
et combien j'aurais voulu couvrir sa gorge de
baisers si serrés qu'ils auraient pu former les
anneaux d'une chaîne capable de l'attacher à
moi... Puis j'eus un choc. Au-dessous de la ligne
où s'arrêtait sa courte chevelure, j'aperçus, en
dépit de la poudre très minutieusement étendue,
la peau vaguement bleutée par des poils sous-
cutanés comme le menton rasé d'un homme très
brun. Cette teinte bleuâtre, que pouvaient seulement voir les yeux curieux d'un amant, disparaissait sous la robe qui montait assez haut.
L'esprit à la torture, j'éprouvai pendant un instant une amère hostilité envers cette grande fille
qui marchait souplement devant moi en se diri-

geant vers la salle à manger illuminée. Mais
quand je tirai la chaise pour elle, j'oubliai mon
ressentiment. Je voyais seulement avec une tendresse presque douloureuse avec quel soin puéril
elle était en train d'arranger sa longue jupe.

Je me souviens si peu de ce dîner que j'aurais
aussi bien pu être ivre. Aucune conversation ne
me revient à l'esprit et je revois seulement quelques visages qui entouraient la table. Je me rappelle vaguement que toutes les femmes semblaient
gênées et je me disais : « C'est parce qu'elle est
tellement plus vivante que les autres. » Un parfum se dégageait d'elle, plus troublant qu'aucun
de ceux que j'avais jamais respirés. Je me rappelle avoir contemplé ses mains. C'étaient des
mains fines et adorables. Les ongles étaient plus
pointus et beaucoup plus polis que ne l'eût exigé
sans doute le bon goût. Mais en même temps je
mourais du désir de les embrasser.

Ce n'étaient pas des mains de femme. Elle n'en
jouait pas comme les autres femmes pour ajouter
à sa beauté. Quand elles étaient oisives, elles
étaient posées sur ses genoux ou sur le bord de
la table, sans affectation et détendues à la manière d'un animal qui se repose. Ce qui était
extraordinaire, c'est que, contrairement à toutes
les fiancées, elle ne semblait prêter aucune attention au solitaire, brillant de mille feux, qu'elle
portait au doigt. Lorsqu'elle tendit la main, je
vis que la bague avait glissé autour de son
doigt et que la pierre était tournée vers la paume.

Elle parut ne pas s'en apercevoir et la laissa
ainsi. Des mains fortes. Une fois, elle saisit une
amande et cassa la coque d'un geste si adroit

et si rapide qu'il me fut impossible de voir comment elle s'y était prise. Après, elle sembla un peu confuse.

J'étais assis auprès d'elle sans m'occuper de rien comme si j'étais en transe... Au bout de la table avait pris place la mère de Hunter, une femme grande et élégante, pourvue de cette forte personnalité qui caractérise les Présidentes des comités de dames, et de cette sorte de cheveux qu'on compare au platine. Bien que je fusse distrait, je me rendis compte qu'elle était aussi tendue que les autres invitées et qu'elle semblait contrariée. Ces choses sont très vagues et peut-être les ai-je seulement imaginées...

Une jeune fille était assise à côté de Hunter, exactement en face de moi. C'était une jolie fille avec un nuage de cheveux dorés et un air très patricien. Tout, dans ses manières, révélait qu'elle appartenait à une famille de la haute société de Philadelphie. Une enfant belle et courageuse, naïvement arrogante, fière à cause de son inexpérience, sûre d'elle-même à cause de sa beauté et de sa situation. Je la regardais à travers un brouillard et, si je m'en souviens bien, avec quelque regret, comme un homme arraché à la contemplation du monde des fées. En quelque sorte, j'étais à la fois navré et reconnaissant à cette enfant. Bientôt je me rendis compte qu'un farouche antagonisme était né entre elle et la femme brune à côté de moi. Leurs regards se croisaient à travers la table sans aucune aménité. Pendant ce temps-là, j'admirais avec réserve l'arrogance de cette jeune fille assise en face de moi. La femme à mon côté, elle, ne trahissait ni arrogance, ni chaleur. Elle était simplement tranquille et attentive. Soudain, la fille blonde se mit à rougir, douloureusement. Elle baissa ses yeux bleus comme s'ils avaient regardé par inadvertance quelque chose de honteux. Elle lutta quelques instants avec un sentiment de confusion qui lui fit presque monter les larmes aux yeux. Quand elle parvint à se dominer, elle donna toute son attention à Hunter et déploya une vivacité qui avait quelque chose de forcé.

Je compris par la suite que ma voisine était devenue jalouse, terriblement jalouse de Hunter et de la jeune fille blonde. Elle n'en avait aucune raison. Le visage de mon ami n'exprimait qu'une adoration vide et morne. Mais il émanait de cette femme un tel courant de haine que j'en conçus à la fois de la peur et de l'admiration. Je surveillai la scène du coin de l'œil...

Tout d'un coup, je reçus un coup dans le mollet comme si un animal s'était pris dans la robe de ma voisine et m'avait heurté en voulant s'enfuir. Quelques instants plus tard, le même fait se reproduisit mais avec une telle violence que je tressaillis et regardai par terre. Les yeux de Mme Hunter n'avaient pas dû nous quitter pendant tout le dîner car elle vit mon sursaut et me demanda :

« Qu'avez-vous, docteur? »

Je répondis stupidement que j'avais cru que Chee-ki s'était jeté contre ma jambe. Mme Hunter demanda à l'un des domestiques d'aller voir si Chee-ki s'était échappé de la véranda. L'homme revint peu après en disant que le maki était endormi dans son panier. Tout le monde rit. La fiancée de Hunter avec les autres. Mais quand un nouveau sujet de conversation fut abordé pour distraire les invités, elle tourna la tête vers moi aussi rapidement qu'un animal et me jeta un regard si chargé de colère qu'il me fit froid. Mais son visage retrouva vite la sérénité et j'aurais pu croire que j'avais tout imaginé si elle n'avait pas déplacé légèrement sa chaise et n'était restée éloignée de moi pendant le reste du repas.

Au bout de la table, Mme Hunter avait le visage assuré d'une parfaite hôtesse mais il y avait dans ses yeux une expression de surprise ennuyée.

Je n'aurais jamais cru pouvoir ressentir une passion aussi irrésistible pour une fille que je ne connaissais pas cinq heures plus tôt. Je ne savais rien d'elle. Je n'avais pour elle ni sympathie, ni respect. En fait, un instinct me prévenait que si j'avais pu la voir débarrassée de la fascination qu'elle exerçait sur moi, je l'aurais trouvée haïssable et répugnante. Et cependant j'éprouvais pour elle une tendresse quasiment démentielle et un désir plus démentiel encore. Elle m'occupait si totalement que je n'éprouvais nulle honte à ne pas combattre la passion que j'avais pour la fiancée d'un ami.

J'étais devenu en quelque sorte un monomaniaque, désespérément impitoyable. Après cette première soirée, je la suivis comme une ombre. J'essayai de l'obliger à voir, à sentir le bouleversement dont j'étais la proie. Si je m'en souviens bien, je tentai même de lui parler une ou deux fois.

Hunter ne s'apercevait de rien. Sa passion pour elle l'occupait autant que moi. D'ailleurs, elle me comprenait parfaitement. Je n'en doutais pas un seul instant. Et j'éprouvais une exultation démoniaque à la pensée qu'elle n'en était ni troublée, ni fâchée... Sa funeste inconscience me rendait malade... Mais bien qu'elle connût ma passion et qu'elle semblât tolérer ma présence, elle ne fit rien pendant ces semaines qui pût déclencher la colère de Hunter ou celle de sa mère, pourtant sur le qui-vive.

Le mariage eut lieu peu de temps après. Je fus leur témoin. Le souvenir de la douleur que je ressentis ce jour-là me donne encore la nausée. Tout ce qui arriva par la suite me laisse l'impression que j'avais contracté une maladie contagieuse. J'étais désespéré, fou d'une jalousie charnelle et humiliante. Parfois j'avais envie de me battre contre mon ami... parfois même de le tuer...

Enfin il l'emmena. J'observais ses petits pieds lorsqu'elle sauta avec légèreté dans la limousine qui attendait et, à travers un brouillard argenté, il me sembla voir un vilain pli dans le dos de sa robe. Puis, elle disparut. Une seule pensée m'avait empêché de faire un scandale au cours de la cérémonie : « Quand ils reviendront, me dis-je, je serai invité très souvent chez eux. » Je m'endormis sur cet espoir comme un serpent sur une pierre chaude.

Ils revinrent de leur voyage de noces plus tôt que prévu et je reçus un coup de téléphone de Hunter presque immédiatement. Il me demanda de venir déjeuner avec lui à son club le lendemain. J'allai au rendez-vous me demandant si je lui planterais oui ou non un couteau dans le dos quand je le retrouverais assis à la table. Mais lorsque je le vis, je compris d'après son expression que tout n'allait pas pour le mieux avec sa femme.

Il est difficile de décrire l'expression de frayeur répandue sur son visage. Cette expression, je l'avais souvent vue dans les couloirs d'hôpital, quand les femmes attendent, mortes d'inquiétude, devant des portes closes, sans oser formuler la question qui se lit dans leurs yeux affolés. Je croyais être cuirassé contre la pitié, mais ce n'était pas vrai.

Hunter semblait plus vieux, plus petit, complètement soumis. Sa figure bonne et naïve s'était ridée comme un fruit qui pourrit avant d'avoir atteint la maturité. Je lui demandai rapidement si sa femme allait bien et il m'assura qu'elle allait très, très bien. Mais ses manières confirmèrent mes craintes.

Je me rendis chez eux pour la première fois, bouleversé à l'idée que je pourrais la trouver malade. Alors, je la vis et je fus stupéfait : la vitalité émanait de son corps comme des sombres rayons tracés par une épée!

On aurait cru que son potentiel d'énergie, libéré, était assez puissant pour étancher la soif de tous les amants du monde. Et à l'instant précis où je la vis, j'eus l'intuition aussi forte qu'une conviction qu'il en était ainsi parce qu'elle allait avoir un enfant.

Je m'assis devant elle, l'adorant et la désirant, exalté par la certitude que son âme était maléfique. Je jetai un coup d'œil à Hunter et ne pus m'empêcher de rire en dedans. Cet idiot traitait sa femme, cette flamme dévorante, comme une invalide. Sa voix et ses gestes étaient pleins de douceur. Il s'obstinait à lui placer des coussins derrière le dos et un petit banc sous les pieds pour qu'elle soit installée plus confortablement. Elle, pensais-je, qui devrait être assise nue sur un trône pour être adorée! » Les yeux de Hunter étaient tristes et tendres comme ceux des femmes dans les couloirs des hôpitaux. Sa bouche était désenchantée, douce et ineffablement douloureuse, quoique souriante.

Cette tendresse attentive énervait la jeune femme et elle se vengeait en le méprisant si ostensiblement que j'avais envie de crier d'orgueil. Il s'approchait, se penchait sur elle, lui murmurant des mots à voix basse. Mais elle, elle détournait avec dédain sa tête brune qui m'apparaissait toujours auréolée de rayons sombres. Le maki, sur son épaule, montrait les dents en grognant furieusement.

Sans doute ma conduite était-elle méprisable. Cependant, même rétrospectivement, je ne peux pas me blâmer plus qu'un malade atteint d'une mauvaise fièvre ou d'une maladie mentale. D'ailleurs les événements concernant cette période de ma vie sont très vagues dans ma mémoire, aussi vagues que les souvenirs qui surnagent après une maladie.

Il m'arrivait de me rendre chez mon vieil ami deux ou trois fois par semaine avec l'intention bien arrêtée de séduire sa femme. Lorsque j'eus terminé ma dernière année d'internat à Bellevue, je m'installai immédiatement à Philadelphie afin de pouvoir la voir et l'entendre tous les jours.

Nous nous asseyions tous les trois après le dîner et nous bavardions. Pour autant que je m'en souvienne à présent, il me semble que nous tenions deux conversations parallèles. Mais on me tuerait que je ne pourrais pas dire que j'en suis absolument certain. Parfois nous parlions à haute voix tous les trois de choses et d'autres, cependant que la femme de Hunter et moi communiquions par télépathie; ou bien elle et moi discutions intelligiblement de choses surprenantes, tandis que Hunter demeurait silencieux, sans réagir à cause de ce qu'il savait. En tous les cas, que j'eusse parlé à haute voix ou non, elle me comprenait incontestablement. Elle n'en demeurait pas moins impassible, sans bouger, se refusant à moi.

Parfois, elle s'enfermait en elle-même dans un immense silence pour réfléchir et je savais qu'elle pensait à l'enfant qu'elle portait. Et chaque jour, son aura se faisait plus brillante, plus intense. Elle était assise, le maki perché sur son épaule ou pelotonné contre elle. De temps en temps, l'animal grognait en direction de Hunter qui observait sa femme avec tendresse et tristesse.

Un jour, Hunter vint chez moi et me dit qu'il était inquiet au sujet de sa femme et qu'il l'était depuis quelque temps déjà. Puisque j'avais la chance de venir souvent chez eux en ami, je pourrais l'étudier, l'observer à titre professionnel et sans qu'elle le sût. J'acceptai aussitôt. Hunter me remercia. N'avais-je rien remarqué de particulier en elle ces derniers temps? Je répondis aussi calmement que je le pus qu'elle m'avait paru être en excellente santé. Mais Hunter secoua la tête; il avait l'air épuisé. Ce n'était pas tellement de sa santé corporelle qu'il voulait parler. Il y avait autre chose qui n'allait pas. Mais il fallait que je l'observe moi-même. Lui, il était trop inquiet pour le faire objectivement. Quelle était cette « chose » qui s'agitait dans sa tête et l'entraînait lentement hors des préoccupations humaines? C'était peut-être dû à des malformations physiques? Mais mieux valait ne pas s'occuper de cette

question pour le moment. Seul l'équilibre mental
de sa femme le tourmentait. Elle était en proie à
des crises d'excitation sans cesse plus fréquentes
et plus fortes pendant lesquelles elle paraissait...
comment dire... en régression vers quelque chose...
quelque chose à quoi il ne voulait pas penser!
Et puis, il y avait cette malformation physique.
Peut-être que... Mais il tenait d'abord à ce que
j'essaie de découvrir ce qui n'allait pas dans la
tête de sa femme avant d'aller plus loin.

Je ne tins aucun compte de ces propos incohé-
rents. Dans mon excitation, je n'y accordais
presque aucune attention. Je me rendis donc chez
les Hunter encore plus souvent et, quand j'étais
seul avec le mari, je faisais semblant de discuter
sérieusement avec lui de l'état de sa femme. « Je
ne m'inquiéterais pas à ta place, disais-je. Ce n'est
rien de grave, j'en suis sûr. Cependant, je continue
de l'observer. J'ai l'impression que je commence
à discerner de quel trouble il s'agit. Dans quelques
jours, je serai fixé. Mais entre-temps, il n'y a pas
lieu de te faire du souci. » Et Hunter se montrait
fort reconnaissant.

Seul avec elle, je l'implorais avec de plus en
plus de véhémence, avec des paroles folles jusqu'à
l'obscénité. Et elle restait assise, impassible, se
refusant à moi, belle dans ses robes drapées et
parfois ridicules, terrible et irrésistible, rayonnante
de force et de vie. Elle se contentait de m'écouter,
sans prononcer un mot que je puisse me rappeler.
Elle souriait un peu tandis que ses longues mains
inhumaines caressaient le corps agile et souple du
maki. Et semaine après semaine, sa puissance augmentait au point que je m'attendais à voir cette
puissance éclater comme un nuage chargé d'élec-

tricité qui explose en éclair. Hunter aussi suivait cette transformation mais avec une profonde tristesse. Quant à moi, je retenais ma respiration, pour mieux adorer tout en tremblant de peur. Quelquefois il me semblait que le maki attendait aussi...

Cette attente était exaspérante parce que je n'avais pas la moindre idée de ce que j'attendais. Sans doute n'importe quoi qui me délivrât de la tension qui croissait chaque jour. Une attente aussi stupide que celle qu'on subit quand on regarde un cigare qui se consume en se demandant à quel moment la cendre va tomber. Et ce maki qui attendait aussi! Mais lui, il devait savoir ce qu'il attendait. Durant le dernier après-midi, je n'eus aucune prémonition... Pas l'ombre d'un pressentiment!

C'était un des derniers jours de mars avec un ciel légèrement couvert. J'étais allé chez les Hunter comme d'habitude un peu après cinq heures, espérant une conversation et un ou deux cocktails avant le dîner. La nuit commençait à tomber. Une vague lueur sale traînait à l'ouest et un pâle rayon doré s'attardait sur les plus hautes branches des arbres nus qui bordaient la rue. J'atteignis la maison au crépuscule.

Comme je gravissais les marches du perron, je fus surpris de ne voir aucune lumière aux fenêtres, de n'entendre aucun bruit. La maison était tranquille, pleine d'ombres comme si elle avait été abandonnée depuis dix ans. J'écoutai, l'esprit agité par Dieu sait quelles pensées. Puis il me sembla percevoir un bruit, un bruit qui venait du sommet de la maison. Un bruit grinçant, régulier comme le battement d'un balancier mais si faible que je n'étais pas tout à fait sûr de l'entendre.

J'écoutai. Ma main posée sur la sonnette hésitait. Et brusquement j'eus la prémonition d'un désastre. Je me demandai : « Pourquoi Hunter était-il tellement bouleversé? Après tout il y avait peut-être un motif? » Mais ma propre raison se débattait : « Les domestiques sont partis comme d'habitude à cette heure... » Tantôt je croyais entendre le faible bruit provenant du grenier, tantôt il me semblait ne rien entendre. Mais mon esprit demeurait en éveil, attendant que les grincements me parviennent de nouveau aux oreilles... Je regardai par la vitre de la porte d'entrée. Un rideau à l'intérieur m'empêchait de distinguer quoi que ce soit mais le silence de la maison parvenait jusqu'à moi, alourdi par un battement indéfinissable qui résonnait régulièrement comme un métronome.

Je décidai d'appuyer sans délai sur la sonnette. Si je ne le faisais pas tout de suite, j'étais capable de m'enfuir dans le crépuscule et de me cacher derrière les arbres dénudés. Alors, pris de panique, j'enfonçai le pouce de toutes mes forces sur le bouton de la sonnette, et l'y maintins. Une angoisse hystérique s'était emparée de moi. La sonnerie retentit dans la maison, crevant le silence et n'éveillant que la peur. Le silence retomba, mais la peur demeura, s'approcha de moi et s'amassa derrière la porte. Et maintenant il me semblait que le bruit grinçant se faisait plus rapide, mais peut-être n'était-ce que les battements de mon cœur qui s'étaient accélérés...

J'entendis un galop de pieds légers descendre l'escalier et, derrière le rideau, j'aperçus quelque chose qui remuait, une ombre qui sautait ici et là, rapide comme un oiseau effrayé. Puis, tout contre mes yeux, entre le rideau et la porte, apparut le museau de Chee-ki. Cramponné après la poignée, le maki me regardait avec des yeux impénétrables. Tout d'un coup, il disparut de nouveau et je ne vis plus que son ombre mouvante et je l'entendis sauter dans l'entrée. Il y avait quelque chose d'insupportable dans l'insouciante excitation de cette petite créature libre et seule dans la grande maison. J'étais au bord de la crise de nerfs! J'essayai de tourner le loquet. La porte n'était pas fermée à clef. Je la poussai et entrai. « Chee-ki », appelai-je d'une voix étrange, « Chee-ki. Reste tranquille! »

Le maki bondit au sommet d'une colonne, y resta perché, sa longue queue pendante. Il ne bougeait pas et regardait alternativement de ses yeux brillants le haut de l'escalier obscurci par la nuit et moi. On eût dit qu'il me faisait signe. J'avançai à travers l'antichambre. Chee-ki sauta en bas de son perchoir et, à quatre pattes, monta l'escalier devant moi. Sa queue était dressée toute droite comme celle d'un chat qu'on va nourrir. A mesure que je gravissais les marches, j'entendais sans erreur possible le faible bruit qui battait en mesure, dominant le silence de la maison.

Lorsque j'atteignis le palier du second étage, Chee-ki me précédait déjà dans le couloir et se dirigeait vers la chambre de Hunter... Le corps de mon ami gisait, tordu, sur le lit. Son visage était tourné vers le plafond. Ses joues brillaient dans la lumière crépusculaire. Un liquide noirâtre moussait aux commissures des lèvres et s'égouttait sur l'oreiller, formant un éventail sombre. Je sentis dans la pièce un faible relent d'acide et, en cherchant, je découvris une bouteille vide sur le sol. Je m'approchai et touchai la main de Hunter. Elle était froide. Je dis : « Oh! Hunter! » Alors Chee-ki, au pied du lit, se mit à bavarder très fort. « Tais-toi, Chee-ki », murmurai-je.

Chee-ki recommença à caqueter et je lui redis de se taire. A l'étage supérieur, le bruit d'un battement me parvenait, régulier et obsédant. Mon pouls battait à la même cadence. Le grand sac de golf de Hunter était posé dans un coin de la chambre. Presque sans réfléchir, je m'emparai d'un club en saisissant son robuste manche de bois, puis je me dirigeai vers le palier. Chee-ki me suivit.

Je savais à présent exactement d'où venait ce bruit. Je m'engageai dans l'escalier qui conduisait à la mansarde et trébuchai contre un obstacle : en regardant par terre, j'aperçus une longue robe gisant en tas à mes pieds. Il y avait aussi un bas et une pantoufle. Maintenant, le bruit était très distinct : c'était un craquement étouffé, le craquement du bois qui supporte un poids trop lourd. Serrant le manche du club, je m'avançai.

Il faisait presque nuit dans la mansarde. Je clignai des yeux et regardai. Chee-ki se mit à jacasser et j'entendis qu'on lui répondait. Levant la tête, j'aperçus une ombre qui se balançait aux poutres du toit. Et je compris... Je ne vous dirai pas, parce que vous ne le croiriez pas, comment elle se balançait, faisant rythmiquement craquer la poutre sous son poids. Mais je vous dirai qu'elle était suspendue la tête en bas et qu'elle bavardait comme le maki bavardait.

Je crois que je restai longtemps sans bouger

après l'avoir vue, parce qu'il faisait complètement nuit dans le grenier, quand je fus soudain envahi par une fulgurante colère qui animait ma terreur. Je venais de penser à l'enfant qu'elle allait mettre au monde. Mes doigts se crispèrent sur le manche du club.

Je descendis du grenier et pris dans la salle de bain de Hunter sa trousse à raser. Muni d'une bougie et de la trousse, je remontai l'escalier. Enfin, beaucoup plus tard, je me rendis dans la cave. J'avançais avec beaucoup de précaution parce qu'il n'y avait pas de lumière. En plus, mes mains étaient tellement chargées que je ne pouvais pas me guider à tâtons.

Le temps avait été si doux qu'on avait laissé éteindre la chaudière. Je dus la rallumer. L'opération prit pas mal de temps car je m'efforçais de ne pas faire de bruit en la chargeant. Enfin, le feu démarra. J'ouvris le tirage et remontai à l'étage supérieur. Je remis la trousse à raser de Hunter où je l'avais trouvée. J'enlevai quelques taches sur le parquet du grenier. Puis, je téléphonai à la police.

Le coroner qui fit l'enquête conclut que Hunter avait entraîné sa femme dans le grenier et lui avait frappé le crâne avec le lourd club de golf découvert près du corps. Puis il était redescendu dans sa chambre et avait bu un verre de liquide corrosif. Le coroner ne trouva aucun mobile qui pût expliquer le crime.

Un ami, qui avait découvert le double drame, avait témoigné que les Hunter semblaient former un couple heureux. On pensa tout de suite à la folie, bien que l'autopsie ne révélât aucune lésion dans le cerveau de Hunter. Le coroner n'avait aucun doute quant aux faits eux-mêmes (un meur-tre suivi par un suicide), bien que certains indices l'eussent intrigué. D'abord, le corps du maki de Hunter avait été trouvé dans le couloir du deuxième étage, étranglé. Ensuite, quoique le temps eût été doux, la chaudière brûlait comme l'enfer lorsque la police arriva sur les lieux.

L'un des inspecteurs avait enquêté sur cette circonstance mystérieuse. Il avait éteint le feu et trouvé parmi les cendres les vertèbres à demi carbonisées d'un animal non identifié. Enfin quand il avait examiné le corps de Mme Hunter, il avait découvert une incision faite avec art à la base de l'épine dorsale.

Mon compagnon se leva soudain.

« Je crois que j'ai trop bu », marmonna-t-il.

Il ramassa son chapeau et traversa la place en flânant... Ce ne fut que beaucoup plus tard qu'il me vint à l'esprit que cet homme était un fieffé menteur.

LE FRÊNE

(The Ashtree)

de M. R. James

Tous ceux qui ont voyagé dans la partie orientale de l'Angleterre connaissent les maisons de campagne qui parsèment cette région. Ce sont de petites constructions assez influencées par le style italien, dont les pierres suintent d'humidité, et qui s'élèvent au milieu de parcs d'une centaine d'acres. Moi, elles m'ont toujours attiré. J'aime les clôtures en chêne à claire-voie, les arbres nobles, les étangs bordés de roseaux et la ligne lointaine des forêts qui se perdent à l'horizon. J'aime les portiques à colonnes, surajoutées, sans doute pour suivre la mode « grecque » du XVIIIe siècle, aux anciennes maisons en briques rouges de l'époque de la reine Anne. J'aime les vastes halls qui s'élèvent jusqu'au toit et qui devraient toujours être ornés d'une galerie et d'un petit orgue. J'aime aussi les bibliothèques où l'on trouve tout, depuis les livres d'heures du XIIIe siècle jusqu'aux in-quarto de Shakespeare. J'aime également les tableaux mais il me plaît surtout d'imaginer l'existence que l'on menait dans ces demeures lorsqu'elles venaient d'être construites et que leurs propriétaires étaient en pleine prospérité, et aussi celle que l'on y mène de nos jours. Si l'argent y est peut-être moins abondant, les goûts sont plus divers et la vie n'y manque pas d'intérêt. Je souhaiterais posséder une de ces maisons et avoir suffisamment de fortune pour l'entretenir et y recevoir modestement mes amis.

Mais cela est une digression. Il me faut vous raconter une curieuse série d'événements qui se sont produits dans une de ces demeures que j'ai essayé de vous décrire. Il s'agit de Castringham Hall dans le Suffolk. Je pense que cette maison a subi de grands changements depuis l'époque où se situe mon histoire, mais il en reste cependant l'essentiel : le portique italien, une maison blanche et carrée dont l'intérieur a moins changé que l'extérieur, un parc bordé de bois et un étang. La seule chose qui distinguait cette maison des autres n'existe plus : sur sa droite, un grand et vieux frêne qui poussait à une douzaine de mètres et dont les branches touchaient presque la demeure. Je suppose que cet arbre se trouvait là depuis l'époque où Castringham avait cessé d'être une place fortifiée, que les fossés avaient été comblés et qu'on avait construit l'habitation dans le style élisabéthain. En tous les cas, le frêne avait certainement atteint sa taille maximum en 1690.

Cette année-là, la région où se trouve Castringham Hall a été la scène d'un grand procès de sorcières. Il faudra longtemps, à mon avis, avant de pouvoir comprendre la raison profonde — en admettant qu'il y en ait une — de la peur universelle qu'inspiraient les sorcières en ce temps. Les personnes accusées de ce crime croyaient-elles vraiment posséder un pouvoir diabolique? Ou bien avaient-elles la volonté, sinon le pouvoir, de jeter des sorts? Ou bien les aveux leur étaient-ils arrachés par les tortures que leur infligeaient les chasseurs de sorcières? Voilà des questions qui, à mon avis, sont loin d'être résolues. Et l'histoire que je m'en vais vous conter me fait encore hésiter. Je ne puis pas la rejeter comme s'il s'agissait d'une invention pure. Le lecteur doit en juger par lui-même.

Castringham fournit une victime à l'autodafé. Elle s'appelait Mmè Mothersole et elle se différenciait légèrement des autres sorcières de village parce qu'elle était aisée et qu'elle avait une position influente dans le pays. Plusieurs fermiers de la paroisse firent de louables efforts pour la sauver en témoignant en sa faveur et s'inquiétèrent beaucoup du verdict des jurés.

Un seul témoignage lui fut fatal : ce fut celui du propriétaire de Castringham Hall, Sir Matthew Fell. Il déclara sous la foi du serment « qu'il l'avait vue à différentes reprises, de sa fenêtre, pendant la pleine lune, en train d'arracher des rameaux au frêne près de sa maison ». Elle avait grimpé dans les branches, vêtue seulement de sa chemise, et elle coupait les brindilles avec un couteau recourbé tout en semblant se parler à elle-même. Chaque fois, Sir Matthew avait essayé d'attraper la femme, mais chaque fois, elle avait été alertée par un bruit accidentel qu'il avait fait. Et, quand il était descendu dans le jardin, tout ce qu'il avait pu voir, c'était un lièvre courant à toute allure en direction du village.

La troisième nuit, il avait tenté de la rejoindre en la poursuivant. Il avait couru jusqu'à la maison de Mme Mothersole et là, il lui avait fallu rester un bon quart d'heure à tambouriner à sa porte. Enfin, elle était sortie, apparemment très en colère et très endormie, comme si elle venait juste d'être tirée de son lit. Et il n'avait pas pu donner une explication valable à sa visite.

C'est principalement à cause de ce témoignage, et bien qu'il y en eût d'autres moins frappants et moins extraordinaires de quelques autres paroissiens, que Mme Mothersole avait été déclarée coupable et condamnée à mort. Elle avait été pendue une semaine après le procès, à St. Edmond Bury, en compagnie de cinq à six autres malheureuses créatures.

Sir Matthew Fell, qui était alors l'adjoint du shérif, assista à l'exécution. C'était un matin de mars pluvieux et froid. La charrette gravit la colline couverte d'herbe détrempée, en direction de Northgate, où avait été dressée la potence. Les autres condamnées, accablées par leur malheur, ne réagissaient pas. Mais, vivante ou morte, Mme Mothersole était d'un tout autre caractère. Sa « rage empoisonnée », comme le raconte un chroniqueur de l'époque, impressionna tellement les spectateurs — voire le bourreau — qu'ils furent unanimes à déclarer qu'elle était réellement l'incarnation du Démon fou. Pourtant, elle n'offrit aucune résistance aux officiers de la loi. Mais elle jeta sur ceux qui portèrent les mains sur elle un regard tellement diabolique et tellement chargé de venin que — l'un d'eux me l'affirma quelque temps après — « cette horrible vision les obséda tous pendant les six mois qui suivirent ».

Les seules paroles qu'elle prononça, selon les rapports de l'exécution, furent celles-ci, qui étaient apparemment dépourvues de sens : « Il y aura des hôtes à Castringham Hall. » Paroles qu'elle répéta à plusieurs reprises et à mi-voix.

Sir Matthew Fell fut impressionné par l'attitude

de cette femme. Il s'en entretint avec le vicaire
de la paroisse, en compagnie duquel il revint chez
lui après la pendaison. En vérité, ce n'était pas
de gaieté de cœur qu'il avait témoigné. Ce n'était
pas un maniaque de la chasse aux sorcières, mais
il déclara alors, et le répéta par la suite, qu'il
lui avait été impossible de faire un autre récit des
événements auxquels il avait assisté de visu. Toute
l'affaire lui avait été profondément désagréable
car c'était un homme qui aimait à vivre en bons
termes avec ses semblables. Mais pour lui, il
s'agissait d'un devoir à accomplir et il l'avait
accompli. Son attitude n'avait pas d'autre motif
et le vicaire l'en félicita, comme l'eût fait n'importe quel homme sensé.

Quelques semaines plus tard, lorsque la pleine
lune de mai brillait dans le ciel, le vicaire et le
châtelain se rencontrèrent de nouveau dans le parc
et regagnèrent le Hall ensemble. Lady Fell était
avec sa mère, qui était gravement malade, et Sir
Matthew était seul au château. Le vicaire se laissa
donc aisément persuader de rester à dîner.

Sir Matthew ne se montra pas un hôte très
agréable ce soir-là. La conversation roula principalement sur les problèmes de la famille et de la
paroisse, et, par chance, Sir Matthew prépara par
écrit un mémorandum où il mentionnait ses vœux
et ses intentions concernant ses propriétés. Ce
mémorandum devait se révéler extrêmement utile.

Lorsque vers neuf heures et demie, le vicaire
M. Crome décida de prendre le chemin de retour,
Sir Matthew et lui empruntèrent le sentier couvert de gravier qui passait derrière la maison. Le
seul incident qui frappa M. Crome fut celui-ci :
ils étaient en vue du frêne qui, comme je l'ai dit,

poussait à proximité des fenêtres de la demeure, lorsque Sir Matthew s'arrêta et dit :

« Qu'est-ce donc qui monte et qui descend le long du tronc du frêne? Est-il possible que ce soit un écureuil? Pourtant, à cette heure-ci, ils devraient être dans leur abri. »

Le vicaire regarda et aperçut une créature qui bougeait mais il ne put se rendre compte de sa couleur réelle sous le clair de lune. L'ombre qu'il vit durant un court instant, et il l'aurait juré bien que cela pût paraître démentiel, avait plus de quatre pattes, qu'il s'agît d'un écureuil ou d'un autre animal.

Mais sans s'occuper davantage de cette vision fugitive, les deux hommes se séparèrent.

Le lendemain, Sir Matthew n'était ni à six heures, ni à sept heures, ni à huit heures en bas, comme c'était son habitude. Par conséquent, les serviteurs montèrent dans sa chambre et frappèrent à la porte. Je n'ai pas besoin de m'attarder à la description de leur angoisse tandis qu'ils écoutaient et qu'ils recommençaient à frapper de plus belle. N'obtenant pas de réponse, ils ouvrirent la porte et ils trouvèrent leur maître mort et le visage tout noir. Cela, vous l'aviez certainement déjà deviné. On ne découvrit aucune trace de violence sur son corps à ce moment, par contre la fenêtre était ouverte.

L'un des hommes s'en alla querir le prêtre; puis sur les instructions de ce dernier, il se rendit chez le coroner. M. Crome lui-même se hâta vers le château et on le fit entrer dans la pièce où gisait le mort. Le prêtre a laissé quelques notes retrouvées parmi ses papiers, qui montrent en quelle estime il tenait Sir Matthew et le chagrin que lui causa sa mort. Pour jeter quelque lumière sur la manière dont se déroulèrent les événements et sur les croyances communes de l'époque, je transcris ci-dessous un passage de ses mémoires :

« Il n'y avait aucune trace attestant qu'on fût entré par force dans la chambre : mais la croisée était ouverte selon les habitudes de mon pauvre ami en cette saison. A côté de lui, il y avait, comme chaque soir, son pot d'argent empli de bière, et cette nuit-là, il ne l'avait pas terminé. Cette boisson fut examinée par le médecin de Bury, un certain M. Hodgkins, qui fut incapable de découvrir, comme il le déclara ensuite sous la foi du serment devant le coroner, si quelque poison y avait été mêlé. Car, étant donné l'enflure et la noirceur du cadavre, il était normal que parmi les voisins on parlât de poison. Le corps sur le lit était dans le plus grand désordre. Ses membres étaient tellement tordus que la conjecture la plus probable était que mon très digne ami et paroissien avait expiré dans les plus grandes affres et la plus terrible agonie. Et voici ce qui est encore inexpliqué et ce qui à mes yeux paraît une preuve évidente des horribles desseins de ceux qui ont perpétré ce meurtre barbare : les femmes, qui avaient été chargées de la toilette du cadavre, femmes très respectables de la corporation des pleureuses, vinrent me trouver en grande peine et grande détresse de corps et d'esprit. Elles me dirent — et leurs paroles étaient confirmées dès qu'on les regardait — qu'à peine elles avaient touché de leurs mains nues la poitrine du cadavre, elles avaient éprouvé une violente douleur dans les paumes qui s'étaient mises à enfler jusqu'au bras de façon incroyable. La douleur persista

pendant de longues semaines, comme cela fut
vérifié par la suite, et elles furent obligées d'abandonner leur profession. Et pourtant, elles ne portaient aucun stigmate sur la peau.

« Après avoir écouté ce récit, j'envoyai chercher
le médecin qui se trouvait dans la maison et nous
essayâmes d'établir un diagnostic en examinant
la peau sur la poitrine du mort avec une loupe
en cristal; mais nous ne découvrîmes rien d'important avec l'instrument dont nous disposions
sauf quelques petits trous comme des piqûres et
nous conclûmes que c'était ainsi que le poison
avait été introduit, nous souvenant de la bague
du pape Borgia et des autres manières connues
qu'utilisaient les affreux empoisonneurs italiens
du siècle dernier pour commettre les meurtres.

« C'est ce que j'ai à dire des symptômes décou-
verts sur le cadavre. Ce que je veux ajouter ressort
seulement de mon expérience personnelle et la
postérité jugera si ce que j'écris mérite quelque
créance. Il y avait sur la table de chevet une Bible
de petite taille, dont mon ami avait l'habitude de
lire un chapitre le soir avant de s'endormir et le
matin avant de se lever. Je la pris, non sans
verser une larme sur celui qui était passé brusquement de l'étude des Vérités Eternelles à la contemplation de Sa Face. Il me vint à l'esprit que dans
certains moments de désarroi, nous sommes volontiers enclins à saisir la moindre lueur qui nous
annonce la Lumière et je décidai d'interroger le
hasard. L'un des principaux exemples de cette
superstition nous est rapporté comme ayant été
pratiqué par notre roi Charles, saint et martyr,
et notre Lord Falkland. Il me faut bien admettre
que cette tentative ne me fut pas d'un grand se-

cours. Cependant si dans l'avenir on fait des recherches sur les causes et les origines de ces horribles événements, je crois qu'il vaut mieux que j'en inscrive les résultats pour le cas où une intelligence plus vive que la mienne y découvrirait la vérité sur le Mal.

« Je fis trois essais, ouvrant le Livre Saint et posant mon doigt sur certains paragraphes. Je tombai d'abord sur cette parabole de l'Evangile de saint Luc : « Abattez-le », ensuite sur ces paroles contenues dans le Livre d'Isaïe : « Il ne sera jamais habité. » Et les dernières, tirées du Livre de Job : « Ses petits aussi se nourriront de sang. »

C'est tout ce qu'il me faut mentionner des papiers de M. Crome. Sir Matthew Fell fut dûment mis en bière et enterré. Son oraison funèbre prononcée par M. Crome, le dimanche suivant, fut imprimée sous le titre : « L'impossible Quête, ou le péril anglais devant les malices démoniaques de l'Antéchrist. » Tel était le point de vue du vicaire, qui était partagé par tout le voisinage : on croyait que le châtelain était victime de la recrudescente audace des comploteurs papistes.

Son fils, Sir Matthew, deuxième du nom, lui succéda. Et ainsi se termine le premier acte de la tragédie de Castringham Hall. Il nous faut mentionner, bien que le fait ne soit pas surprenant, que le nouveau baronnet n'occupa pas la chambre où était mort son père. Cette pièce ne fut plus occupée que par quelque visiteur occasionnel. Le baronnet mourut en 1735 et je ne trouve rien qui ait marqué son règne, sauf une mortalité inexplicable parmi son bétail, mortalité qui eut tendance à augmenter au fur et à mesure que le temps passait.

Ceux que ces détails intéressent trouveront une statistique dans une lettre adressée au Magazine des Châtelains en 1772 où l'on rapporte des faits puisés dans le journal du baronnet. Il mit fin à cette mortalité en utilisant un moyen très simple : toutes les bêtes furent enfermées la nuit dans les étables. Il avait, en effet, remarqué que les animaux à l'abri n'étaient jamais attaqués la nuit. Après cette mesure, les oiseaux et le gibier furent les seuls à continuer à disparaître sans raison apparente. Mais comme nous n'avons pas de ces faits un compte rendu exact, je ne veux pas m'appesantir sur ce que les fermiers du Suffolk ont appelé « la maladie de Castringham ».

Sir Matthew, deuxième du nom, mourut, comme je l'ai déjà dit, en 1735 et ce fut son fils, Sir Richard, qui lui succéda. Ce fut à cette époque que le grand banc de la famille Fell fut construit dans la partie nord de l'église paroissiale. Là se trouvait la tombe de Mme Mothersole, dont l'emplacement était bien connu grâce à une note portée sur les plans de l'église et du cimetière exécutés par M. Crome.

Une certaine excitation s'empara du village quand on apprit que la fameuse sorcière, dont quelques-uns se souvenaient encore, allait être exhumée. Et le sentiment de surprise et même d'inquiétude augmenta quand on découvrit que, bien que le cercueil fût en parfait état, il ne contenait aucune trace ni de corps, ni d'os, ni même de poussière. En vérité, c'est un curieux phénomène, car, à l'époque de son ensevelissement, on ne pensait pas à la résurrection des corps et il est difficile de concevoir un motif rationnel qui explique le vol d'un cadavre à moins que l'on ait l'intention de s'en servir dans une salle de dissection.

L'incident réveilla pour un temps toutes les histoires relatives aux procès et aux exploits des sorcières qui dormaient depuis quarante ans. Lorsque Sir Richard ordonna que le cercueil fût brûlé, beaucoup pensèrent qu'il agissait de façon téméraire et pourtant il fut obéi.

Sir Richard était un dangereux novateur, c'est certain. Jusqu'à ce qu'il eût pris la place de son père, Castringham Hall était un château construit en belles briques rouges, mais Sir Richard avait voyagé en Italie et avait été contaminé par le goût italien. En outre, comme il avait plus d'argent que ses prédécesseurs, il décida de transformer en palais italien la demeure anglaise. En conséquence, le stuc et le plâtre masquèrent la brique; quelques statues de marbre romaines assez insignifiantes furent placées à l'entrée de la maison et des jardins; une reproduction du temple de la Sibylle à Tivoli fut érigée sur le bord de l'étang. Si bien que Castringham prit un aspect entièrement nouveau et, je dois le dire, beaucoup moins plaisant. Mais on l'admira beaucoup et de nombreux gentilshommes voisins s'en inspirèrent pendant les années qui suivirent.

Un matin (c'était en 1754), Sir Richard s'éveilla après une mauvaise nuit. Dehors, le vent avait fait rage et la cheminée avait fumé sans arrêt. Pourtant il faisait si froid qu'on était obligé de faire du feu. En outre, le vent avait fait trembler les vitres de telle façon qu'aucun être humain n'aurait pu trouver le repos. Il y avait aussi la perspective de plusieurs invités de marque qui devaient arriver dans le cours de la journée.

Ceux-ci espéraient participer à une belle chasse, mais, comme le gibier continuait à disparaître régulièrement, Sir Richard craignait que sa réputation n'en souffrît. Cependant, ce qui le tourmentait davantage, c'était la nuit sans sommeil qu'il avait passée. Il ne dormirait certainement plus dans cette chambre.

Tel était le principal sujet de ses méditations pendant qu'il prenait son petit déjeuner. Après quoi, il se mit à examiner méthodiquement toutes les pièces pour voir celle qui lui conviendrait le mieux. Il mit longtemps avant d'en trouver une. Celle-ci était orientée à l'est; celle-là au nord. dans la troisième, les serviteurs seraient constamment obligés de passer, et il n'aimait pas les bois du lit de la quatrième. Non, il lui fallait une chambre donnant à l'ouest, pour que le soleil ne l'éveillât pas trop tôt et, en outre, elle devait être à l'écart de l'activité de la maison. La femme de charge était à bout de ressource.

« Voyons, Sir Richard, dit-elle, vous savez qu'il n'y a qu'une chambre comme cela dans toute la maison.

— Laquelle est-ce donc? demanda Sir Richard.

— C'est la chambre de Sir Matthew — la chambre de l'ouest.

— Eh bien, installez-moi là, car c'est là que je dormirai cette nuit, répondit le châtelain. Comment s'y rend-on? Par ici, bien sûr. » Et il se hâta vers la pièce.

« Oh! Sir Richard, mais personne n'a dormi là depuis quarante ans. L'air n'y a pas été renouvelé depuis que Sir Matthew est mort. »

Elle parla ainsi et courut derrière lui.

« Allons, madame Chiddock, ouvrez la porte. Je veux voir au moins la chambre. »

Donc la porte fut ouverte, et en vérité, une forte odeur de renfermé et de moisi s'en dégagea. Sir Richard marcha vers la fenêtre et impatiemment, selon son habitude, rabattit les volets et ouvrit tout grands les battants. Cette aile de la maison était celle que les modifications avaient à peine touchée : elle avait été construite quand le frêne avait été planté et elle n'était pas assez en vue pour qu'on eût pris la peine de la transformer.

« Aérez cette chambre toute la journée, madame Chiddock, et installez-y mes affaires de nuit cet après-midi. Mettez l'évêque de Kilmore dans mon ancienne chambre.

— Je vous prie, Sir Richard, dit une voix inconnue qui interrompit son discours, puis-je avoir le privilège de m'entretenir un moment avec vous ? »

Sir Richard se retourna et vit un homme vêtu de noir qui s'inclinait sur le seuil :

« Je dois vous prier de me pardonner cette intrusion, Sir Richard. Peut-être vous souvenez-vous à peine de moi ? Je m'appelle William Crome et mon grand-père était vicaire ici à l'époque de votre grand-père.

— Eh bien, monsieur, dit Sir Richard, le nom de Crome est et sera toujours un laissez-passer à Castringham. Je suis heureux de renouer une amitié commencée il y a deux générations. En quoi puis-je vous servir ? Car si je ne m'abuse, votre tenue montre que vous êtes un peu pressé ?

— C'est l'exacte vérité, monsieur. Je me rends à cheval de Norwich à Bury St. Edmunds aussi vite que je le puis et je ne m'arrête chez vous que pour vous laisser quelques papiers que nous venons de trouver parmi ceux que mon grand-père nous a légués à sa mort. Il nous a paru que vous pourriez y trouver quelque sujet intéressant votre famille.

— Vous êtes fort obligeant, monsieur Crome, et si vous voulez avoir la bonté de me suivre au salon et boire un verre de vin, nous y jetterons ensemble un coup d'œil. Et vous, madame Chiddock, comme je l'ai dit, occupez-vous d'aérer cette chambre... Oui, c'est ici qu'est mort mon grand-père... Oui, l'arbre rend l'endroit peut-être un peu humide... Non, je ne veux pas en entendre davantage. N'essayez point de faire des difficultés, je vous prie. Je vous ai donné des ordres... allez. Voulez-vous me suivre, monsieur? »

Ils se rendirent dans la bibliothèque. Le paquet que M. Crome avait apporté contenait, entre autres, les notes qu'avait rédigées le vieux vicaire lors du décès de Sir Matthew Fell. Et pour la première fois, Sir Richard fut confronté avec la pratique des « hasards bibliques » dont nous vous avons parlé plus haut. Cette superstition le divertit beaucoup.

- « Eh bien, dit-il, la Bible de mon grand-père avait donné un conseil fort prudent : « Abattez-« le. » S'il s'agit du frêne, il peut être assuré que je le suivrai. On n'a jamais vu un tel nid à miasmes et à catarrhes! »

Le salon contenait les livres de la famille qui, en attendant l'arrivée de la collection que Sir Richard avait réunie en Italie et la construction d'un endroit approprié pour les y ranger, n'étaient pas très nombreux.

Sir Richard leva les yeux du papier pour regarder la bibliothèque.

« Je me demande, dit-il, si la vieille Bible est encore là? Je crois que je l'aperçois. »

Traversant la pièce, il prit une Bible épaisse qui portait sur la page de garde cette inscription : « A Matthew Fell, de la part de sa marraine aimante, Anne Aldous, le 2 septembre 1659. »

« Ce ne serait pas une mauvaise idée que de l'essayer à nouveau, monsieur Crome... Ouvrons le livre et qu'y trouvons-nous? : « Tu me cher-« cheras demain matin et je ne serai pas là. » Eh bien, eh bien, voilà qui eût été un intéressant présage pour votre grand-père, hein? Pour moi, j'ai suffisamment consulté les prophètes! Ils ne racontent que des fariboles! Et maintenant, monsieur Crome, je vous suis infiniment obligé de m'avoir remis ce paquet. Vous devez, je le crains, être impatient de repartir. Mais, je vous prie, laissez-moi vous servir un autre verre. »

Après cet accueil cordial (Sir Richard avait une fort bonne opinion du jeune homme et de ses manières), les deux hommes se séparèrent.

Dans l'après-midi arrivèrent les invités : l'évêque de Kilmore, Lady Mary Hervey, Sir William Kentfield, etc. Dîner à cinq heures, vin, jeux de cartes, souper. Puis chacun gagna sa chambre.

Le lendemain matin, Sir Richard ne se sent pas disposé à prendre son fusil pour partir à la chasse avec les autres. Il reste à bavarder avec l'évêque de Kilmore. Ce prélat, au contraire des évêques irlandais de son époque, avait visité son siège épiscopal et y était demeuré même fort longtemps. Ce matin-là, tandis que tous deux se promenaient le long de la terrasse et discutaient des modifications et des améliorations apportées à la maison, l'évêque dit, montrant la fenêtre de la chambre orientée vers l'ouest :

« Vous ne parviendrez jamais à persuader une

de mes ouailles irlandaises d'occuper cette pièce, Sir Richard.

— Pourquoi donc, monseigneur? En fait, c'est ma propre chambre.

— Eh bien, nos paysans irlandais croient fermement que cela porte malheur de dormir près d'un frêne. Et vous en avez un immense qui pousse à deux mètres de votre fenêtre. Peut-être, continua l'évêque en souriant, en avez-vous déjà ressenti les effets car vous ne semblez pas aussi reposé par votre nuit que vos amis désireraient que vous le fussiez.

— Cela, ou autre chose, c'est vrai, m'a empêché de dormir de minuit à quatre heures du matin, monseigneur. Mais l'arbre va être abattu demain. Ainsi désormais n'en entendrai-je plus parler.

— J'applaudis à votre décision. Ce n'est certainement pas sain de respirer un air qui s'est alourdi en passant au travers d'un tel feuillage.

— Votre Seigneurie a raison, je pense. Mais ma fenêtre n'était pas ouverte la nuit passée. C'est plutôt le bruit qui ne cessait pas... sans doute étaient-ce les branches qui balayaient les vitres... et m'empêchaient de fermer l'œil.

— Je pense que cela est difficilement croyable, Sir Richard. Regardez donc d'ici. Même les branches les plus proches ne peuvent pas toucher les vitres à moins qu'il y ait un orage. Et il n'y en a pas eu la nuit dernière.

— Vous avez raison, monseigneur. Je me demande alors ce qui y a gratté de telle façon... et qui a laissé des traces dans la poussière qui couvre le rebord de la fenêtre? »

Finalement ils tombèrent d'accord : les rats étaient certainement montés en se hissant le long du lierre. Telle était l'opinion de l'évêque et Sir Richard abonda dans son sens.

Ainsi le jour passa quiètement et la nuit vint et les invités souhaitèrent à Sir Richard une meilleure nuit, puis se dispersèrent.

Et maintenant nous sommes dans sa chambre, avec la lumière éteinte, et le châtelain couché dans son lit. La pièce est au-dessus de la cuisine, la nuit est chaude et tranquille, et la fenêtre est demeurée ouverte.

Le lit est à peine éclairé, mais il y règne une étrange agitation; on dirait que Sir Richard remue rapidement sa tête de gauche à droite en faisant le moins de bruit possible. Et maintenant vous imagineriez, si trompeuse est la pénombre, qu'il y a plusieurs têtes, rondes et brunâtres, qui s'agitent d'avant en arrière, et qui retombent presque sur sa poitrine. C'est une affreuse hallucination? N'est-ce rien de plus? Là! Quelque chose tombe du lit avec un bruit mou, comme si c'était un petit chat, et cela sort par la fenêtre comme un éclair; puis un autre, puis quatre... Et après quoi, tout redevient calme.

« Tu me chercheras demain matin et je ne serai plus là. »

De même pour Sir Matthew, de même pour Sir Richard : il était mort et noir dans son lit!

Les invités et les serviteurs pâles et muets se réunissent sous la fenêtre quand la nouvelle est connue. Des empoisonneurs italiens, des émissaires papistes, l'air chargé de miasmes : voilà les explications que l'on hasarda. Et l'évêque de Kilmore regarda l'arbre. Un chat sauvage était blotti sur les branches inférieures, observant un trou que les années avaient creusé dans le tronc. Il surveillait quelque chose qui s'y trouvait avec un grand intérêt.

Soudain il se redressa et allongea le cou au-dessus du trou. Puis la branche sur laquelle il était posé s'effondra. Tout le monde sursauta en entendant ce bruit.

Il est connu qu'un chat peut pleurer; mais peu d'entre nous ont entendu, je l'espère, un hurlement pareil à celui qui sortit du tronc du grand frêne. Il y eut deux ou trois cris (les témoins ne sont pas certains du nombre) et puis on perçut seulement le bruit étouffé d'un combat. Lady Mary Hervey se trouva mal sur-le-champ et la femme de charge se boucha les oreilles puis se mit à courir jusqu'à ce qu'elle s'écroulât sur la terrasse.

L'évêque de Kilmore et Sir William Kentfield demeurèrent, mais eux aussi furent terrifiés par les sanglots du chat. Sir William avala une ou deux fois sa salive avant de pouvoir dire :

« Il y a dans cet arbre quelque chose que nous ne connaissons pas. Je crois qu'il faut procéder à une fouille immédiate. »

Et tout le monde fut d'accord. Une échelle fut apportée et l'un des jardiniers monta. Il regarda au fond du trou et vit seulement quelque chose qui remuait. On alla querir une lanterne et ils la descendirent au bout d'une corde.

« Il nous faut en avoir le cœur net. Sur ma vie, monseigneur, le secret de ces terribles morts gît au fond de ce trou. »

Le jardinier monta une nouvelle fois, muni de la lanterne et la laissa glisser prudemment. Tandis qu'il se penchait, le reflet jaune de la lanterne éclaira son visage et, à ce moment, les spectateurs

virent l'expression de la terreur envahir son visage.
Il se mit à hurler d'une voix inhumaine et il
tomba de l'échelle. Heureusement il fut rattrapé
dans sa chute par deux hommes, tandis que la
lanterne allait s'écraser à l'intérieur du frêne.

Il était à demi évanoui et il fallut un bon moment avant qu'on pût en tirer quelques mots.

L'attention de l'assistance fut attirée alors par
autre chose. La lanterne avait mis le feu aux
feuilles mortes entassées dans le creux de l'arbre et
en quelques minutes une épaisse fumée s'éleva
dont bientôt jaillirent des flammes. Le frêne entier
était en feu.

Les spectateurs firent cercle à quelques yards de
l'incendie. Sir William et l'évêque envoyèrent des
hommes chercher toutes les armes et tous les outils
disponibles car il était clair qu'une créature avait
utilisé l'arbre comme tanière et serait contrainte
d'en sortir.

Et c'est ainsi que cela se passa. D'abord, sur
la branche fourchue, ils virent jaillir soudain
une boule en feu; elle était à peu près de la
grosseur d'une tête humaine. Elle parut se recro-
queviller et tomba par terre. Puis, cinq ou six fois
une boule identique fut projetée en l'air, retomba
sur l'herbe où, au bout d'un instant, elle demeura
immobile. L'évêque s'en approcha aussi près qu'il
osa et vit... ce qui restait d'une énorme araignée
carbonisée! Et, comme le feu baissait, d'autres
corps aussi affreux sortirent du tronc. Et l'on
voyait qu'ils étaient recouverts de poils grisâtres.

Toute la journée, le frêne brûla et, jusqu'à
ce qu'il se fût entièrement consumé, les hommes
continuèrent à monter la garde; de temps en
temps, ils tuaient les horribles créatures qui en

sortaient. Puis, il se passa un long moment pendant lequel rien n'apparut. Alors, ils s'approchèrent et examinèrent les racines de l'arbre.

« Ils trouvèrent, dit l'évêque de Kilmore, au-dessous du frêne un trou où il y avait deux ou trois cadavres de ces créatures qui avaient été étouffées par la fumée. Et, ce qui me semble encore plus curieux, c'est qu'au fond de la tanière, touchant le mur, il y avait le squelette d'un être humain, dont la peau desséchée collait aux os. Sur le crâne subsistaient quelques cheveux noirs. Ceux qui l'examinèrent déclarèrent qu'il s'agissait sans doute d'un corps de femme morte depuis cinquante ans. »

L'ENJEU

(The Side Bet)

de Will F. Jenkins

Il y avait une immense coupe bleue qui était le ciel. Avec une lenteur mortelle, un soleil brûlant la traversait, et déversait une lumière pour éblouir et aveugler les yeux de l'homme, et une chaleur pour griller les cerveaux à l'intérieur du crâne. A intervalles réguliers, la coupe bleue devenait noire, se tachetait d'étoiles, assemblées par paires comme des yeux de serpent — hostiles, froids et méchamment amusés — qui, toute la nuit, surveillaient l'homme récupérant des forces pour affronter les supplices du jour prochain. Il y avait une mer d'un bleu infini qui se gonflait et se creusait et qui reflétait alternativement la coupe bleue et la monstrueuse prolifération des étoiles couplées comme des yeux. Et il y avait l'île, qui n'avait pas plus de cinquante yards de large sur quinze de long.

Il y avait aussi le rat avec lequel l'homme jouait un jeu mortel : la vie en était l'enjeu.

L'homme et le rat n'étaient pas amis. Non. Quand les énormes vagues avaient rejeté l'homme sur l'île, il avait cru être le seul survivant du navire et pendant vingt-quatre heures sa seule pensée avait été de sauver tout ce qu'il pouvait du naufrage — pas grand-chose. Pendant tout le jour et toute la nuit d'énormes lames avaient déferlé sur le rivage, recouvrant d'écume les deux tiers de la terre ferme. A ce moment, il n'y avait ni ciel, ni mer, mais seulement des masses d'eau et d'écume qui se précipitaient sur l'île. Et l'île était un rocher. Il n'y poussait aucune végétation. Il n'y avait pas d'abri. A peine de quoi prendre pied derrière un amas de rochers abrupts, humides et glissants. Mais de temps à autre, le navire était poussé vers le roc et l'homme essayait désespérément de récupérer quelques objets.

Il en récupéra fort peu. Une douzaine de caisses de fruits se brisèrent et frôlèrent le rivage avant d'être englouties par la mer. A quatre reprises, il vit passer à proximité, sans toutefois pouvoir l'atteindre, une partie de la cargaison, probablement comestible. Et un radeau qui flottait sur les vagues, s'écrasa délibérément et malicieusement sous ses yeux. Ce qui en restait — des morceaux de bois et de métal tordu — fut également emporté par la mer.

Avant que l'océan se calmât, l'homme put cependant recueillir quelques planches et plusieurs mètres de cordage. Et lorsque le radeau se brisa, il put sauver un barillet d'eau douce et un sac de toile contenant des biscuits de marin.

Mais il n'avait rien sauvé qui pût lui faire espérer de pouvoir quitter l'île. Pas le moindre morceau de toile pour se construire un abri. Pas même un bâton assez haut pour en faire un mât et y hisser un signal de détresse.

Mais il avait un compagnon : le rat.

Le rat était énorme. C'était un rat de navire plein de sagacité et de ressources qui avait la ruse et la férocité de sa race. Il avait près d'un pied de long. Il avait abordé sans l'aide de l'homme et celui-ci n'avait jamais su comment il y était parvenu. Peut-être s'était-il accroché comme un être humain aux épars et aux cordages qui avaient échoué sur l'île? De toute façon, l'animal était là et il connaissait la présence de l'homme. Et il savait exactement les ressources qu'offrait l'île lorsque la mer redescendit et que commença la mortelle procession des jours sous le ciel qui était une immense coupe bleue que le soleil brûlant traversait lentement.

C'est alors que l'homme fit le bilan de ce que l'avenir pouvait lui réserver. Ce n'était pas brillant. Il fit l'inventaire de ses provisions. Il avait vingt-deux biscuits, tous imprégnés d'eau salée, et un petit barillet d'eau douce. Il avait pas mal de planches, toutes brisées qui ne pouvaient pas servir à construire un radeau, en admettant qu'il possédât les outils nécessaires, ce qui n'était pas le cas. Il avait quelques pieds de corde, attachée à des épars réduits en morceaux. Dans la bourse accrochée à une ceinture, l'homme avait soixante dollars. C'était tout.

Il n'avait pas d'allumettes mais il découvrit qu'avec un petit clou sauvé du naufrage, il pouvait, en frappant le rocher, faire jaillir une étincelle. Mais comme il n'avait aucun aliment à faire cuire, il n'avait pas besoin de feu. Avec du cordage, il fit de l'étoupe, et il construisit un bûcher avec son stock de bois, en plaçant les plus petits morceaux en dessous. De la sorte, avec une simple étincelle, il pouvait allumer un feu qui attirerait l'attention des bateaux susceptibles de passer dans les parages. Ses provisions

d'eau et de nourriture étant infimes, il se ra-
tionna très sévèrement. En vérité, il ne pouvait
vivre en se contentant des portions infinitésimales
qu'il s'était quotidiennement allouées mais il mourrait de faim très lentement. Il vivrait plus longtemps et souffrirait plus longtemps. La volonté
de vivre n'a rien à voir avec la raison. Et les
jours d'attente commencèrent... jours sans espoir
où la chaleur et la soif le consumaient.

Pendant la journée, le soleil était horrible. Il
n'y avait pas d'ombre. Il n'y avait pas d'abri.
Il n'y avait pas de terre. Il y avait seulement
le roc fissuré et glissant. L'homme rôtissait, haletait dans une chaleur de fournaise, ses yeux
cuisaient à force de regarder l'horizon. Il espérait
apercevoir un bateau, mais en vérité il n'y croyait
pas. Le matin, il mangeait la ration fixée et se
préparait au supplice de la journée. Le soir, il
buvait un peu, très peu d'eau et, pendant la
nuit, il récupérait de la force pour survivre et
souffrir un jour de plus. Il avait calculé exactement le nombre de jours qu'il pourrait vivre sur
l'île avec sa provision d'eau et de biscuits. Il
ne se demandait pas pourquoi il souhaitait exister
aussi longtemps.

Il était probablement depuis sept ou huit jours
dans l'île quand il apprit que le rat y était
aussi.

Il avait pris le sac de toile qui contenait les
biscuits de marin. Il aurait dû être presque plein
(sa ration quotidienne était tellement insignifiante!) Mais tandis qu'il soulevait le sac, quelque
chose tomba à ses pieds. Il y avait un trou dans
le sac. Une fine poudre blanche se répandit dans
l'air. A ses pieds il vit un demi-biscuit, irré-

gulièrement rongé. Les marques étaient celles d'un rat.

Le cœur de l'homme s'arrêta presque de battre. Il contemplait le biscuit rongé et le trou avec horreur et stupéfaction. Puis il se mit à compter rapidement les biscuits qui restaient dans le sac. Il aurait dû y en avoir dix-neuf. Il n'en restait que seize, plus le morceau grignoté à moitié. On lui avait enlevé plus d'une semaine d'existence.

Bien sûr, il ne croyait pas avoir la chance d'être secouru. L'île était une petite tache dans le désert de l'océan. Peut-être n'était-elle même pas indiquée sur les cartes. Il ne le savait pas. Si elle était indiquée, les navires l'évitaient sans doute à cause des dangers qu'elle présentait pour la navigation. Mais l'instinct qui vous rattache à la vie est trop fort pour donner lieu à des controverses. Les mains de l'homme tremblaient. Prudemment, il débrouilla un écheveau de corde. Il ferma le trou du sac en l'attachant. Il avait réparti ses provisions pour se maintenir en vie pendant un nombre de jours déterminé. Il ne pouvait se décider à supprimer ne fût-ce qu'une heure de l'horaire prévu. Puisqu'on lui avait pris une partie de sa nourriture, il résolut de diminuer sa ration pour pallier le vol. Et c'est ce qu'il fit.

Il mastiqua avec un soin méticuleux la fraction de biscuit de mer qui représentait sa portion journalière. Il la fit durer très longtemps. Il scrutait l'horizon avec des yeux éblouis et rougis. Il avait tout le temps faim. Pendant la nuit, la faim lui donnait des crampes d'estomac. Ses genoux le soutenaient à peine lorsqu'il gravissait la masse glissante du rocher poli par les vagues, mais il s'obstinait. Il scruta la mer toute la journée. Il ne vit rien. Lorsque la nuit vint, il avala quelques gorgées d'eau qu'il s'était autorisées. Avec un bout de corde, il fit une épissure pour suspendre le sac au bout d'un bâton.

Le lendemain matin, le sac gisait sur le sol. Le rat avait rongé la corde. Il ne restait que douze biscuits et l'homme vit les traces de farine sur le rocher, à deux yards du sac. Ce qui lui fit comprendre que le rat avait emporté un biscuit sans le manger.

A présent, l'homme connaissait la haine. Et il fouilla furieusement chaque pouce de l'île. Ce n'était pas difficile. Cent cinquante pieds dans un sens. A peu près quarante-cinq dans l'autre. Rien ne permettait de se cacher, mais il y avait des fissures et des crevasses où le rat pouvait se dissimuler pendant que l'homme cherchait. Il trouva un endroit parsemé de miettes où le rat avait mangé à loisir la ration que l'homme s'allouait pour trois jours. Et il comprit comment le rat se désaltérait. Même en ce moment le fond des crevasses était frais. Sans aucun doute l'humidité s'y déposait durant la nuit et le rat la léchait. C'était bien pour un rat mais aucun homme n'aurait pu s'y désaltérer.

Mais il ne trouva pas le rat. Il n'arriva même pas à l'entrevoir. Il le haïssait avec une violence qui dépassait toutes les haines qu'un homme peut ressentir.

Cette nuit-là, la fureur l'empêcha de dormir. Il avait placé à côté de lui une planche de bois brisée pour lui servir de massue. Le sac de biscuits serait l'appât et il se mit à monter la garde. Le soleil se coucha. L'immense coupe bleue devint sombre et les yeux maléfiques des étoiles s'allumèrent pour le surveiller avec méchanceté. La haine faisait trembler ses mains. La mer soupirait et bouillonnait entre les écueils. L'homme attendait plein de haine...

Mais il était très faible. Il s'éveilla soudain. La massue qu'il tenait toute prête s'était échappée de sa main, frappant le roc. Le bruit l'avait tiré du sommeil. Il entendit de petits pas précipités qui s'éloignaient. C'était le rat qui s'enfuyait.

Le sac de toile se trouvait au moins à deux pieds de l'endroit où il avait été posé. Le rat avait essayé de le traîner vers sa cachette.

L'homme poussa des cris de colère inarticulés. Il savait maintenant qu'il serait la proie guettée par le rat tant que tous les deux continueraient à vivre dans l'île. Tel est l'instinct des rats. De son côté, il essaierait de tuer le rat s'il le rencontrait car tel est l'instinct des hommes. Mais ici, dans cette île déserte, le conflit des instincts devenait inévitable. Il devenait mortel. Le rat et l'homme ne pouvaient cohabiter dans l'île. Si l'homme vivait, le rat mourrait. Si l'homme mourrait, les chances de survie du rat seraient automatiquement augmentées.

Mais l'homme était trop faible pour penser clairement. Il avait trouvé un rocher avec un trou. Il y posa le sac de biscuits et se coucha dessus. Son corps couvrait le réceptacle de sa nourriture. Le rat ne pourrait pas atteindre les biscuits sans ronger d'abord le corps de l'homme. Mais l'homme eut un sommeil agité et même en rêve une seule pensée le harcelait. Le rat devait mourir ou c'était lui qui devait...

Le matin, l'homme mâcha pendant des heures sa petite ration, la fraction d'un biscuit de marin. Il en savoura longuement le goût. La chaleur s'abattit sur lui. Il haletait, surveillant l'horizon immuable sous le soleil de feu. Il mouillait constamment son corps en l'aspergeant avec de l'eau de mer pour ne pas avoir besoin de boire. Mais il souffrait déjà atrocement de la soif. Et alors, vers la tombée de la nuit, il vit le rat.

Il nageait vers un rocher qui émergeait de la mer à une dizaine de mètres de l'île. Le rocher n'avait pas plus de cinq pieds de large et de haut.

Le rat atteignit la base du rocher. Il en fit le tour à la nage, à la recherche d'un endroit pour y agripper ses griffes. L'homme le contempla avec une haine passionnée jusqu'à ce qu'il disparût. Puis il se rapprocha. Il entendit les griffes du rongeur racler le roc, sans qu'il pût le voir. Puis, son museau pointu apparut au sommet du rocher. Il reniflait ici et là. Soudain, il s'arrêta et demeura parfaitement immobile. Il commença à manger. Et l'homme sentit une odeur de pourri. Peut-être un poisson mort projeté par une vague? Peut-être une mouette ou une hirondelle de mer morte récemment? Quoi que ce fût, le rat le mangea.

Le corps de l'homme fut parcouru tout entier de tremblements de haine. Il ne pouvait plus évaluer l'angoisse qui le submergeait, la faim et la soif qui le dévoraient! Pour se nourrir il devait se contenter d'un morceau de biscuit, qui n'empêchait pas son estomac de crier famine; et, pour se désaltérer, de quelques gouttes d'eau tiède, tout juste bonnes à humecter ses lèvres. Mais le rat, lui, avait suffisamment d'eau et, à présent, il avait trouvé de quoi manger!

L'homme retourna en vacillant vers son inutile trésor : des morceaux de bois brisés et de cordages pourris. Il pensait avec amertume au corps lisse du rat. A ses muscles robustes, à sa fourrure soyeuse. Dans sa passion meurtrière, il s'imaginait en train de déchirer l'exécrable ennemi, puis soudain, il lui apparut sous un nouvel aspect. Le rat, objet de haine, devint un objet fascinant et infiniment désirable. L'homme mourait de faim. Et, en pensant au rat, l'eau lui venait à la bouche.

Les règles du jeu étaient parfaitement claires à présent. Si l'homme mourait, les chances de survie du rat augmenteraient. Si le rat mourait, l'homme vivrait sûrement plusieurs jours de plus. Donc il fallait que le rat meure, ou l'homme. Ils avaient joué un jeu mortel jusque-là. Maintenant, c'était un combat dont le prix était la vie ou la mort.

Les jours passaient. Le soleil se levait et il y avait une immense coupe bleue qui était le ciel. Le soleil se couchait et une multitude d'étoiles regardaient l'île. Maintenant, l'homme s'absorbait dans la méditation des règles du jeu. Il ne regardait même plus l'horizon. Il s'affaiblissait rapidement mais tout son esprit était fixé sur l'élaboration d'un piège pour capturer le rat. Il faisait des plans mais tous échouaient car il ne se décidait pas à risquer ne fût-ce qu'une parcelle de nourriture pour servir d'appât.

Quand enfin il résolut de risquer un quart de sa ration quotidienne dans l'espoir d'attirer le rat et de le prendre, celui-ci s'échappa en emportant le biscuit. C'était un morceau qui avait la taille d'un dé à coudre. L'homme pleura quand il se rendit compte de son échec. Mais c'était à cause de la nourriture.

Puis il fit un arc et une flèche. Comme il ne possédait pas les outils appropriés, l'arme était maladroite et grossière. Il ne pourrait jamais en régler le tir avec précision. La fabrication de cet arc lui prit trois jours, mais il interrompait son travail pour traquer le rat dans les anfractuosités de l'île. La plupart du temps, il était contraint de ramper à cause de sa faiblesse. La plupart du temps, il savait où se trouvait le rat. Quelquefois il lui arrivait même de l'apercevoir car le rat était devenu plus hardi depuis que la faiblesse de l'homme contraignait celui-ci à ramper plutôt qu'à marcher.

Le premier jour, l'affût ne donna aucun résultat. Le second jour non plus. Mais le troisième jour — le rat mourait de faim lui aussi à présent — grâce à une persévérance et une prudence infinies, l'homme aperçut distinctement le rat. L'animal dormait. L'homme s'avança en rampant pied à pied. Il retenait sa respiration. Il vit, bien qu'il ne s'en rendît pas tout à fait compte, que les côtes saillaient sous la fourrure. Ses yeux étaient bordés de rouge. Sa fourrure n'était plus soyeuse ni ses muscles robustes. Il était miteux, sale, et presque aussi minable que l'homme.

L'homme tendit son arc. Mais il ne savait pas à quel point il était faible. Son cœur battait désordonnément. Ses yeux brillaient de fièvre. Ses lèvres se tordaient avec férocité en anticipant ce qui allait arriver. Ses mains tremblaient. Et quand il eut tendu l'arc de toutes ses forces, la flèche

partit, effleura un rocher et, par miracle, atteignit
son but. Elle frappa le rat.

Mais l'arc n'avait pas été assez tendu et la
flèche ne pénétra pas dans le corps du rat. L'animal sauta, poussa des cris aigus et se sauva. Et
l'inutile flèche demeura là où elle était tombée
tandis que l'homme affamé pleurait. Il comprenait maintenant que ce serait le rat qui gagnerait
la partie... et l'enjeu.

Le rat aussi le savait. Deux jours plus tard, les
rations de nourriture et d'eau de l'homme tirèrent
à leur fin. Il les regarda l'une et l'autre pendant
un long temps. Quand il n'aurait plus rien, le
rat serait victorieux.

L'homme mangea le pain et but l'eau. Il se
coucha. Il ne prit pas la peine de regarder l'horizon puisque la partie était terminée et qu'il avait
perdu. Il ne souffrait pas du tout quand la nuit
vint. Il ne sentait pas la faim et même la soif
ne le tiraillait pas. Sa tête était parfaitement claire
et il était calme. Bien sûr, son corps était faible
mais il n'avait pas de crampes d'estomac. Il était
étendu et regardait les étoiles. Il prévoyait
la victoire du rat mais il n'en était même plus
ému. Il était trop faible pour éprouver de l'émotion.

Mais alors il entendit un petit bruit et, à la
lumière des étoiles, il vit quelque chose remuer.
C'était le rat.

Il demeura immobile pendant longtemps.
L'homme ne bougeait pas davantage. Puis l'animal rampa vers lui. L'homme s'agita. Le rat s'arrêta. Il s'accroupit sur ses pattes, observant
l'homme avec des yeux brillants.

Seul le ressac des longues lames contre les ro-

chers troublait le silence. L'homme rit même faiblement. Le rat attendait en frémissant d'impatience. Il n'avait rien su du rationnement. Il
avait mangé plus que l'homme mais moins souvent. Tout son corps affamé réclamait de la nourriture. Il frémissait d'impatience, l'impitoyable impatience du créancier qui vient réclamer une dette
d'honneur!

« Non », fit l'homme d'une voix détachée. Sa
voix ressemblait à un croassement mais il y avait
une nuance d'amusement. « Pas encore. Le premier qui mourra perdra. Je ne suis pas encore
mort... »

Le rat frémit. Il recula, les yeux enflammés de
haine lorsque l'homme parla. Mais lorsque celui-ci
s'arrêta, il rampa de nouveau vers lui. Il vint un
peu plus près. Il s'arrêta seulement quand l'homme
s'agita.

Alors l'homme pensa à quelque chose. Il était
très faible, en vérité, mais pendant les premiers
jours, il avait amassé la fibre du cordage qu'il
avait sauvé. Il avait aussi un petit clou qu'il
essaya contre le roc. Il avait fait sécher quelques
algues qui prennent plus facilement feu que le
chanvre.

Il frappa le roc avec le clou. Une étincelle
jaillit. Le rat battit en retraite. Puis il s'avança
de nouveau en rampant. L'homme frappa encore
une fois le clou contre le roc. Le rat fut
stoppé.

L'homme recommença plusieurs fois avant que
l'étincelle retombe sur l'étoupe. Il se fatigua beaucoup à souffler sur le feu, à y jeter des algues
séchées et ensuite à y apporter du petit bois pour
alimenter le bûcher qu'il avait préparé depuis

longtemps. C'était ce feu qu'il avait prévu comme
signal pour attirer le bateau qui paraîtrait éven-
tuellement en vue. Mais maintenant il l'allumait
parce que le rat était à peine à cinq pieds de
lui et qu'il l'entendait haleter d'impatience pour
exiger le prix de sa victoire. Les flammes prirent
et montèrent vers le ciel.

Le rat recula lentement, les yeux désespérés.
L'homme l'observait.

Au-dessus de sa tête, les étoiles brillaient avec
méchanceté. Mais à présent une immense colonne
de fumée s'élevait, éclairée par le feu. Et les
flammes montaient de plus en plus haut en cré-
pitant tandis que l'incendie ronflait. Des langues
de feu jaunâtres jaillirent sous la fumée. Elles
s'élevèrent à quinze, puis à vingt pieds. Elles
léchaient l'épaisse fumée, la transformant en un
brouillard lumineux.

« Ç'aurait pu être un bon signal! » pensa
l'homme.

Puis il pensa à autre chose. S'il avait pu prendre
place sur le bûcher, après sa mort, le rat
n'aurait jamais pu recueillir les fruits de sa
victoire.

« Mais cela n'aurait pas été honnête, dit
l'homme d'un cœur léger. Cela aurait été de la
tricherie... »

Le rat avait disparu. Sans doute s'était-il introduit dans quelque crevasse pour échapper à la
chaleur et à l'éclat du feu. Et l'incendie redoubla
de violence. Puis mourut lentement quand l'aube
vint, l'homme vit de la fumée qui montait encore
des cendres.

Et de nouveau il vit le rat.

Mais il entendit aussi le bruit de chaîne d'une

ancre. L'ancre d'un bateau qui avait vu la fumée pendant la nuit et qui avait cru qu'il s'agissait d'un autre navire en proie à l'incendie. Il était venu pour le secourir. A présent, une barque se dirigeait vers l'île.

Lorsqu'ils emportèrent l'homme vers la barque, il formula une requête d'une voix à peine intelligible. Ils l'installèrent dans la barque comme il le souhaitait afin qu'il pût voir l'île en s'éloignant vers le navire. Et il vit encore le rat.

Le rat courait de-ci de-là en criant comme un fou. Les cris étaient des hurlements de rage. Le rat n'était plus qu'un squelette couvert de quelques poils rares. Sa fureur était indescriptible. Sa déception incroyable. On emportait l'homme et il n'y avait plus d'autre nourriture dans l'île.

« Je... j'ai de l'argent dans ma ceinture, croassa l'homme. Il y a soixante dollars. Je... j'ai perdu un pari. »

Il se reposa un moment avant de continuer :

« Je voudrais acheter de la nourriture et la laisser dans l'île pour ce... pour ce rat. Il a gagné la partie et je... je ne veux pas tricher... »

Avec beaucoup de soins, ils le transportèrent sur le pont du paquebot. Faiblement, il insista pour qu'on lui rende ce dernier service. La barque retourna vers l'île. On y laissa plus de cent livres de biscuits de marin à un endroit que ne pourrait vraisemblablement pas atteindre la marée. Avant que la barque ait quitté l'île, le rat s'était jeté sur la nourriture et commençait à manger.

On le dit à l'homme. Il sourit faiblement... on l'avait nourri... et il s'endormit incontinent. On lui dit ensuite que le rat était encore en train de manger quand l'île avait disparu de l'horizon.

Ce qui arriva après, l'homme ne le sut jamais. Mais il eut l'impression d'avoir payé l'enjeu de cette mortelle partie.

LA DEUXIÈME NUIT EN MER

(Second Night Out)

de Franck Belknap Long

Il était minuit passé quand je quittai ma cabine. Le pont promenade supérieur était entièrement désert et de fines écharpes de brume rôdaient autour des transatlantiques, s'enroulaient et se déroulaient au-dessus de la rambarde luisante. Il n'y avait pas un souffle d'air. Le navire avançait pesamment sur une mer calme, ensevelie sous le brouillard.

Je n'ai rien contre le brouillard. Je m'accoudai contre la rambarde et aspirai avec avidité l'air humide et dense. La nausée presque insupportable, la souffrance persistante à la fois physique et morale de tout à l'heure avaient disparu. Je me sentais serein et en paix avec moi-même. J'étais de nouveau capable d'éprouver un plaisir physique et je n'aurais pas échangé cette odeur de saumure contre des perles et des rubis. J'avais payé une somme exorbitante pour cinq brèves journées de liberté et la joie de découvrir La Havane, l'île entourée d'une admirable mer bleue, que m'avait promises un agent de voyage entreprenant et honnête, du moins je l'espérais. Je suis, à tous les points de vue, le contraire d'un homme riche et, pour satisfaire aux exigences de la Loriland Tours Inc., j'avais été obligé de puiser largement dans mon compte en banque. Si bien que je me trouvais à présent dans l'obligation de renoncer à des agréments indispensables, tels que le cigare d'après-dîner, le xérès et la chartreuse, qui doivent toujours accompagner les voyages en mer.

Mais j'étais extrêmement satisfait. J'arpentais le pont et aspirais l'air humide et âcre. Pendant trente heures, j'étais resté enfermé dans ma cabine, en proie à un mal de mer plus épuisant que la peste bubonique ou que n'importe quelle autre maladie infectieuse. Libéré de son emprise, je pouvais enfin me réjouir en pensant au proche avenir. Mes projets étaient à la fois enviables et magnifiques. Cinq jours à Cuba où, installé dans une somptueuse limousine, je gravirais et je descendrais les pentes ensoleillées du Malecon. Je contemplerais les murs roses des *Cabanas,* la cathédrale de Colomb. Je visiterais la *Fuerza,* le grand magasin des Antilles, les *patios* baignés de soleil. Je boirais des *refrescos* au clair de lune, assis dans un café en plein air et j'acquerrais en outre le mépris typiquement espagnol pour les Affaires et la Vie Trépidante. Puis le voyage continuerait : nous verrions la sombre et magique Haïti, les Iles de la Vierge, le vieux port bizarre et presque invraisemblable de Charlotte Amalie, avec ses maisons aux toits rouges et sans cheminée qui s'étagent presque jusqu'aux étoiles, la mer des Sargasses où l'on pêche les derniers poissons arc-en-ciel, et les gosses qui plongent, et les vieux rafiots aux coques déteintes et les capitaines incurablement ivres. Appuyé contre la rambarde, je rêvais de la Martinique où j'arriverais dans quelques jours, des prostituées indiennes et chinoises

de Trinidad. Et puis, soudain, j'eus un étourdissement. Le terrible mal s'était de nouveau abattu
sur moi.

Le mal de mer, contrairement aux autres ma-
ladies, est purement individuel. Il n'y a pas deux
personnes au monde qui éprouvent les mêmes
symptômes. En ce qui me concerne, je le ressen-
tais dans toute son horreur! Je quittai la rambarde et, haletant, je me laissai tomber sans force
sur l'un des trois transatlantiques qui étaient res-
tés sur le pont.

Pourquoi le steward avait-il laissé ces chaises
dehors? C'était un mystère que je n'arrivais pas
à élucider. Il avait évidemment commis une faute
car non seulement les passagers ne fréquentent
guère le pont à une heure aussi avancée de la
nuit mais en outre le brouillard abîme les chaises
en osier. Quoi qu'il en soit, j'étais trop reconnaissant de pouvoir profiter de sa négligence pour
lui reprocher son oubli. Je m'étendis tout de mon
long. Je me tordais, je grimaçais, j'étouffais et
j'essayais pourtant de me persuader que je n'étais
pas aussi malade que je le croyais. Subitement, les
nausées atteignirent le paroxysme.

La chaise dégageait une odeur putride. C'était
incontestable. En me retournant, ma joue se posa
contre le bois humide et verni. Alors mes narines
furent assaillies par une odeur aigre et parfaitement écœurante. C'était à la fois attirant et repoussant. Dans une certaine mesure, cela calma
mon malaise physique mais, d'autre part, cela
m'emplit d'un immense dégoût.

Je tentai de me lever de ma chaise sans succès
car je n'avais aucune force. Une présence invisible
semblait peser sur moi. Et puis, au-dessous de moi

il y eut le vide. Je ne plaisante pas. Ce fut bel
et bien ce qui arriva. Les *fondements* mêmes de
notre monde réel et familier s'affaissèrent, comme
s'ils avaient été avalés... Je m'enfonçais. Des pré-
cipices sans fond s'ouvrirent et j'étais immergé,
perdu... Le navire pourtant demeura. Le navire,
le pont, le transat continuèrent à me porter et,
cependant, en dépit de ces objets concrets, je
flottais au-dessus d'un vide insondable. J'avais
l'impression d'être précipité, sans pouvoir résister,
dans un abîme sans fond. Comme si mon transatlantique avait été transporté dans un monde
aux multiples dimensions sans avoir pour autant
quitté notre monde à trois dimensions... Je m'aperçus tout à coup que des formes bizarres et des
ombres évoluaient autour de moi. Je vis d'immenses et sombres golfes pénétrant dans les terres,
des lagons, des atolls, des algues grises et gigan-
tesques. Je m'enfonçais de plus en plus. J'étais
immergé dans la fange noirâtre. Mes sens ne
réagissaient plus et un souffle corrupteur me ra-
vageait, détruisant mes principes vitaux et m'em-
plissant d'un infernal tourment. J'étais seul dans
les profondeurs. Et les formes qui m'accompa-
gnaient étaient et sombres, et mortes, et desséchées.
Leurs petites têtes simiesques, aux yeux sans pupilles, s'agitaient, prises de délire.

Et soudain, la vision s'évanouit. Je me retrouvai assis sur mon transat et le brouillard était
toujours aussi dense. Le navire continuait à avancer tranquillement sur une mer calme. Par contre,
l'odeur était toujours là : aigre, forte, répugnante.
Je sautai à bas de la chaise, en proie à la plus
vive anxiété. Il me semblait émerger des en-
trailles de quelque usurpateur supra-terrestre et

effrayant, avoir en un instant connu toute la malignité du monde...

J'ai contemplé sans sourciller l'enfer baigné de
nuit des primitifs flamands et italiens. J'ai sup-
porté calmement la vue des supplices peints par
Bosch et par Cranach et je n'ai pas gémi devant
les pires cruautés évoquées par Breughel l'Ancien,
ses horribles gargouilles, ses goules, ses caco-
démons, couverts de pustules. Ni *L'Ame des Dam-
nés* de Signorelli, ni les *Caprices* de Goya, ni les
monstres aux yeux sans pupille de Segrelle n'avaient
produit sur moi cette impression d'horreur que
me causait l'odeur de cette chaise. Je tremblais
de tout mon corps.

Je réussis, sans me rappeler comment, à regagner l'intérieur du bateau et je parvins dans le
chaud salon des premières. Là, j'attendis en haletant la venue du steward. J'avais appuyé sur
le bouton « Steward du pont », qui se trouvait
dans la boiserie de l'escalier central. J'espérais de
toutes mes forces qu'il apparaîtrait avant qu'il
ne soit trop tard, avant que l'odeur extérieure
ne pénètre dans le vaste salon désert.

Le steward était de service toute la journée
et c'était un crime de le tirer de sa couchette
à une heure du matin. Mais il fallait que je
parle à quelqu'un, et comme le steward était
responsable des chaises, j'avais naturellement pensé
à lui pour l'interroger. Lui *saurait*. Lui serait capable de me donner des explications... au sujet
des chaises... des chaises... mon cerveau était en
pleine confusion et je sentais l'hystérie me gagner.

Du revers de la main, j'essuyai la sueur qui
ruisselait sur mon front et je vis avec soulage-

ment le steward s'approcher. Il venait de surgir en haut de l'escalier et il semblait s'avancer vers moi au travers d'une brume bleutée.

Il était extrêmement empressé, extrêmement courtois. Il se pencha et posa sa main sur mon épaule avec sollicitude.

« Oui, monsieur? Que puis-je faire pour vous? Peut-être le temps vous incommode-t-il? Que puis-je faire? »

Faire? Faire? Tout était horriblement confus. Je ne pus que balbutier :

« Les chaises... Sur le pont. Trois chaises. Pourquoi les avez-vous laissées là-bas? Pourquoi ne les avez-vous pas rentrées? »

Ce n'était pas la question que j'avais voulu poser. J'avais eu l'intention de l'interroger sur l'odeur. Mais en voyant le steward debout devant moi, si empressé, si inquiet, je pensai d'abord que c'était un hypocrite et une canaille. Il prétendait être inquiet à mon sujet et pourtant c'était la pure méchanceté qui l'avait poussé à me tendre un piège pour me réduire ainsi, faible et pitoyable. C'était exprès qu'il avait laissé les chaises sur le pont, parce qu'il était sûr que *quelque chose* viendrait s'y installer.

Mais je n'étais pas préparé au changement quasi instantané qui transforma l'homme. Ce fut effrayant. Malgré mon esprit brouillé, je me rendis compte immédiatement que je venais de commettre une grave, une terrible injustice à son égard. *Il n'avait pas su.* Le sang quitta ses joues et sa bouche béa. Il demeurait immobile devant moi et pendant un instant, je crus qu'il allait s'évanouir, s'écrouler sur le sol.

« Vous avez vu des chaises? » balbutia-t-il enfin.

J'acquiesçai.

Le steward se pencha et saisit mon bras. Il était pâle comme la mort. Au milieu de son visage d'une blancheur de craie, ses yeux brillaient, ses yeux exorbités de peur, qui me fixaient.

« C'est la chose noire et morte, murmura-t-il. La face simiesque. Je savais que *ça* reviendrait. *Ça* vient toujours à bord à minuit, pendant la deuxième nuit en mer. »

Il avala difficilement sa salive et sa main se resserra sur mon bras.

« C'est toujours la deuxième nuit en mer. *Ça* sait où je range les chaises. *Ça* les rapporte sur le pont et *ça* s'y assoit. Je l'ai vu la dernière fois. *Ça* se tortillait sur les chaises : *ça* s'étendait et *ça* s'enroulait. Comme une anguille. *Ça* s'installe sur les trois chaises. Quand *ça* m'a vu, *ça* s'est levé et *ça* a avancé vers moi. Mais j'ai fui. Je suis entré ici et j'ai fermé la porte. Mais je l'ai vu à travers la fenêtre. »

Le steward leva le bras et désigna un endroit.

« Là. A travers cette fenêtre. Son visage était tout contre la vitre. C'était tout noir, tout desséché, tout corrodé. Un visage simiesque, monsieur. Dieu nous garde!... C'était le museau d'un singe mort et corrodé. Et c'était humide... et ça suintait... J'avais si peur que je ne pouvais pas respirer. Je restais debout en marmonnant et puis, *ça* a disparu. »

Il hoquetait.

« Le docteur Blodgett a été griffé et lacéré à mort à une heure moins dix. Nous avons entendu ses cris. *La chose* repartit sans doute, retourna s'asseoir sur les chaises et demeura trente ou quarante minutes après avoir quitté la fenêtre. Puis *ça* se rendit dans la cabine du docteur Blodgett et prit ses habits. Ce fut horrible. Le docteur Blodgett n'avait plus de jambes et son visage était réduit en compote. Il était couvert de marques de griffe. Les rideaux de sa couchette dégouttaient de sang.

« Le capitaine me dit de ne pas en parler. Mais il faut que je le raconte à quelqu'un. Je n'y peux rien, monsieur. J'ai peur... Il faut que je parle. C'est la troisième fois que *ça* vient à bord. *Ça* n'a rien fait à personne la première fois mais *ça* s'est assis sur les chaises. *Ça* les a laissées humides et boueuses, monsieur, toutes recouvertes d'une fange nauséabonde. »

Je le contemplais, stupéfait. Qu'est-ce que cet homme essayait de me raconter? Etait-il complètement détraqué? Ou étais-je dans un trop grand état de confusion moi-même pour comprendre ce qu'il disait?

Il continua avec véhémence :

« C'est difficile à expliquer, monsieur, mais ce bateau est *visité*. A chaque voyage, pendant la deuxième nuit en mer. Et chaque fois, *ça* s'assoit sur les chaises. Comprenez-vous? »

Je ne comprenais pas très clairement mais je murmurai un faible « oui ». Ma voix était tremblante et semblait venir de l'autre côté de la pièce.

« Quelque chose là-bas, dehors, bégayai-je. C'était horrible. Là-bas, vous entendez? Une odeur horrible. Mon cerveau! Je ne sais pas ce qui s'était posé sur moi mais j'avais l'impression que quelque chose me triturait le cerveau. Ici... »

Je levai les doigts et les passai sur mon front.

« Quelque chose ici... quelque chose... »

Le steward semblait comprendre parfaitement.

Il hocha la tête et m'aida à me mettre debout.
Il était encore très bouleversé mais je me rendais
compte qu'il voulait absolument me rassurer et
m'aider.

« Cabine 16 D? Oui, bien sûr. Marchez bien
droit, monsieur. »

Le steward avait pris mon bras et me guidait
vers l'escalier central. Je pouvais à peine me tenir
debout. Ma faiblesse était si visible que le steward,
ému de pitié, me soutint avec une héroïque géné-
rosité. Deux fois, je trébuchai et je serais sûrement
tombé si le bras de mon compagnon n'avait pas
entouré mon épaule et rétabli mon équilibre.

« Encore quelques pas, monsieur. Voilà. Prenez
tout votre temps. Rien ne vous arrivera, monsieur.
Vous vous sentirez mieux dans votre cabine quand
le ventilateur marchera. Prenez tout votre temps,
monsieur. »

A la porte de ma cabine, je murmurai d'une
voix rauque à l'oreille de l'homme qui était à mes
côtés :

« Je me sens bien à présent. Je sonnerai si j'ai
besoin de vous. Aidez-moi... euh... aidez-moi à
entrer. Je veux me coucher. Cette porte ferme-
t-elle à clef de l'intérieur?

— Oui, bien sûr. Mais peut-être vaudrait-il
mieux que j'aille vous chercher un peu d'eau?

— Non, ne vous donnez pas cette peine. Laissez-
moi.... je vous en prie.

— Bien, monsieur. »

A contrecœur, le steward s'en alla, après s'être
assuré que je tenais bien la poignée de la porte.

La cabine était fort sombre. J'étais si faible
qu'il fallut que j'appuie de tout mon poids contre
le battant pour le fermer. Il se retourna en cla-

quant légèrement et la clef roula sur le sol. Avec
un grognement, je m'agenouillai et la cherchai
à tâtons sur le tapis moelleux. Mais je ne pus
pas la retrouver.

Je jurai et m'apprêtai à me relever quand ma
main rencontra quelque chose de dur et rugueux.
Je reculai en haletant. Puis, mes doigts tâtèrent
l'objet pour tâcher de savoir ce que c'était.
C'était... oui... c'était inconstestablement une
chaussure. Et une cheville en jaillissait. La chaussure reposait sur le plancher de la cabine. La
chair de la cheville, au-dessus de la chaussette,
était très froide.

En une seconde, je me redressai et me mis à
tourner autour de la cabine comme un fauve en
cage. Mes mains parcouraient les murs, le plafond.
Si seulement, mon Dieu, le commutateur électrique
consentait à ne plus me fuir!

Enfin, mes mains rencontrèrent le bouton sur
le panneau lisse. J'appuyai et l'obscurité se dissipa : un homme était assis dans le coin du divan,
un homme fort bien habillé, qui avait l'air parfaitement normal. Seul son visage était invisible :
il était caché par un grand mouchoir qui avait
été placé là peut-être intentionnellement pour le
protéger contre les courants d'air assez froids qui
pénétraient dans la cabine. L'homme était manifestement endormi. Il n'avait pas réagi quand
j'avais touché ses chevilles dans l'obscurité et
même à présent il continuait à ne pas bouger.
L'éclat de l'ampoule électrique au-dessus de sa
tête ne paraissait pas le gêner le moins du monde.

J'éprouvai un soulagement subit. Je m'assis à
côté de l'intrus et essuyai la sueur de mon front.
Je tremblais encore de tous mes membres mais le

calme apparent de l'homme à côté de moi était
extrêmement rassurant. Un passager, sans doute,
qui s'était trompé de cabine. Ce ne serait probablement pas trop difficile de se débarrasser de lui.
Une petite tape sur l'épaule, suivie d'une explication courtoise, et l'intrus s'en irait. C'était très
simple, à condition seulement que je sois capable
d'agir avec décision. Je me sentais si faible, si
malade, si dépourvu de force... Finalement, je parvins tout de même à réunir suffisamment d'énergie
pour étendre le bras et lui donner une petite
tape sur l'épaule.

« Excusez-moi, monsieur, fis-je, mais vous vous
êtes trompé de cabine. Si je n'étais pas un peu
incommodé par le temps, je vous prierais de rester
pour fumer un cigare avec moi, mais vous comprenez... » Je grimaçai péniblement un sourire
et donnai nerveusement une autre tape sur l'épaule
de l'étranger... « Je préférerais rester seul si vous
n'y voyez pas d'inconvénient... Navré de vous réveiller. »

Je me rendis compte que j'avais tiré des conclu-
sions trop hâtives. Je n'avais pas réveillé l'étranger.
Il ne bougea pas d'un pouce et son souffle n'agita
pas le mouchoir qui cachait ses traits.

L'anxiété m'envahit de nouveau. En tremblant
j'étendis la main et saisis un coin du mouchoir.
C'était un geste honteux mais j'étais obligé de le
faire. Si le visage de l'intrus s'accordait avec son
corps, tout irait bien. Cependant si pour une raison quelconque...

Or, le coin du mouchoir soulevé découvrit une
partie de visage qui n'avait rien de rassurant. Avec
un cri de terreur, j'arrachai complètement le mouchoir. Pendant un instant, un instant très court,

je regardai un visage sombre et répugnant, des yeux glauques de cadavre, un nez épaté de singe, des oreilles velues, une épaisse langue noire qu'il semblait me tirer. Le visage bougea pendant que je l'observais, les traits se contorsionnaient. Quant à la tête, elle oscillait légèrement de gauche à droite, exposant ainsi un profil bestial et atroce.

Je reculai vers la porte, en proie à une indicible frayeur. Je souffrais comme un animal. Mon esprit, traumatisé, était incapable de réfléchir, agonisait. Pourtant une partie secrète de ma conscience continuait à observer. Je vis la langue disparaître entre les lèvres; les traits se transformer jusqu'à ce que de la bouche et des yeux aveugles se missent à couler des filets de sang. En quelques instants, la bouche ne fut plus qu'une blessure rouge qui s'élargissait rapidement pour devenir un trou écarlate.

Il fallut dix minutes au steward pour me ranimer. Il fut obligé d'introduire de force entre mes dents crispées des cuillers de cognac, de baigner mon front avec de l'eau glacée et de masser de toutes ses forces mes chevilles et mes poignets. Et quand finalement, je rouvris les yeux, il détourna ostensiblement son regard. Il voulait que je me repose, que je reste tranquille et il paraissait ne pas avoir confiance en ses propres réactions. Il fut assez bon cependant pour m'expliquer comment il avait pu me ranimer et m'éclairer sur le *reste.*

« Les vêtements étaient tout dégouttants et couverts de sang... monsieur. Je les ai brûlés. »

Le jour suivant, il se montra plus loquace :

« *Ça* portait les habits du monsieur qui avait été tué pendant le dernier voyage. Monsieur... Oui,

ceux du docteur Blodgett. Je les ai reconnus tout
de suite.

— Mais pourquoi... »

Le steward hocha la tête.

« Je ne sais pas, monsieur. Peut-être avez-vous
été sauvé parce que vous êtes allé sur le pont.
Peut-être que *ça* ne pouvait pas attendre? *Ça* s'est
enfui un peu après une heure du matin la dernière fois et il était plus tard quand je vous ai
ramené à votre cabine. Le bateau a peut-être dépassé la *zone* où *ça* peut exercer son pouvoir, monsieur. Ou peut-être que *ça* s'est endormi et ne
s'est pas réveillé à temps. Et c'est pourquoi *ça*
s'est... dissous. Je ne crois pas que *ça* soit parti
pour toujours. Il y avait du sang sur les rideaux
de la cabine du docteur Blodgett et j'ai peur que
ça ne s'en aille toujours de cette façon. *Ça* reviendra au prochain voyage, monsieur... J'en suis sûr. »

Il s'éclaircit la gorge :

« Je suis content que vous m'ayez sonné. Si vous
étiez descendu directement dans votre cabine, ce
serait peut-être vos habits que *ça* porterait lors du
prochain voyage. »

La Havane ne me réconforta point. Haïti me
parut une fondrière d'ombres menaçantes. Et à la
Martinique, il me fut impossible de dormir une
heure dans ma chambre d'hôtel!

UN COUP LOUPÉ

(The Mugging)

de Edward L. Perry

C'est Tony qui avait eu cette idée. Nous venions de sortir du ciné. Moi, lui et ma petite copine Jane. On a dépensé nos derniers sous pour un film moche. Il est tard, près de minuit. Et il faut qu'on dégotte un truc pour trouver du fric. Et vite. C'est alors qu'on aperçoit le gars.

Il est debout devant le ciné, en train de reluquer les pépés qui sortent. C'est un type obèse, avec du lard tout autour de sa ceinture, mais il est vachement fringué. Une veste de sport qui gueule et des boutons de manchette drôlement rupins. En or véritable!

Mais on remarque pas tellement ces trucs-là. On remarque seulement son visage. Une tache blanche et ronde, avec des petits yeux de cochon qui vous déshabillent. Il y a des gouttes de sueur sur sa lèvre supérieure et il arrête pas d'essuyer son front avec son mouchoir. Quand une pépé passe, devant lui, il lui adresse un sourire grimaçant et se penche vers elle comme un chien qui renifle un os.

Puis il aperçoit Jane et se remet à éponger son front. On dirait qu'il a une chaudière à la place des boyaux. Je lui en veux pas. Jane est vraiment chouette ce soir. Elle a une jupe blanche en tissu très mince, qui lui colle tellement aux hanches qu'on voit tout. Elle a une blouse rouge décolletée en V. Elle est jeune et mignonne.

On marche jusqu'au bout de la rue et on s'arrête. Tony sort une sèche et l'allume. Il montre le gros homme.

« On va le racoler », qu'il dit.

Cette idée me plaît pas beaucoup et je le dis.

« Qu'est-ce que t'as, mon gars? qu'il demande. Ce gros type a l'air plein aux as. T'as jeté un coup d'œil sur ses fringues?

— J'aime pas sa tête. Il m'a l'air cinglé.

— Tu veux dire qu'il est porté sur le sexe? Mon vieux, t'es malade toi-même. Il essaie seulement de se placer, c'est tout.

— Il me plaît pas en tout cas.

— C'est un miché. Un vrai miché. »

Je sais que je céderai à Tony. Je lui cède toujours. Je regarde Jane :

« Qu'est-ce que t'en penses?

— Je sais pas, qu'elle dit lentement. J'aime pas la manière dont il m'a regardée. Ça m'a fait frissonner. »

Tony rejette lentement la fumée et lance son mégot dans le caniveau.

« Ecoute, vieux, qu'il dit, les rues se vident rapidement... Et... ce gars, je te le dis, c'est un cave...

— Je sais pas, Tony. Seulement je...

— Ecoute, vieux, je me risquerais pas si je savais pas qu'on en viendrait à bout. Qu'en dis-tu, hein?

— Bon... bien sûr », que je réponds, tout en regardant Jane. Elle sait que je vais céder à Tony et elle a peur. Drôlement peur. Son visage est tout pâle et elle se balance d'un pied sur l'autre. Elle est nouvelle dans le *racket* mais elle est prête à faire tout ce que je lui demande. Je vois qu'elle est sans défense et j'ai envie d'envoyer Tony au diable. Mais j'ai les foies. Il croirait que j'ai la frousse et que je suis une lavette.

« T'es sûr qu'on en viendra à bout, Tony?

— Facilement, vieux, facilement. »

J'ose plus regarder Jane mais je l'entends qui avale difficilement sa salive. Elle tend la main qu'elle pose sur mon bras.

« Tu veux bien, Jane? » que je lui demande.

Elle hésite puis elle acquiesce lentement. Mais quand elle parle, sa voix tremble :

« Je ferai ce que tu voudras, Jake. »

Tony se frotte les mains.

« Parfait, vieux. Alors, on y va, hein?

— Oui, que je fais, je crois.

— Alors, voilà ce qu'on fait. Jane, toi, tu remontes la rue et tu te fais accoster par le gros homme. Puis, tu l'entraînes dans une ruelle bien sombre. Moi et Jake, on vous suit. Une fois que tu l'auras amené dans la rue, on se précipite, on se jette sur ton béguin et on file à toutes jambes avec le butin. T'as pigé? C'est simple. »

Je sors un mégot et je l'allume. Je tremble comme une feuille mais j'essaie de cacher ma frousse en rigolant. Je me dis que je suis devenu une poule mouillée depuis que je connais Jane. On a déjà fait des coups pareils avant. Souvent. Tout s'est toujours bien passé.

« D'ac, dit Jane d'une petite voix, mais promettez-moi de nous suivre, moi et lui. Il me fait peur.

— On vous suivra, la gosse. Je le promets et je le ferai. »

Jane se dresse sur la pointe des pieds et m'embrasse devant Tony. C'est vraiment une chouette fille!

Je m'appuie contre le lampadaire et la regarde monter la rue. De nouveau, je me sens pas bien. Il y a quelque chose dans le gros homme qui m'effraie.

Les rues sont désertes à présent. On ne voit que Jane et le Gros Homme. Il la guette et il commence à s'essuyer le front comme un cinglé. Oui, mon vieux, il bout de partout. Il voit ni Tony, ni moi. On observe la rencontre. Elle est jeune. Seize ans. Mais elle connaît la musique. Elle s'arrête et tous deux restent un moment à causer. Puis, je vois le Gros Homme passer un doigt dans le décolleté de sa blouse. J'entends le type ricaner et j'ai envie de lui arracher les tripes.

« Calme-toi, calme-toi », murmure Tony, et je me rends compte que j'ai injurié le Gros Homme à haute voix.

Le type passe un bras autour de la taille de Jane et ils descendent la rue en passant devant nous. D'après la façon dont ma petite amie traîne la jambe, je comprends qu'elle a une peur terrible du gars.

« Allons-y, Tony, que je dis en m'élançant.

— Pas encore, idiot, qu'est-ce que t'as, hein? Tu veux tout faire louper? »

Je m'oblige à me calmer. Je sais qu'il a raison. On doit attendre. Si le Gros Homme nous voit maintenant, il va se méfier. Je tire sur ma sèche comme un cinglé mais ça ne sert à rien. Je me sens pas bien du tout.

Jane et le Gros Homme arrivent dans une ruelle au bout du bloc d'immeubles. Ils y disparaissent.

« Attrapons-le », dit Tony, et il n'a pas besoin de le répéter deux fois. On remonte la rue. Vite. Je veux courir. J'ai froid. Je me sens gelé des pieds à la tête. La ruelle est au moins à 150 kilomètres! On y arrivera jamais!

« Marche naturellement, intervient Tony. Marche naturellement. »

Et voici maintenant la voiture de la police qui s'arrête au bord du trottoir et deux flics qui en dégringolent.

« Arrêtez-vous, tous les deux, ordonne une voix enrouée.

— Qu'est-ce qu'on a fait? demande Tony qui veut savoir.

— Tu vas le savoir, le môme. Là-bas, contre le mur.

— Ecoutez, m'sieur... » j'essaie de protester.

« Tu m'as entendu? Avance. »

Sur ce ton, on peut pas discuter. On s'avance contre le mur de l'immeuble, les mains en l'air. Le flic passe ses mains le long de mon corps pour me fouiller. Il trouve rien.

« Où étais-tu? interroge la Voix Enrouée.

— Au ciné. On vient d'en sortir.

— Ah! oui?

— Bien sûr, m'sieur. Y a pas de loi qui défend d'aller au ciné, non?

— Et l'autre? demande la Voix Enrouée.

— Il n'a rien, répond le second flic. Tu crois qu'on les emmène? »

Soudain, je crois que je vais m'évanouir. Mes genoux tremblent tellement que je dois m'appuyer contre la maison pour ne pas tomber. Je suis un *dur*. J'aime pas les flics. Je les ai jamais aimés et je leur cache pas. Mais pas cette nuit. Je pense

sans arrêt à ce qui est en train de se passer dans
la ruelle et je commence à supplier parce que le
commissariat est à un kilomètre et demi et que
s'ils nous emmènent là-bas...

« Ecoutez, m'sieur, on était au ciné. Parole
d'homme! »

La Voix Enrouée semble réfléchir.

« Ramène celui-là au cinéma et vérifie leur
alibi », qu'il dit au bout d'un moment.

L'autre flic s'engage dans la rue dans le sens
inverse de celui par lequel on est venu. Tony le
suit. J'ai envie de crier.

La Voix Enrouée sort une cigarette qu'il allume.
Lui, il est pas pressé. De ses yeux rétrécis, il m'ins-
pecte des pieds à la tête :

« T'as l'air bien énervé, le môme. Quelque
chose ne va pas? »

Je me force à sourire :

« Si, si, ça va. Pourquoi?

— J'sais pas. J'étais en train de me le demander. »

Je ris, mal à mon aise. Non, ça va. A condition
que le Gros Homme soit pas un cinglé. A condition
qu'on arrive à temps dans la ruelle. Je jette un
coup d'œil dans cette direction. Aucun bruit.
Rien. Je m'adresse au flic.

« Qui cherchez-vous? je demande, quoique je
m'en fiche totalement.

— Des voyous qui ont cambriolé un magasin
dans le quartier.

— C'était pas nous », que je réponds.

Le flic regarde son mégot attentivement.

« On le saura vite, le môme. »

Mon regard se dirige de nouveau vers la ruelle.
Alors, je sens la sueur qui ruisselle sur mon corps

et je me mets à griffer le mur de briques avec mes ongles jusqu'à ce qu'ils brûlent comme l'enfer.

Le Gros Homme est sorti de la ruelle. Pendant un moment, il demeure immobile au milieu de la chaussée, regardant par-dessus son épaule comme s'il avait oublié quelque chose. Je vois un truc qui tombe et qui atterrit sur le trottoir. Il s'aperçoit de rien. Puis, il me voit et part dans la direction opposée. Vite.

J'ai la langue pâteuse. J'essaie d'ouvrir la bouche pour parler mais je peux pas dire un mot. Je suis des yeux le Gros Homme qui disparaît. Je vois même pas Tony revenir avec le flic qui l'accompagne.

« Ils ont un alibi, dit le flic. La fille à la caisse a reconnu celui-ci.

— Ça va, les mômes, qu'on nous dit. Vous pouvez rentrer chez vous. »

Mais j'écoute pas. Mes pieds m'entraînent vers la ruelle. Tony me suit de près. Les flics remontent dans leur voiture. Je marche plus vite et bientôt je cours. Qu'ils aillent au diable!

Nous arrivons à la hauteur de la ruelle. Tony se penche et ramasse quelque chose sur le trottoir, le truc que le Gros Homme a laissé tomber. Il le regarde sous le lampadaire. C'est un couteau. La lame est couverte de sang. Pendant un instant nos regards se croisent puis on se précipite dans la ruelle. Je me sens mal et j'ai envie de vomir. Je sais trop bien ce qu'on va trouver.

LE DOIGT! LE DOIGT!

(*Finger, Finger*)

de Margaret Ronan

Lorsque le plateau fut prêt, Carola le prit des mains de Mme Higginson et se dirigea vers le hall.

« Attention, lui cria Mme Higginson. Le pot de lait est trop plein. »

C'était vrai. Quelques gouttes s'étaient déjà répandues sur le napperon mais Carola ne s'arrêta pas pour les essuyer. Le petit déjeuner était déjà assez en retard et Mlle Amanda, qui était dans son lit, devait avoir très faim. Manger, voilà tout ce qui lui restait dans la vie, avait déclaré plus d'une fois Higginson.

L'ombre de Carola gravissait prudemment les escaliers. L'ombre était bien balancée, comme Carola elle-même. Il y manquait seulement la blancheur et la plénitude de la gorge, la couronne de cheveux châtains qui auréolait son visage. Les coudes tendus pour maintenir l'équilibre du plateau, l'ombre et la jeune fille grimpaient les marches avec recueillement.

Devant la porte de Mlle Amanda, Carola s'arrêta et posa le plateau par terre. Elle était un peu nerveuse maintenant. D'une main incertaine, elle arrangea son tablier, lissa ses cheveux, ajusta son bonnet. C'était sa première journée. Sa première place, se disait-elle gravement. Avec le coin de son tablier, elle essuya les gouttes de lait renversé et mit le pot sur la tache. Puis, tenant le plateau d'une main, elle allait frapper à la porte avec sa main libre. Mais la voix qui jaillit de l'autre côté fut plus rapide qu'elle :

« Entrez! Je vous ai entendue! »

Carola ouvrit gauchement la porte et la referma derrière elle. Elle traversa la pièce et posa le plateau sur la table de nuit. Quand elle se tourna vers la vieille femme couchée sous un monceau de couvertures, son sourire s'était figé.

Mlle Amanda. C'était Mlle Amanda. Elle était incroyablement grosse, cette vieille femme. Pire que grosse : soufflée. Higginson disait qu'elle n'avait pas marché depuis quarante ans. Son visage était pâle comme du papier mâché. Il s'étalait en plis décolorés et on avait l'impression que, sous cette graisse, de petits souliers remplaçaient les os. Sur elle, les draps formaient des collines et des vallées et, par-dessus ce paysage montagneux, la vieille femme observait Carola avec des yeux enfoncés et méfiants.

« C'est vous la nouvelle bonne, sans doute? dit-elle. Comment vous appelez-vous?

— Carola, madame.

— Ah! » Les petits yeux n'étaient pas gais mais les coins de la bouche de Mlle Amanda se relevèrent. Dans l'énorme et gras visage naquit un sourire. « Vous êtes très jeune, n'est-ce pas? »

L'expression du visage, le ton de la voix, l'odeur de renfermé de la chambre firent que Carola trouva la question trop personnelle, trop insidieuse. Mais, c'était stupide après tout. La vieille dame était simplement aimable. Carola fixa ses yeux sur un morceau de tissu jaune de l'une des couvertures et fit :

« Seize ans, madame. »

Mlle Amanda médita en silence sur cette réponse jusqu'à ce que le tic-tac des trois pendules en porcelaine de la chambre ait acquis une nouvelle sonorité. Le morceau de tissu jaune oscilla devant les yeux de Carola. Si elle avait pu, elle aurait installé le plateau sur les genoux de Mlle Amanda qui gonflaient l'édredon. Mais c'était là où ça devenait bizarre. Elle ne pouvait pas penser au plateau et s'en occuper en même temps. Ses mains étaient comme endormies et, en dépit de ses efforts, ses yeux avaient quitté le morceau de tissu jaune pour parcourir les collines et les vallées, et s'arrêter enfin sur le visage de Mlle Amanda.

Puis, sans avertissement, le vide se résorba. Le bruit et les objets reprirent leur place.

Le morceau de tissu était revenu sur la couverture. Il y avait le visage légèrement souriant de Mlle Amanda. Carola se sentit à la fois confuse et irritée. Elle s'entendit répéter à plusieurs reprises, comme une idiote, le mot « petit déjeuner ». Elle tira son tablier. Le sang lui était monté aux joues.

« Excusez-moi, madame, je ne sais pas ce qui m'est arrivé. »

Mlle Amanda ferma les yeux et les rouvrit lentement. Elle ne semblait pas avoir entendu les excuses de Carola.

« Oui, vous êtes jeune, murmura-t-elle, pas jolie mais jeune. Quand j'avais votre âge, j'étais une beauté. Des cheveux noirs et un teint comme des pétales de fleur. On me fit plus de demandes en mariage que je ne pouvais en accepter. »

Elle frappa son gros corps inerte.

« J'étais mince. Je n'avais pas une taille épaisse comme vous. »

Un sourire s'infiltra de nouveau dans sa graisse.

« Mais je me suis couchée ici, paralysée, avant de savoir vraiment ce que ça voulait dire d'être jeune, aimable et forte. »

Carola ne savait que répondre. Elle était incapable d'éprouver de la pitié pour la vieille femme. Pour le moment, elle n'avait qu'une envie : quitter la chambre et retourner près de Higginson dans la cuisine. Une douleur lui encerclait la tête, lui battait dans les oreilles. Mais Mlle Amanda ne la renvoya pas.

« Avez-vous un prétendant, Carola?

— Oui, madame.

— Posez le plateau ici, Carola. Bien. Maintenant, remontez les oreillers, s'il vous plaît. Là, comme ça. C'est beaucoup mieux. »

Elle se renversa sur les coussins et caressa la courbe du sucrier avec langueur.

« Deux morceaux. »

Carola prit la pince à sucre et ce fut alors que Mlle Amanda attrapa le bras gauche de la jeune fille juste au-dessus du poignet. Les deux femmes se regardèrent longuement : Mlle Amanda avec un sourire rusé et chargé de souvenirs, Carola, surprise et mal à l'aise. Avec son petit doigt, délicatement séparé des autres, la main droite de la vieille femme se mit à caresser le bras de Carola. De haut en bas, de bas en haut. Une fois, elle pinça doucement la chair pulpeuse et son sourire s'accentua. Puis la caresse lente et pesante recommença. Carola avait l'impression qu'un serpent se promenait sur son bras.

« Je ne suis pas comme les autres vieilles

femmes, Carola, murmura Mlle Amanda. Je ne me contente pas seulement de nourriture. Il y a d'autres choses, et je ne les ai pas oubliées ces autres choses. Parce que vous êtes jeune, vous croyez qu'elles vous appartiennent, mais il ne faut pas être égoïste. »

Le désir s'alluma dans les petits yeux.

« Ainsi, vous avez un prétendant. Comment s'appelle-t-il?

— Donald, madame.

— Donald, hein? Parlez-moi de lui. Est-il grand? Fort, très fort? Dites-moi comme il est fort, Carola. Dites-moi comment il s'y prend pour vous faire la cour. »

Carola oublia toute prudence et retira son bras. Elle avait l'impression qu'on l'étranglait. Elle allait être très malade si elle ne quittait pas le lit, les pendules, le délicat petit doigt que la vieille femme continuait à tenir en l'air.

« Allez-vous-en, Carola, dit Mlle Amanda. Revenez chercher le plateau dans une demi-heure. »

Pendant tout le temps qu'elle descendit l'escalier, Carola lutta contre les larmes. Vieille sorcière! Carola aurait voulu hurler, briser la lampe du palier... faire n'importe quoi pour donner libre cours à ses larmes. Donald! Donald! Elle se répétait le nom encore et encore, comme pour s'exorciser. Elle se disait qu'elle s'en moquait si la vieille femme la mettait à la porte le jour même. Donald! Donald!

Elle entra dans la cuisine, passa devant Higginson en la bousculant et sans que celle-ci puisse voir ses yeux. Elle tourna le robinet de l'évier, se mit à laver ses mains et ses bras, faisant couler l'eau à flots pour mieux les purifier.

« Qu'est-ce qui ne va pas? demanda Higginson avec intérêt.

— Rien, marmonna Carola.

— Vous avez eu une bagarre avec la vieille dame? Voyez-vous, ce n'est pas facile de travailler pour elle. Il faut se tenir à carreau. Elle est bizarre! Il y en a des filles qui sont passées par ici, je vous le dis! Entre la dernière bonne et vous, six mois se sont écoulés. »

Higginson s'installa sur une chaise et commenta :

« C'est la vérité. Quelques-unes — les plus jeunes — se sont mises à être bizarres après être restées ici un bout de temps. Elles imitaient Mlle Amanda, les coquines. Elles tenaient leur petit doigt courbé comme elle, roulaient leurs yeux et... parfois parlaient comme elle. Ça suffisait pour vous donner le frisson. Il y avait une fille de votre âge environ. C'était elle qui copiait le mieux la vieille dame. Elle l'a supportée un mois à peu près. Un beau jour, elle est partie et s'est pendue dans le verger. Personne n'a compris pourquoi. Elle s'est mise debout sur une chaise de la cuisine pour atteindre la plus haute branche. Cette chaise-là justement. »

Higginson frappa triomphalement le dossier de la chaise.

« Personne, pas même la police, n'a trouvé une raison ou une explication. Et pourtant, ils sont demeurés assez longtemps à fouiner dans la maison! »

Carola ne répondit pas. Elle pleurait tranquillement, mais pas à cause de la fille dont Higginson parlait.

« Allons, fit Higginson, ne vous mettez pas

martel en tête. Les vieilles femmes sont ce qu'elles sont. Il faut les écouter et rester tranquille, c'est votre rôle. Et arrêtez-vous de faire couler l'eau. Tout à l'heure, vous n'aurez plus de peau sur les mains à force de vous les frotter. »

Au fur et à mesure que le jour avançait, la migraine de Carola augmentait. Cela la rendait distraite et nerveuse. Elle lava les tasses du petit déjeuner, éplucha les légumes, nettoya l'office. Midi vint. Le plateau du déjeuner fut monté et redescendu. Mlle Amanda adressa à peine la parole à la jeune fille. Carola regarda les aiguilles de l'horloge se traîner tout l'après-midi avec des yeux douloureux. Elle cassa un verre, oublia les recommandations de Higginson à propos du tuyau de poêle. Ses mains étaient pareilles à deux bouts de chiffon quand elle voulait soulever quelque chose. Quatre heures. Cinq heures et demie. Six heures. A huit heures, Donald serait là avec sa charrette et son cheval pour la ramener chez elle. Autour de son front, il y avait un étau brûlant.

« Vous feriez mieux de penser à ce que vous faites, ma fille », dit Higginson en colère.

Carola serra les dents, prit le plateau des mains de Higginson. Elle ferait attention. Elle ne renverserait rien. Mais quand elle entra dans la chambre à coucher, le même sentiment de honte muette l'envahit et le plateau trembla dans ses mains. Pendant un instant, Carola espéra que la vieille femme dirait quelque chose, essaierait de recommencer sa caresse sournoise. Alors, ce serait le moment et la raison de lui sauter dessus, de frapper ce corps inutile, de griffer ce méchant visage soufflé. Elle posa le plateau, toute saisie. Que lui arrivait-il? Jamais de sa vie, elle n'avait pensé à des choses pareilles! Et sa tête n'avait jamais été aussi douloureuse!

Mais le repas se passa sans incident. Carola avait fini la vaisselle et elle attendait dans la cuisine lorsque Donald arriva. Tandis qu'elle boutonnait son manteau, elle voyait la charrette à travers la fenêtre. Son fiancé était assis paresseusement sur le siège et il chassait les mouches de la tête du cheval avec le manche de son fouet. Elle pensa avec satisfaction à son caractère emporté. Il mettrait le feu à la maison si elle lui racontait ce que la vieille dame avait dit. Elle mit son chapeau et c'est à cet instant que la sonnette de Mlle Amanda retentit. Deux fois.

« C'est pour vous, dit Higginson. Il vaut mieux que vous montiez pour voir ce qu'elle veut. Ne vous inquiétez pas. Votre jeune homme va attendre. Je vais lui dire que vous avez été retenue. »

Carola regarda la femme avec désespoir et sortit. Elle avait l'impression que ce jour-là elle ne pourrait plus supporter la vue de Mlle Amanda. Mais elle arriva devant la porte de la chambre, elle l'ouvrit et entra.

« Vous partiez, Carola? demanda Mlle Amanda avec douceur. Oh! mais bien sûr! Comme je suis bête. Il y a quelqu'un qui vous attend, n'est-ce pas? Je le vois à travers la fenêtre quand je me soulève un peu. Là, comme ça. C'est votre Donald?

— Oui, madame, répondit rapidement Carola. Vous vouliez quelque chose? »

Elle pensa : « Si vous me dites un mot de plus, je pars. Je le dirai à Donald et je ne remettrai plus jamais les pieds ici. »

Mais Mlle Amanda se contenta de répondre :

« Oui, avant de partir, j'aimerais bien que vous enleviez l'un de ces oreillers. Je ne peux pas dormir avec tous. »

Carola aurait pu se méfier. Elle aurait pu s'enfuir à ce moment, loin de la chambre, loin du carillon des pendules en porcelaine et des petites mains agitées de la vieille femme. Mais la voix de Mlle Amanda était chagrine et plaintive, comme a le droit de l'être la voix d'une vieille femme. Et Carola s'approcha du lit pour faire ce qu'on lui avait dit de faire.

« C'est mieux ainsi, dit Mlle Amanda, beaucoup mieux. »

Soudain, ses mains se cramponnèrent aux épaules de Carola, l'obligeant à s'asseoir sur le lit et la tenant si serrée que le visage de la jeune fille n'était qu'à quelques centimètres du sien. Ces mains étaient très fortes. Une seule était capable de maintenir Carola là où elle était. La migraine pénétra dans le cerveau de la petite bonne et redoubla aux paroles de Mlle Amanda :

« Non, Carola, vous n'irez pas retrouver votre amoureux. Non. Ni maintenant. Ni plus tard. Vous ne le reverrez jamais plus mais il ne sera pas déçu. Car il ne le saura jamais. Comment le saurait-il puisque vous n'êtes même pas Carola... Carolacarolacarola. »

La voix semblait sortir des yeux usés. Elle enveloppait Carola et la paralysait. Elle s'intégra à sa souffrance, aux ridicules pendules en porcelaine qui égrenaient les heures. Elle entendit le vent dans l'obscurité... et puis le vieux visage disparut, ne laissant que deux trous à la place des yeux. Seulement deux trous qui n'en firent plus qu'un, puits ténébreux qui l'attirait et dans lequel elle s'enfonçait de plus en plus.

Puis la chambre fut tranquille. La douleur quitta son crâne, y laissant une faiblesse infinie qui gagna ses hanches, ses chevilles, ses pieds. Ses membres s'allongèrent devant elle, massifs et couverts d'édredons ouatinés. Des édredons qui semblaient n'avoir aucune pesanteur.

Littéralement fascinée, elle se vit, vêtue d'un manteau marron montant, sortir du lit, traverser la pièce, ouvrir la porte et s'en aller. Les pas descendirent rapidement l'escalier mais elle ne put pas les suivre. Elle ne put même pas aller jusqu'au miroir pour savoir si son petit doigt était courbé comme il fallait. Elle ne put pas faire toutes ces choses parce que, comme elle s'en rendit compte, avec une lente horreur, elle n'avait pas marché depuis quarante ans et qu'elle ne remarcherait jamais plus!

La pièce tournoya puis s'arrêta. Elle comprit presque tout de suite que bien qu'emprisonnée elle n'était pas sans défense. Le cordon de la sonnette pendait à la tête de son lit, sur la gauche. Le bras soufflé et inconnu obéit à sa volonté pour carillonner, pour stopper les pas qui descendaient l'escalier.

Elle se souvint des mots qu'avait prononcés la vieille bouche gluante :

« *Il y a quelqu'un qui vous attend, n'est-ce pas? Je le vois à travers la fenêtre, si je me soulève un peu.* »

Et Carola, à la pensée de Donald et de la Créature qui s'était emparée de son corps, se hissa sur les oreillers, s'accrocha aux montants du lit et vit le jeune homme, elle aussi. Il était en bas, dans la cour, à demi étendu sur le siège de la charrette, beau et sans souci. Son visage était tourné vers la lumière qui venait de la porte ouverte de la cuisine. Il adressa un sourire à la jeune fille qui franchissait cette porte et se dirigeait vers la charrette.

« Eh bien, Carola, tu m'as fait attendre longtemps, hein? »

Sa voix traversa la fenêtre de la chambre et atteignit Carola.

Elle aperçut le visage qui avait été le sien rire en levant la tête vers Donald. Elle le vit prendre la jeune fille dans ses bras pour l'asseoir à côté de lui. Mais il ne l'assit pas car, d'une main lourde, Carola ouvrit toute grande la fenêtre de la chambre et cria d'une voix qu'elle n'avait jamais entendue auparavant :

« Arrêtez... Au voleur... Au voleur... »

Elle se pencha tellement qu'elle était presque suspendue au-dessus de la croisée. En bas, Higginson sortit en courant de la cuisine pour regarder ce qui se passait au premier étage. Donald et la jeune fille aussi levèrent la tête, le visage glacé d'épouvante. Des mots naissaient dans son cerveau, précis et efficaces. Elle savait exactement quoi dire :

« Mes bagues, hurla-t-elle à l'adresse de Higginson. Cette fille a pris mes bagues! »

Le visage, en bas, qui avait été le sien, se redressa pour protester. Quelle que fût la force de volonté de Mlle Amanda, le corps qu'elle commandait maintenant n'était pas de taille à lutter avec Higginson. Outragée, la cuisinière prit le bras de la jeune fille, la fit entrer dans la maison, hors de portée de Donald. Pendant un instant, celui-ci demeura sur son siège, stupéfait. Puis il sauta à terre. Sa stupéfaction dépassait sa colère :

« Je ne sais pas ce que tout ça veut dire, cria-t-il à Higginson, mais vous ne l'emmènerez pas toute seule dans la maison. Je viens, moi aussi. »

Il avait parlé prématurément. Higginson, ayant atteint la cuisine, poussa sa prisonnière à l'intérieur. Puis elle attendit Donald sur le seuil et d'une poussée lui fit perdre l'équilibre. La porte claqua au nez du garçon et ne se rouvrit plus en dépit des coups furieux dont il la martelait.

Carola ferma la fenêtre pour que le bruit des coups s'atténue et soit moins fort que celui de son cœur. Elle se renversa sur les oreillers et attendit. Higginson avait maîtrisé la fille. Elle essayait de lui faire monter les marches et de la conduire dans la chambre. Le bruit de leurs pas parvenait à Carola, inégal et étouffé, interrompu par un traînement de pieds. Enfin, la porte s'ouvrit et Higginson poussa sa prisonnière à l'intérieur.

« Vous pouvez partir, Higginson, je réglerai cette affaire toute seule.

— Oui, madame. Je vais appeler la police si vous le désirez mais il faudrait qu'on l'oblige d'abord à vous rendre vos bagues. J'ai pensé que je pourrais...

— La police, murmura Carola, oui... la police Appelez-la et revenez.

— Vous ne pourrez pas me garder éternellement, vous savez, entendit-elle Amanda dire de sa voix chaude et jeune. Quand les policiers viendront, ils trouveront les bagues enfermées dans ce coffret sur le bureau. Ils diront que vous êtes une vieille femme qui cherche à faire du scandale et peut-être qu'ils s'en tiendront là. Mais ils me

laisseront sortir... et j'emmènerai Donald avec moi!
Votre cher et précieux Donald! »

Elle répéta ces mots deux fois et s'approcha du
lit à mesure qu'elle parlait. Quand elle fut assez
près, elle se pencha et cracha presque ces dernières
paroles au vieux visage attentif.

Et comme si la même scène se fût répétée une
centaine de fois, Carola sut ce qu'elle devait faire.
Au-dessous du jeune visage, il y avait un cou jeune
et blanc. Carola avait ignoré que les vieilles mains
pouvaient bouger aussi rapidement et qu'elles
avaient l'exacte dimension pour encercler la gorge
d'une jeune fille. La force de ses doigts l'emplit
d'un plaisir presque insupportable.

Des pieds montaient l'escalier avant que Carola
eût lâché la gorge sans vie. Le pas d'un policier,
lourd et impersonnel. Pendant un moment, elle
se contenta d'écouter et d'attendre puis soudain
elle eut très peur. Non seulement les vieilles
jambes étaient paralysées à présent, mais en outre,
elle ne pouvait arracher ses yeux à la contemplation de ses doigts si puissants, ses doigts dont la
forme crochue convenait si bien au cou d'une
jeune fille. Neuf doigts crochus. Le dixième s'était
redressé délicatement.

La voix de Higginson précéda l'arrivée du
policier sur le palier. Elle lui parvint clairement
à travers la porte :

« Enfin, disait-elle, il était temps que vous arri-
viez! C'est tout de même malheureux que les gens
honnêtes doivent aller vous chercher quand ils
sont en difficulté. La vieille dame est impotente,
obligée de garder le lit et je me demande à quoi
sert la loi si elle n'est pas faite pour protéger
des gens comme elle. J'aimerais bien le savoir! »

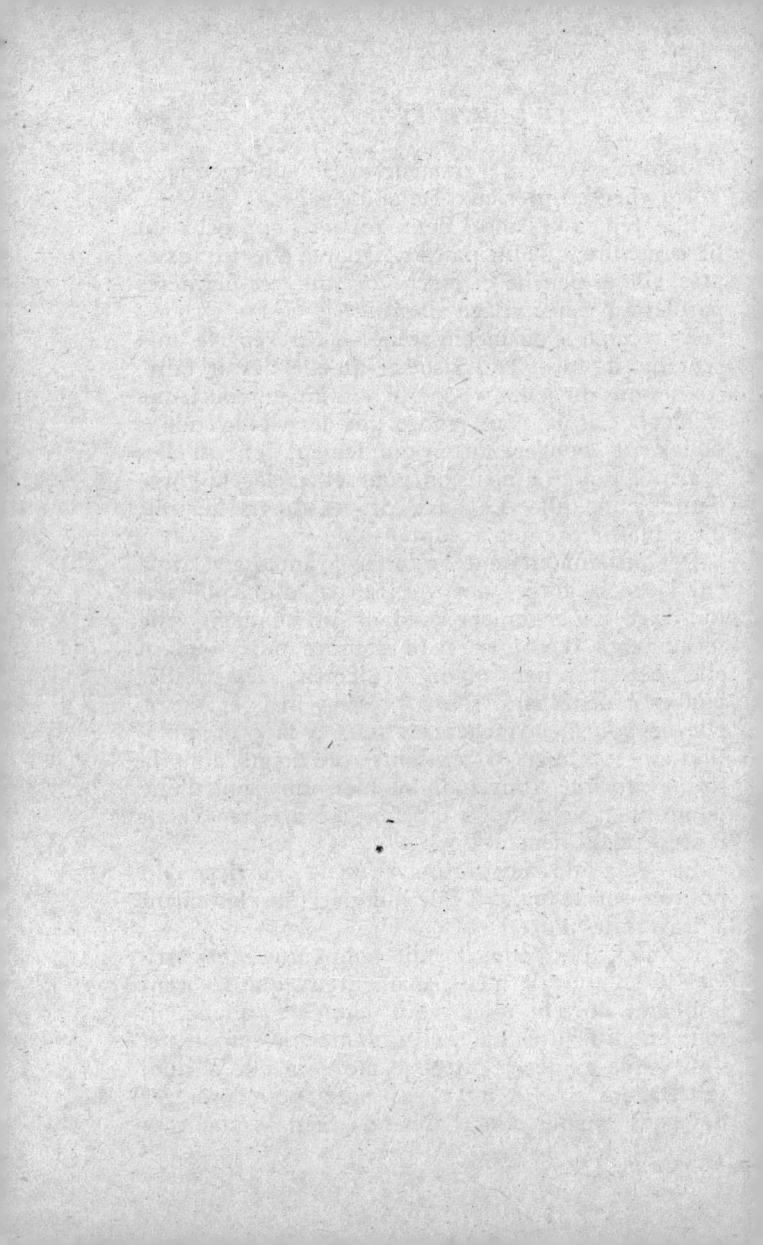

LES GENS D'À CÔTÉ

(The people next door)

de Pauline Smith

« Et alors, demanda Ed, comment ça va avec ta nouvelle voisine? »

Evelyn regarda le tricot posé sur ses genoux.

« Ça va bien, dit-elle.

— Je lui ai parlé quelques minutes avant le dîner quand j'étais dans la cour. Elle m'a dit qu'ils avaient habité en Californie. Elle m'a fait l'effet d'une gentille femme insignifiante.

— Ah! ils viennent de Californie?

— Tu l'aimes bien, non?

— Je crois.

— Ça te fait quelqu'un pour te tenir compagnie pendant la journée. Ça t'empêchera de trop penser à toi, insista-t-il.

— Je ne la vois pas beaucoup... Quelquefois il m'arrive de lui parler quand elle pend son linge sur la corde.

— Ça te fait du bien », dit-il vivement. Son visage était devenu attentif comme pour une observation médicale.

Evelyn reprit son ouvrage et les aiguilles recommencèrent à cliqueter.

Le tricot, c'était une sorte de remède qu'on lui avait prescrit.

« Elle suspend son linge dehors comme si elle était en colère contre sa lessive. Elle accroche les pinces sur les chemises comme si elle leur donnait un coup de couteau.

— Evie! » Le ton d'Ed était mécontent.

« C'est vrai, insista Evelyn. Peut-être parce qu'il y a trop de chemises. Quatorze. Deux par jour. Peut-être que son mari est un maniaque de la chemise propre. »

Ed froissa son journal en l'abaissant.

« Evie, dit-il, il ne faut pas faire travailler ton imagination. Il ne faut pas essayer de trouver des manies ou des phobies chez les autres. C'est malsain. J'espérais que tu avais eu ton compte d'analyse et de psychanalyse l'an dernier après ta dépression nerveuse. »

Evie pensait à la corde où le linge claquait au fur et à mesure que la femme d'à côté accrochait sa lessive, avec une violence inexplicable.

« Peut-être qu'elle est fatiguée de laver et de repasser tant de chemises toutes les semaines, dit-elle. Peut-être qu'elle en a une indigestion. Peut-être que c'est pour ça qu'elle a l'air de poignarder les chemises avec une pince à linge.

— Evie, voyons, tu es presque guérie à présent. » Ed s'efforçait de demeurer calme. « Tu n'as pas le droit de laisser ton imagination vagabonder sur les choses les plus normales. Ce n'est pas sain. Tu vas faire une rechute.

— Excuse-moi, Ed. » Elle reprit son tricot. « Je n'imaginerai plus rien désormais.

— C'est très bien, fit Ed soulagé. T'a-t-elle dit ce que fait son mari?

— Il est représentant de commerce, répondit Evelyn en faisant cliqueter ses aiguilles. Il vend de la coutellerie aux restaurants... des couteaux, des hachoirs, etc.

— Eh bien, nous y voilà, remarqua Ed. Les représentants doivent être impeccables. C'est pourquoi il change aussi souvent de chemise.

— Vraiment? » Evelyn étudia le sweater. La laine grise n'avait rien d'excitant. Elle décida qu'elle y ajouterait une petite fantaisie — rouge peut-être. « Est-ce que tu l'as vu, lui?

— Non. » Ed retira ses lunettes et les essuya. « Et toi?

— Tous les matins. Il part pour son travail un peu après toi. Il laisse sa voiture dans l'allée, devant la fenêtre de notre cuisine. Je l'aperçois pendant que je fais la vaisselle du petit déjeuner. »

Ed feuilleta son journal et s'arrêta à la rubrique sportive.

« A quoi ressemble-t-il?

— Il est très grand, très mince comme une lame de couteau. Il porte toujours du gris. Il me fait penser à un serpent gris.

— Evie! » La voix d'Ed était irritée à présent. « Arrête de dire des bêtises.

— Très bien. » Elle se leva. « Je vais aller me coucher. »

Une fois dans sa chambre à coucher, elle demeura un instant immobile devant la fenêtre. Il y avait de la lumière dans la maison d'à côté, une fenêtre qui faisait une trouée oblongue et orange dans la nuit. Elle se coucha, prit un cachet de nembutal et s'endormit.

Au-dessus de l'eau savonneuse dans laquelle elle plongeait sa vaisselle, elle voyait apparaître chaque matin l'homme d'à côté; il se dirigeait à longues enjambées vers sa voiture et s'asseyait près de sa boîte d'échantillons. Il était grand, ses traits étaient aussi aigus que les couteaux qu'il vendait, ses yeux étaient profondément enfoncés dans leurs orbites. Puis la voiture démarrait, grinçait sur les graviers et il s'en allait.

Evelyn finit par connaître la femme grâce à ses brèves apparitions dans la cour de derrière. Elle savait comment elle marchait vers la boîte à ordures, comment elle faisait claquer le couvercle en l'ouvrant d'un geste de l'avant-bras pour y jeter son paquet enveloppé de papier, comment elle la refermait bruyamment, comment elle se débattait avec le linge avant de l'accrocher sur la corde, comment elle soliloquait. Tantôt, c'était une complainte et tantôt un monologue plein de véhémence. Mais elle parlait toujours d'une voix basse et presque inaudible. Evelyn eut l'impression bientôt de la connaître assez bien. Quelquefois, la nuit, elle entendait des bruits qui venaient de la maison d'à côté. Ces bruits n'étaient pas très forts. Ce n'était pas de la conversation. C'étaient des bruits étouffés. Il aurait fallu de l'imagination pour dire si c'étaient des exclamations de colère ou de douleur. Et elle avait promis à Ed de ne pas laisser libre cours à son imagination.

Depuis deux jours, la voiture n'avait pas bougé de l'allée. Alors, elle le dit à Ed. Il abaissa son journal :

« Oh! dit-il poliment, est-ce qu'il est malade?

— Peut-être. Elle non plus, je ne l'ai pas vue.

— Tu devrais peut-être aller chez eux, non? Peut-être qu'ils sont malades tous deux.

« — Non, je ne veux pas aller chez eux. »

Il regarda d'abord son journal, puis sa femme.
« Pourquoi pas? Tu lui as parlé? Ce serait
gentil de s'enquérir d'eux. »

Evelyn se pencha vers son remède : son tricot
sur ses genoux :

« Elle pourrait croire que je les espionne. »

L'agacement et l'indulgence se mêlèrent sur le
visage d'Ed. Enfin, il déclara avec douceur :

« Je ne crois pas.

— Si, c'est possible. »

Pendant un jour encore, il n'y eut aucun bruit
dans la cour de derrière. Evelyn écoutait et veillait
alors que la maison d'à côté était endormie.

Le lendemain, la femme d'à côté surgit pour
pendre son linge. Ses gestes avaient perdu cette
allure de colère rentrée. Elle manipulait le linge,
même les chemises, comme si c'étaient des objets
en tissu, inanimés et impersonnels, et non
plus comme si elle luttait contre un adversaire
détesté.

Evelyn s'avança vers la barrière mitoyenne et
posa ses bras sur la clôture. Elle se pencha de
l'autre côté :

« Je vois que la voiture de votre mari est toujours dans l'allée... », commença-t-elle.

Les mots semblaient atteindre le cerveau de
l'autre femme à travers un filtre, s'assembler dans
sa tête et prendre une signification qui la fit
tressaillir. Elle regarda la voiture, puis Evelyn.

« Il est parti en voyage. » Son visage s'était
soudain voilé et fermé. Elle humecta ses lèvres
avec le bout de sa langue : « Il est allé à une
convention. C'était trop loin pour s'y rendre en
voiture. Il a pris le train et m'a laissé l'auto.

— Ah! bon, répondit Evelyn. Nous avions peur qu'il soit malade.

— Non, il n'est pas malade. Il n'est pas malade du tout. »

Brusquement, la femme fit quelques pas en arrière. Ses lèvres remuaient comme si elle avait voulu prononcer des mots d'explication. Puis, elle se détourna, franchit la porte de derrière qu'elle verrouilla.

« Notre voisin est en voyage », dit Evelyn ce soir-là à Ed.

Il sourit :

« Tu es finalement allée chez eux?

— Non.

— Ah? Mais tu lui as parlé pourtant?

— Oui, je lui ai parlé. » Evelyn se pencha sur son tricot. « Elle a pris la voiture cet après-midi. »

Feuilletant son journal, Ed s'était mis à lire.

« Elle n'est pas restée partie longtemps. Quand elle est revenue, elle avait deux grands chiens dans la voiture. »

Il abaissa son journal :

« Ah! oui?

— Deux grands chiens maigres, ajouta Evelyn, elle les a attachés au poteau dans la cour de derrière avec des cordes à linge. Elle a fait une grosse lessive ce matin et, quand le linge a été sec, elle est allée chercher les chiens et elle les a attachés de nouveau avec la corde à linge.

— Peut-être a-t-elle peur quand son mari est absent? Et elle a pris des chiens pour la garder.

— Peut-être. »

A présent, Evelyn croyait pouvoir se passer du

nembutal qu'elle avait pris régulièrement pour
dormir pendant ces derniers mois. Elle repoussa
le plus loin possible sur sa table de chevet le petit
flacon de pilules soporifiques et se coucha. Elle
pensait à la femme d'à côté, aux chiens, à la
voiture dans l'allée, la femme, les chiens et la
voiture...

Enfin, elle se leva et se mit à se promener dans
la maison envahie par la nuit.

Debout devant la fenêtre de la cuisine, elle
regarda les ténèbres et aperçut une lumière traverser la cour des voisins. Ses yeux la suivirent.
Elle entendit un plouf, un grondement, un grognement... Puis le reniflement satisfait qui accompagne une faim qu'on apaise. La lumière dessina un arc, réintégra la maison et disparut.

Evelyn demeura longtemps à la fenêtre. Enfin
elle retourna dans sa chambre, prit un nembutal
et s'endormit.

« Elle n'aime pas les chiens, dit Evelyn à Ed
plusieurs jours après.

— Elle n'a pas besoin de les aimer. Ce sont des
chiens de garde, pas des animaux de salon.

— Elle les promène tous les jours. Elle les
détache et les emmène avec elle. Quand elle revient, elle est fatiguée et les chiens sont fatigués
aussi. Ensuite, quand il fait nuit, elle leur sert un
repas plantureux. »

Evelyn pensait à eux, à ces animaux tout le
jour entravés, à leur langue qui pendait, à la
démarche lasse de la femme, à son visage qui n'exprimait rien d'autre que la fatigue, à la façon
dont elle rattachait les bêtes au poteau, faisant
des nœuds, encore des nœuds, toujours des nœuds,

tandis que les chiens se couchaient, les yeux clos, pantelants, rassasiés.

« Qu'est-ce qu'elle dit à propos de son mari? Il me semble que cette convention dure drôlement longtemps!

— Elle ne dit rien. Elle promène simplement les chiens. Elle les promène et elle les nourrit. »

Ed posa son journal :

« Evie, lui dit-il, tu ne lui parles donc plus? »

Evelyn le regarda, en tenant ses aiguilles serrées contre elle.

« Je ne lui parle pas parce que je ne la vois pas. Elle promène les chiens et c'est tout. Elle ne suspend plus de linge à la corde parce qu'elle n'a plus de corde. Elle ne fait plus rien dans la cour, sauf d'attacher et de détacher les chiens.

— C'est dommage. J'aurais aimé que tu aies quelqu'un pour te tenir compagnie. Peut-être pourrais-tu te promener...

— Non, je ne veux pas me promener ni avec elle, ni avec les chiens. »

Evelyn laissa tomber son tricot sur la chaise pour aller se coucher...

Engourdis de bien-être, les chiens étaient tranquilles à présent. Ils étaient devenus gras et paresseux. Ils se contentaient de marcher d'un pas lent jusqu'au bout de leur corde pour aller se recoucher ensuite en rampant.

Evelyn tricotait tranquillement. Le sweater était presque terminé, le sweater morne, terne, avec le motif écarlate et brillant qu'elle y avait ajouté.

« Elle a emmené les chiens avec elle dans la voiture », dit-elle à Ed le vendredi.

Ed la regarda par-dessus ses lunettes.

« Vraiment?

— Et elle est revenue toute seule. Elle est entrée ensuite dans la maison, a pris deux valises, est ressortie, a mis les bagages dans la voiture et est repartie.

— Peut-être que c'est pour ça qu'elle a emmené les chiens : elle s'en va en voyage.

— Oui, elle s'en va en voyage sans aucun doute.

— Ou peut-être que les chiens lui coûtaient trop cher, bâilla Ed qui polit ses lunettes et les replaça soigneusement sur son nez. Elle n'aurait pas dû leur faire faire tant d'exercice. Ça leur donnait faim. »

Il ouvrit son journal et le posa en travers de ses genoux.

Evelyn piqua les aiguilles dans la pelote et plia le sweater. Elle se tint debout immobile. C'était une chose terminée, un projet mené à bien.

« Je ne crois pas, dit-elle. Je ne crois pas que cela lui ait coûté un sou! »

TABLE

IMPRIMÉ EN FRANCE PAR BRODARD ET TAUPIN
Usine de La Flèche (Sarthe).
LIBRAIRIE GÉNÉRALE FRANÇAISE - 6, rue Pierre-Sarrazin - 75006 Paris.

ISBN : 2 - 253 - 00133 - 3   ◈ 30/1983/3